Marilyn et JFK

François Forestier

Marilyn et JFK

Albin Michel

Avant-propos

C'est une histoire que tout le monde connaît, mais que personne ne connaît. Elle traverse les innombrables livres, romans, récits, films, documentaires, articles, rêves, thèses, fantasmes, mythes, consacrés à Marilyn Monroe ou à John Fitzgerald Kennedy, mais elle n'a jamais été racontée. S'y croisent espions, policiers, gangsters, escrocs, acteurs, maîtresses, amants, psychanalystes, écrivains, informateurs, et même un scénariste mexicain. Parole, il y a foule, dans cette love story.

Marilyn est filmée, JFK est enregistré. Le FBI, la CIA, la Mafia et, qui sait ?, Dieu lui-même, suivent avec passion le feuilleton entre la star et le Président. Ils ne sont jamais seuls. Micros dans les matelas, trous dans les cloisons, longues-vues à l'horizon, tout se passe comme chez les frères Ripolin : chacun est regardé pendant qu'il regarde. Les maisons ont des yeux, les oreilles ont des murs. Et on voudrait nous faire croire qu'on ne sait pas qui a assassiné Kennedy ? Qu'il s'agit d'un mystère, comme le naufrage du Titanic, *la pierre de Rosette, ou la recette des macarons de Ladurée ?*

Marilyn et JFK

Pour jeter une petite lumière sur cette nuit-là, il fallait une solide documentation, un éditeur patient et un défaut crucial.

Le mauvais esprit.

J'ai.

F. F.

PREMIÈRE PARTIE

L'ascension de Marilyn

« Les Fédéraux l'ont mise sur écoute. Dans les deux dernières semaines, elle s'est tapé le disc-jockey Allan Freed, Billy Eckstine, Fred Otash, Jon "Ramar de la Jungle" Hall, son nettoyeur de piscine, deux livreurs de pizzas, l'entraîneur de Rin-Tin-Tin, le présentateur de talk-shows Tom Duggan et le mari de sa femme de ménage. »

James Ellroy,
American Tabloid

PRÉLUDE

Dallas, le 22 novembre 1963

La balle pénètre le crâne de John Fitzgerald Kennedy, provoquant une béance de treize centimètres de diamètre. Le projectile Winchester Mannlicher-Carcano, calibre 6,5, lacère la région pariétale du cerveau, émiette l'aire somato-motrice et explose en fracturant l'os et le frontal droit. De minuscules copeaux de métal s'éparpillent. Le lobe gauche disparaît purement et simplement. Des morceaux de tissu, des bouts d'os se dispersent, sous la pression colossale engendrée par la balle. Des lignes de fracture en étoile craquellent la boîte crânienne. Le sang jaillit en geyser et asperge tous les occupants de la limousine présidentielle. Le corps de JFK, devenu mou, rebondit contre le dossier de la banquette, et s'effondre sur l'épaule de Jackie Kennedy. Elle est assise à sa gauche, à quinze centimètres. Elle crie :

– Oh non ! Non, non, non ! On a tiré sur mon mari !

Un morceau de crâne, avec de la matière cérébrale, s'est envolé vers l'arrière, est retombé sur le coffre de la voiture. Jackie se met à genoux, monte sur le coffre, et progresse vers le débris sanglant. L'agent William Greer, qui conduit la limousine, étrangement, ralentit. Sa vitesse descend en dessous des dix-huit kilomètres/heure réglementaires. L'agent Clint Hill, affecté à la sécurité de la Première Dame, se précipite. Il saisit Jackie, la force à revenir à sa place. Elle crie :

– Mon Dieu ! On lui a tiré dans la tête !

Est-ce la deuxième, la troisième, la cinquième balle ? Nul ne sait. Il s'est écoulé huit secondes et quatre dixièmes entre le premier et le dernier coup de feu. En ralentissant, le chauffeur a offert une cible magnifique. Au lieu de démarrer en trombe, Greer se retourne, incrédule. Les motards, qui devaient escorter la voiture et la protéger sur les flancs, sont placés derrière, et ne servent à rien. Les autres agents du Secret Service – organisme chargé de la sécurité rapprochée du Président – sont frappés d'inertie. Neuf d'entre eux, la veille, sont sortis la nuit pour faire la fête en ville. Le dernier est rentré à cinq heures du matin.

Le gouverneur de l'État, John Connally, assis avec sa femme sur la banquette avant de la limousine, s'affaisse. Il est touché. Sa femme lui serre la main.

– Ils l'ont tué, ils l'ont tué !

Abraham Zapruder, un petit tailleur juif ukrainien, ne peut se retenir. Il crie, il crie. Sa caméra Bell & Howell 8 mm enregistre tout. Il suit la voiture présidentielle, zoome au maximum, et continue à filmer jusqu'à ce que celle-ci disparaisse dans l'ombre d'un tunnel.

Quand la voiture émerge du tunnel, l'agent Clint Hill est toujours étendu sur le coffre. Il voit la tête du

Président transformée en bouillie rouge et aperçoit un morceau de cervelle sur le siège. Il y a du sang sur les dossiers, sur les portes, sur les vêtements de Jackie. Celle-ci berce son mari :

– Jack, Jack, qu'est-ce qu'on t'a fait ?

Clint Hill crie :

– À l'hôpital, à l'hôpital !

Dans la voiture d'accompagnement, l'agent Paul Landis, debout sur le marchepied, jette un coup d'œil sur le couple présidentiel. Clint Hill lui fait signe, le pouce indiquant le sol, le signe des vaincus.

Tandis que la vitesse augmente, le chaos devient perceptible. De chaque côté de la route, les gens s'immobilisent, d'autres se jettent à terre. Les gardes du corps du vice-président Johnson, dans un autre véhicule, se couchent sur lui pour le protéger. Les foules massées le long du trajet, avec des fanions de bienvenue, semblent égarées. Des policiers courent dans tous les sens. La voiture présidentielle, une Lincoln Continental SS-100-X, qui pèse quatre tonnes, atteint les cent quarante kilomètres/heure. Elle devient presque incontrôlable. Quand elle arrive sur Stemmons Way, toutes sirènes hurlantes, on aperçoit le Trade Mart, le centre commercial où JFK est attendu pour faire un discours et où une publicité annonce la sortie prochaine de *Move Over, Darling*, qui aurait dû être le dernier film de Marilyn Monroe.

Jackie Kennedy berce le Président :

– Jack, Jack, tu m'entends ?

L'œil gauche de JFK, exorbité, pend.

Le cortège est désormais précédé par trois motards. Les Harley-Davidson des policiers commencent à tanguer : ils vont trop vite. Dans la voiture, le gouverneur Connally sombre dans l'inconscience. Il se voit mourir. Sa femme le regarde, lui murmure :

– Tout va aller bien, ne bouge pas.

Elle entend la voix de Jackie :

– Il est mort… Ils l'ont tué. Jack, Jack, je t'aime !

Elle répète ces quelques mots, encore et encore.

Le cortège longe Industrial Boulevard, puis Harry Hines Boulevard, où un virage serré débouche sur une voie ferrée. La voiture, à pleine vitesse, cogne les rails. Les motards décollent. Les pneus crissent. La Lincoln bute contre l'asphalte et rebondit. La tête du Président est maintenant sur les genoux de Jackie. Le trajet dure six minutes.

Au Parkland Hospital, la Lincoln s'arrête brutalement. L'agent Roy Kellerman bondit et se précipite vers la porte d'entrée. Il n'y a personne aux urgences. Pas âme qui vive. Même pas une civière. Silence. Un journal déplié titre sur la visite du Président à Dallas et invite à la projection de *Duel au soleil*, un western avec Gregory Peck. La voiture d'accompagnement se gare aussi dans l'aire d'accueil. Kellerman crie :

– Une civière, une civière !

Puis il se penche sur le gouverneur Connally et lui dit :

– Tout va bien se passer.

Une infirmière apparaît, accompagnée d'un aide-soignant. Dave Powers, ami intime du Président et conseiller spécial, court vers la voiture où Jackie reste assise, inerte, et demande :

– Mon Dieu, qu'est-ce qu'ils ont fait ?

Puis il fond en larmes. Jackie le regarde :

– Dave, il est mort.

L'agent Robert Emory ouvre la porte arrière gauche de la voiture. Jackie couvre son mari de son corps et refuse de bouger.

– Madame Kennedy, il faut que vous vous déplaciez.

– C'est inutile.

Tandis que l'agitation croît autour du Président, personne ne s'occupe du gouverneur Connally. Sa femme réalise que le siège de son mari bloque la banquette arrière. Il faut replier le dossier. On déplace le gouverneur, il est transféré sur une civière et disparaît dans les couloirs de l'hôpital. Il survivra.

Un garde du corps tente de prendre Jackie par les épaules. Elle résiste.

– Je veux rester avec lui !

L'agent Clint Hill prend le relais. Ils se connaissent bien. Il murmure :

– S'il vous plaît, madame Kennedy.

Elle gémit. Il insiste, doucement.

– S'il vous plaît.

Elle ne bouge pas et fait écran. Et répond :

– Non, monsieur Hill. Vous savez bien qu'il est mort. Laissez-moi.

L'agent comprend. Il comprend que Jackie ne veut pas qu'on voie son mari dans cet état, blessé, diminué, mutilé. Hill enlève sa veste, et couvre la tête du Président. Enfin,

Jackie lâche prise : tandis que le corps est emmené sur une civière, quelqu'un place le chapeau de Jackie sur la poitrine du blessé. Tout le monde semble courir. Une fièvre s'empare des gens : ils prient, ils pleurent, ils sont frappés de stupeur.

Il y a des agents du Secret Service qui sanglotent, des infirmières qui se précipitent. La veste de Clint Hill a glissé sur le sol. Un drap imbibé de sang recouvre JFK. Quand la civière arrive dans le Trauma Room One, l'agent Roy Kellerman entre dans le bureau des médecins et demande à la cantonade :

– Je peux téléphoner ?

– Oui. Allez-y.

Kellerman appelle son chef, à la Maison Blanche :

– On a tiré sur le Président et le gouverneur. Nous sommes à l'hôpital. Enregistrez l'heure.

Au Parkland Hospital, une infirmière note : 12 h 38. Dossier n° 24740, Kennedy, John.

Charles Carrico arrive. C'est l'interne de service. Il a vingt-huit ans mais déjà de l'expérience. Il a traité plus de deux cents blessures par balles, à Dallas. Il examine JFK. Les signes vitaux sont faibles : teint cireux, respiration agonique, spasmes, pupilles dilatées, yeux immobiles. Avec deux autres médecins, Carrico écarte la chemise du Président, pose son oreille sur la poitrine, entend un léger battement. Il ordonne l'insertion d'un cathéter dans la cheville droite de la victime. La salle est couverte de sang, les gens glissent. On intube le Président. D'autres médecins arrivent, dont Charles Baxter, professeur de chirurgie.

Il se fraie un chemin entre les gardes du corps, les policiers, les infirmières, les assistants.

Jackie demande un prêtre. On la fait sortir du Trauma Room One. La porte se referme derrière elle. Un policier lui propose une chaise pliante, qu'elle refuse. Dave Powers l'aperçoit : elle a les poings serrés, elle espère encore que son mari va survivre. Powers pleure. Pas Jackie.

Carrico enclenche le système d'assistance respiratoire. Il remarque que l'air s'échappe d'un petit trou, dans la gorge du Président. Le docteur Perry demande :

– Vous avez commencé une trachéotomie ?

– Non. C'est une blessure.

Il y a, en effet, une blessure dans la trachée. Le corset du Président, qui maintient son dos, a empêché que cette première balle ne provoque un affaissement total. JFK est resté droit. Le tireur n'a eu qu'à ajuster son tir pour le coup de grâce.

Carrico remarque que d'autres médecins arrivent encore. William Kemp Clark, le neurochirurgien, est là. Paul Peters, l'urologue de service, tente de se rendre utile. Marion Jenkins et Adolph Giesecke, deux anesthésistes chevronnés, examinent la possibilité d'endormir la victime. Don Curtis, Kenneth Salyer, Charles A. Crenshaw, tous internes, transfusent du sang. Perry et Carrico échangent un long regard : la situation est désespérée, ils le savent. Personne ne peut survivre à pareille détérioration des tissus vitaux.

L'amiral George Burkley, l'un des médecins personnels de JFK, entre. Il note qu'on utilise du sang de type O négatif, alors que le président est O positif. Il indique qu'il faudrait injecter des stéroïdes. Il sort des ampoules de Solu-Cortef de sa trousse, mais il sait que la mort est certaine. Quand il ressort dans le couloir, Jackie est assise sur une chaise pliante, le regard perdu. Elle lui dit :

– J'entre.

L'infirmière de service, Doris Nelson, s'oppose :

– Vous n'avez pas le droit d'entrer, madame.

– J'entre et je reste.

Jackie tente d'écarter l'infirmière Nelson. Jambes écartées, celle-ci ne bouge pas et repousse la Première Dame.

– J'entre.

Jackie est déterminée. Miss Nelson ne cède pas. Burkley s'approche, suggère que la Première Dame prenne un sédatif. Elle le regarde :

– Je veux être avec lui quand il mourra.

Elle refuse le sédatif. L'amiral se tourne vers l'infirmière et dit :

– C'est son privilège. Elle a raison.

Quand Jackie entre dans la salle des urgences, c'est le désarroi. Des médecins donnent des instructions, des internes branchent des machines, des infirmières préparent des seringues. Jackie est choquée. Elle fait quelques pas, les mains jointes. Le docteur Jenkins manque de la bousculer en passant et regarde ce qu'elle tient.

Un morceau de cerveau.

Jenkins le lui enlève des mains, délicatement.

Jackie se dirige vers le coin de la pièce où Burkley s'est réfugié. Elle pose sa tête sur l'épaule de l'amiral, ploie les jambes, et glisse lentement vers le sol. Là, à genoux dans le sang, elle ferme les yeux.

Dallas, le 22 novembre 1963

À Washington, dans sa maison envahie par des animaux domestiques qui souillent les tapis et pissent contre les meubles, Robert Kennedy est joyeux. Mordant, agaçant, volontiers rageur, il a des manières de voyou et des idéaux de justice. Son arrogance met tout le monde mal à l'aise. Depuis qu'il a été nommé Attorney General, le frère du Président dirige le ministère de la Justice comme un sergent qui lance des commandos. Il attaque, court-circuite les autorités, exige des résultats, et a deux obsessions. La première, c'est de mettre à genoux l'empereur Hoffa, le leader des Teamsters, tout-puissant syndicat des transports, qui a partie liée avec la Mafia. La deuxième, c'est de se débarrasser de Hoover, le directeur du FBI, qui déteste les Kennedy et sabote toutes les décisions de RFK, son ministre de tutelle. James Hoffa et J. Edgar Hoover vomissent ce gamin aux dents saillantes, corrodé par sa propre ambition.

À midi, RFK est rentré chez lui, dans sa demeure de Hickory Hill, qui est en travaux. Sa femme, Ethel, attend. Véritable pondeuse d'enfants, agressive, laide, Ethel Skakel Kennedy délaisse sa progéniture, pousse les invités dans la piscine pour s'amuser, donne à manger aux lamas, aux perroquets et aux chiens dans la maison, révoque deux domestiques par jour, est d'une avarice étonnante. Elle surveille même l'os du gigot, pour voir si la cuisinière n'a pas dérobé quelques grammes de viande après le repas. Elle est aux petits soins pour son mari. Celui-ci a prévenu qu'il déjeunerait avec Robert Morgenthau, le

US Attorney de New York, et Silvio Mollo, le directeur de la division criminelle de Manhattan. Ils doivent discuter de l'offensive générale contre la Mafia et ses parrains, Sam Giancana de Chicago, Carlos Marcello de La Nouvelle-Orléans, Santo Trafficante de Tampa et, évidemment, Jimmy Hoffa.

Les invités s'installent près de la piscine. Un poney passe. Brumus, l'immense terre-neuve du ministre, vient baver sur les chaussures des invités. Ethel, vive et encore essoufflée de sa partie de tennis, fait servir le déjeuner : soupe aux clams et sandwichs au thon. À peine ont-ils commencé à manger que le téléphone sonne. Ethel se lève pour répondre.

– J. Edgar Hoover à l'appareil.

Elle fait signe à Robert de se déplacer. Elle sait que les deux hommes sont en guerre. Pour que Hoover appelle, l'événement doit être d'importance.

L'un des peintres qui travaillent à rénover la façade se précipite. Robert Morgenthau l'aperçoit, qui agite un transistor. Il crie quelque chose, de loin.

Hoover dit :

– On a tiré sur le Président. Il est possible que la blessure soit fatale. Je vous rappelle.

Robert Kennedy se couvre la bouche avec la main. Il a une expression d'effroi. Il reste muet. Puis :

– On a tiré sur Jack. C'est peut-être fatal.

Il est 12 h 43.

Dallas, le 22 novembre 1963

Les médecins ne détectent plus rien. Le pouls a disparu. Le cardiotachitoscope est muet. Le docteur Kemp Clark commence un massage cardiaque d'urgence. Il monte sur un tabouret et appuie sur la poitrine du Président, en cadence. À chaque pression, des flots de sang jaillissent de la blessure crânienne de JFK. Le sang ruisselle sur la table d'opération, coule sur le sol, se répand partout, englue les chaussures des médecins et des infirmières. L'écran du cardiotachitoscope affiche une ligne plate. Le médecin descend de son tabouret.

– Trop tard.

Le père Oscar Huber attend dans le couloir.

Le docteur Jenkins couvre le visage du Président. Clark se tourne vers Jackie et dit :

– La blessure de votre mari est mortelle.

Elle le regarde, semble répondre quelque chose. Quelque chose comme :

– Je sais.

Il est une heure de l'après-midi. Le trente-cinquième Président des États-Unis est officiellement décédé.

Au premier étage, Robert Kennedy, les yeux gonflés de larmes, achève ses préparatifs pour aller à Dallas. Le téléphone sonne. Le capitaine Taz Shepard, l'un des collaborateurs de son frère, annonce :

– Le Président est mort.

RFK laisse échapper un gémissement :

– Mort…

Il regarde par la fenêtre. Dehors, il fait exceptionnellement beau. Le soleil joue sur les vaguelettes de la piscine.

Quand il descend, la télévision est allumée. Morgenthau et les gens de maison sont rassemblés. Robert Kennedy annonce :

– Il est mort.

Il se dirige lentement vers la piscine, où les sandwichs au thon suent au soleil. Le poste téléphonique, dehors, sonne. C'est Hoover, de nouveau. Malgré la solennité du moment, une certaine jubilation est perceptible dans sa voix. Le directeur du FBI, en poste depuis presque un demi-siècle, sait que le ministre vient de perdre tout son pouvoir. Robert Kennedy est un juriste médiocre, un piètre politique, un ennemi insignifiant sans l'appui de son frère. Les choses changeront, RFK changera, mais pour le moment, ce 22 novembre 1963, Hoover triomphe. Il annonce :

– L'état de santé du Président est critique, très critique.

Robert Kennedy écoute, puis :

– Vous serez peut-être intéressé de savoir que mon frère est mort.

Le docteur Clark signe le certificat de décès. Les appareils sont débranchés. Les cathéters sont retirés. Les médecins sortent. Jackie reste seule. Elle contemple le drap sous lequel le cadavre de son mari repose. Elle marche dans le sang. Il y a du sang sur son tailleur. Ses mains sont pleines de sang. La table goutte.

Dallas, le 22 novembre 1963

Le pied nu du Président dépasse.

Jackie s'approche, et embrasse le gros orteil, ensanglanté.

Puis, enfin, elle se met à pleurer sur le dossier n° 24740, son mari.

Robert Kennedy donne des instructions : les archives et les effets du Président, à la Maison Blanche, doivent être surveillés en permanence. Personne – personne ! – ne doit y avoir accès. Il ordonne à McGeorge Bundy, le conseiller à la sécurité, de changer toutes les serrures. Les dossiers seront évacués avant l'arrivée du nouveau Président, Lyndon Johnson. Et les agents du Secret Service, présents sur place, reçoivent leurs ordres : il faut démonter et faire disparaître le système d'enregistrement installé par JFK dans son bureau et dans la salle de réunion du cabinet. Photos, carnets de notes, rapports, bandes magnétiques, tout doit être effacé, enlevé, détruit. La baie des Cochons, l'opération Mongoose, le Vietnam, la Mafia, les maîtresses, les chantages, les amitiés crapuleuses, les assassinats politiques, les visites de jeunes femmes à la Maison Blanche, les souvenirs, les dossiers de chantage politique, les sources de financement, Marilyn Monroe. Ah oui, Marilyn.

Il faut faire place nette.

On a arrêté un suspect, un inconnu nommé Lee Harvey Oswald. Dans quelques heures, il va être tué par un petit gangster, Jack Ruby. Pour l'heure, la Lincoln Continental du Président est restée dans la cour du Parkland Hospital, portes ouvertes. Un cycliste de la police, Stavis Ellis, se penche pour regarder. Des rigoles de sang caillent. Un bouquet de roses est éparpillé sur la banquette. Une fleur, seule, gît dans une flaque écarlate.

CHAPITRE PREMIER

Gloria et Joe

Dans une gerbe d'écume, l'hydravion se pose, le nez vers l'horizon. Des voiliers passent au loin. Sur la plage, où des dunes molles se déversent dans une mer calme, des centaines de personnes attendent. Canotiers, ombrelles, vestes rayées et robes blanches, toute la belle société de Hyannisport est là. Un vent léger rebrousse quelques touffes herbes et porte l'odeur grasse de la grande fabrique de chips de Cape Cod. Le Curtiss amphibie fait demi-tour, se dirige lentement vers le quai. Par le hublot carré, on aperçoit une main de femme qui fait signe. Les spectateurs font de même. Après tout, ce n'est pas tous les jours que Gloria Swanson, la plus grande star du cinéma en cette année 1929, vient en visite dans cette petite station balnéaire.

Sur la route qui mène à la ville, deux motels, un dancing, et puis rien. De l'autre côté du bras de mer, il y a Boston, la cité des magnats et des barons, la ville de l'argent et des faux aristocrates. Un vent sournois y balaie les consciences. À Boston, il convient d'être blanc, protestant et riche. À Hyannisport, il n'y a pas de Noirs sur la plage. C'est ici la Nouvelle-Angleterre, aux règles empesées et aux brouillards décoratifs. Manchettes en celluloïd et mentons en l'air : Hyannisport est la résidence de Joe Kennedy, le patriarche débauché, le père de Jack et de Robert. Joe se veut financier, banquier, producteur, brasseur d'affaires. Il l'est.

C'est une canaille en col dur.

Le père Kennedy est aux commandes de l'avion. Il parade. Il fait étalage de sa fortune, de sa puissance. Le Curtiss est à lui. Gloria Swanson, l'étoile de Hollywood, la star des stars, aussi. Ils montent dans une vedette en bois verni, et accostent. Tandis qu'il tend la main pour aider Gloria à poser le pied sur le quai, Joe Kennedy regarde autour de lui. Les gens, tenus à distance par quelques policiers municipaux, applaudissent. Les gazettes ont annoncé que le mari de la star, le marquis Henri de La Falaise de La Coudraye, est en France pour « superviser les affaires de Mr Kennedy ». Tout le monde a compris : Joe Kennedy a acheté le mari complaisant et sa place dans le lit conjugal. C'est dans sa manière. Il veut, il prend. Il a bâti sa fortune en trafiquant de l'alcool, en s'associant avec des voyous, en faisant des affaires avec Frank Costello et Meyer Lansky, les seigneurs de la truanderie de Chicago. Il est prêt à tout. Il a pris Gloria Swanson comme les autres : en se ruant sur elle. « Il était comme un cheval bridé : dur, impatient, pressé. Après un orgasme rapide, il me parla… », se souviendra-t-elle, plus tard. On jouit d'abord, on cause ensuite, c'est le code de politesse de

Kennedy. Il a les mains couvertes de poils roux, le visage piqueté de son, et un sourire de représentant de commerce, avec des dents comme des dominos. Sa femme, Rose, va à la messe deux fois par jour, et se retourne vers le mur après l'amour en faisant le signe de croix, la nuit. Le jour, elle se promène dans leur propriété de Hyannisport en robe de couturier, épinglant sur son corsage des notes : « Faire les courses », « Tailler les roses », « Voir la couturière ». Elle houspille les domestiques, évite ses enfants, vit dans un monde froid. Elle est avare, irlandaise et bigote.

Sur Gloria Swanson, comme sur les autres, Rose Kennedy ferme les yeux. Et fait bonne figure. Quand la voiture arrive devant la propriété, elle se lève. Elle a fait repeindre la façade de l'immense maison en bois – pas les côtés, c'est trop cher – et accueille son mari, qui lui présente sa maîtresse. Celle-ci est minuscule. Sous le chapeau, on distingue des pommettes hautes, de magnifiques yeux verts, et une bouche soulignée de rouge. La star embrasse les enfants endimanchés. Il y a là Joe Jr, quatorze ans, le portrait craché de son père, l'héritier désigné. Jack – le futur Président – a deux ans de moins. Enfant souffreteux, il a le teint jaune des perpétuels malades : il ne fera rien de bon, c'est certain. Robert, né en 1924, s'agite. Kathleen, dite « Kick », est une petite fille de neuf ans, grandes dents, mâchoire de prédateur, pas jolie mais vive et drôle. Eunice, huit ans, est plus réservée. Pat, obéissante et gâtée, a cinq ans. Jean et Rosemary sont accompagnées de leurs nurses. Rosemary, onze ans, est encore une enfant étrange. Elle se meut lentement. Dans le silence des dépendances, les domestiques parlent d'elle en pointant un doigt contre leur tempe : « Elle n'est pas normale. » Folle ? Peut-être. Les Irlandais prétendent que c'est la malédiction des trafiquants : un enfant cassé.

La propriété Kennedy donne sur un terrain étroit. La maison, en revanche, est immense : quinze chambres, neuf salles de bains, la vue sur le détroit de Nantucket. Joe a fait ajouter une salle de projection privée. Depuis qu'il est producteur, il se pique de nouveauté. Producteur ? Voire. Il utilise la société de Gloria Swanson pour financer des projets aberrants, des films médiocres, et pour blanchir de l'argent. Il n'a pas su voir venir le parlant qui, depuis deux ans, envahit les salles. Il gère les fonds de sa maîtresse en grigou, et facture les cadeaux somptueux qu'il lui fait sur le capital de la société. En fait, Gloria Swanson paie de sa poche les fourrures et les diamants que Kennedy lui offre, mais elle n'en sait rien. Chaque bouteille de champagne, chaque cuillerée de caviar est portée au débit de la Gloria Swanson Company.

Depuis novembre dernier, Joe Kennedy a entrepris de produire le nouveau film d'Erich von Stroheim, avec Gloria Swanson en vedette. Mal lui en a pris : von Stroheim est un génie, certes, mais il est arrogant, maniaque, provocateur et tourne dix mille mètres de pellicule là où il faudrait sept mètres. Avec son stick sous le bras et son haut-parleur en main, le cinéaste fait régner la terreur, exige des gants blancs tous les matins, ne boit que du champagne frappé et impose des idées démentes – mais magnifiques. Ainsi, dans *Queen Kelly*, où Gloria Swanson est censée jouer une couventine amoureuse d'un prince, tout est contraire aux bonnes mœurs : la pure héroïne devient patronne de bordel en Afrique, se marie avec un répugnant vieillard qui bave du jus de chique en faisant des baisemains. Von Stroheim tourne des plans sacrilèges : sur la table de nuit du prince, il y a Casanova et la Bible, Boccace et un crucifix. En rencontrant la couventine, notre homme observe qu'elle perd sa culotte, la ramasse du bout de la cravache et la renifle ostensiblement. C'est beau, mais d'un érotisme impossible à montrer au public. Même aujourd'hui, dans les cinémathèques, le plan est coupé.

Il y a plus grave : Erich von Stroheim n'est ni « von » ni aristocrate autrichien, comme il en fait courir le bruit. Il est juif. Or Joe Kennedy est violemment antisémite. Il ne perd pas une occasion d'invectiver les « yids ».

Bref, le tournage de *Queen Kelly* est interrompu. La dernière scène avec la « reine » Kelly transformée en maîtresse sadomaso, entourée de chiens d'attaque, de fouets noirs et d'orchidées, a été de trop. Le film ne sera jamais terminé : Joe Kennedy met fin à cette plaisanterie. C'est dommage : ce qu'il en reste prouve, à l'évidence, que le film aurait été une merveille, sans doute l'un des seuls films dignes de mémoire dans la carrière de Gloria Swanson. Vingt ans plus tard, elle tournera *Sunset Boulevard*, sous la direction de Billy Wilder. Avec Erich von Stroheim, réduit à l'état d'acteur.

Billy Wilder, les orchidées. Les deux joueront un grand rôle dans l'histoire de Marilyn Monroe et de John Fitzgerald Kennedy.

À la demande des petites filles Kennedy, Gloria Swanson appose son autographe sur le mur du garage de la propriété. L'après-midi touche à sa fin : les enfants courent dans tous les sens, les chiens aboient, Rose, les lèvres pincées, houspille les servantes. Joe Jr, le frère aîné, et Jack restent près de leur père, fascinés par l'actrice. Celle-ci est d'une beauté dure, peu commune : Walt Disney s'inspirera d'elle pour la sorcière de *Blanche-Neige*. « Miroir, miroir, dis-moi qui est la plus belle... » Les deux garçons écoutent. Il est question d'un voyage en Europe, en transatlantique. Rosemary, la petite fille retardée, joue avec ses nurses. Elle bave sur ses vêtements. Eunice court. Jack, lui, semble absorbé par une rêverie sans fin. Mais il observe. Il voudrait ressembler à son père, ce conquérant. Il n'en a pas la constitution, ni la volonté. Joe Jr est le favori. Le père a déjà décidé : l'aîné des Kennedy fera de la politique. Joe Jr sera Président. Oui, Président des États-Unis d'Amérique.

Le patriarche est sévère : il sourit peu et, derrière ses lunettes, surveille tout. Devant les cocktails servis près de la piscine, il explique. Sa famille est catholique en pays protestant, certes. Mais il en a assez d'être traité de « papiste », d'être ostracisé par la bonne société de Boston. Ces gens ont osé le blackbouler lors de sa demande d'admission au club le plus fermé de la ville ! Quel affront ! Il se vengera. Quant à sa famille, il n'a qu'une règle : inculquer à ses enfants une morale de loup. Prendre, gagner. Les garçons doivent se battre. Les filles sont faites pour prier et servir les hommes. Rose ne dit rien et se signe discrètement. Le soir tombe, la mer scintille. Un dernier voilier rentre au port.

La soirée est un triomphe. Au restaurant chic de Hyannisport, la Goleta – un ancien trois-mâts transformé en lieu de plaisir –, Joe fait la tournée des tables et présente Gloria Swanson à ses amis : « Mon associée », dit-il, avec un sourire de prêtre dévoyé. Rose, restée à la table, seule, se borne à fixer le vide, la bouche de travers, cette bouche sans lèvres, mince comme la fente d'une tirelire. Par la fenêtre, on distingue le quai et les navires à la parade. Il y a là le *Rose Elizabeth*, le yacht de son mari, et, un peu plus loin, le Curtiss amphibie. Gloria Swanson, en robe blanche et perles du Japon, est superbe. Ses yeux verts étincellent.

Demain matin, à six heures, Rose Kennedy dira ses neuvaines à la messe.

La mer est excellente. Peu de vagues, une légère brise. Joe, qui se pique d'être un bon skipper, lève les amarres. Le *Rose E.* se tourne vers l'horizon, double la pointe du quai ; Joe fait un signe à la capitainerie du port. Derrière, le premier ferry de la journée, en direction des îles Nantucket, fait entendre son halètement. Le *Rose E.*, habituellement, est utilisé par Joe Jr et Jack : les deux garçons adorent passer les bouées, au large, puis revenir, sous le vent d'est, qui rabat les vagues vers le littoral. Leur père dirige le yacht vers la haute mer : à la proue, les pieds posés sur le plat-bord, Gloria Swanson tient son immense chapeau de paille d'une main. Elle redoute le soleil, qui lui brûle aisément la peau. Et elle agrippe fermement un cordage : l'actrice ne sait pas nager. Joe Kennedy, lui, se vante d'être un nageur hors pair. À la barre du *Rose E.*, il se révèle être un navigateur médiocre. Le bateau louvoie, les voiles retombent mais, tant bien que mal, il prend le large.

La côte s'éloigne.

– Quand nous serons en Europe…

Joe Kennedy sait que le marquis Henri de La Falaise, le mari de Gloria, est déjà occupé à faire la cour à une autre star de cinéma, Constance Bennett. À Paris, ils fréquentent les meilleurs restaurants et dépensent l'argent de Constance, devenue millionnaire après avoir divorcé de Philip Morgan Plant, un héritier cousu d'or. Voilà qui arrange bien les affaires de Joe K. Il peut continuer à vider les caisses de la société de production de Gloria Swanson, sans que celle-ci ne s'aperçoive de rien. Elle est incapable de gérer un buffet campagnard, à plus forte raison une entreprise. Autrefois, elle laissait ce soin à Joe Schenck, le boss de United Artists : impitoyable, autoritaire, celui-ci dirige son studio comme son écurie. Il aime le jeu, adore les chevaux, investit dans des affaires douteuses et méprise les artistes. Il ressemble à Joe K., sauf que ce dernier est irlandais.

– Tu partiras sur l'*Olympic*, n'est-ce pas, Gloria ?

Les cabines sont déjà retenues. Dans une semaine, Gloria Swanson, accompagnée du réalisateur Busby Berkeley et de son épouse, embarquera sur l'*Olympic* à destination de Cherbourg. Quelques jours plus tard, Joe et Rose

Kennedy suivront, à bord de l'*Île-de-France*. Rose ira à Deauville. Joe et Gloria… ailleurs.

– Tu verras, ce sera merveilleux.

Elle abaisse le rebord de son chapeau, que la brise menace d'emporter.

Le soleil est haut. À l'ombre d'une voile abaissée, Gloria se love dans les bras de Joe. Au loin, on distingue quelques petites falaises où des mouettes criardes planent en rubans noirs. Le *Rose E.* est immobile. Les amants sont nus. Joe n'est guère un séducteur attentif, il prend son plaisir, il ne le partage pas. Mais Gloria est sensible à son assurance, à cette arrogance. Joe fait l'amour comme un facteur en tournée. Il va droit au fait.

À quelques kilomètres des côtes, ils sont seuls.

Seuls ? La trappe, dans le poste de pilotage, s'ouvre doucement. Une main, puis un visage apparaissent. Prudemment, lentement, Jack se glisse hors de sa cachette. Il entend des halètements, des soupirs. À douze ans, il ignore les choses de l'amour : ses parents ne lui en ont jamais parlé. À l'école catholique qu'il fréquente, on lui enseigne l'oubli de la chair, la primauté de l'âme, la toute-puissance de Dieu et de ses anges.

Il s'avance, doucement. Contourne la cabine. Aperçoit la voile abaissée. Et là, dans l'ombre, il voit… il voit… il voit.

Il est frappé par la foudre, anéanti.

Il saute par-dessus bord.

Il nage, il nage. Il fuit. Il n'entend pas que son père l'appelle :

– Jack !

Joe Kennedy plonge. Son fils est frêle, amoindri par

une multitude de maladies qui l'alitent régulièrement. En quelques brasses, le père l'a rejoint. Il le saisit par le cou, le renverse, le fait flotter sur le dos. Il était temps : étouffé par les sanglots, essoufflé, le gamin est au bord de la noyade. Tandis que son père le ramène vers le bateau, Jack hoquette.

Quand ils remontent à bord, la honte submerge Jack. Il ferme les yeux, et le soleil lui fait un voile jaune dans le regard, qui dissimule le monde entier. Il veut mourir.

La capitainerie de Hyannisport n'inscrira pas l'incident dans ses logs. Les journalistes locaux n'en auront vent que des années plus tard. Le secret sera maintenu. Personne n'a rien vu, rien entendu. Il ne s'est rien passé.

C'est la dernière fois de sa vie que John Fitzgerald Kennedy sera le voyeur. Désormais, éternellement, ce sera lui qui sera observé, espionné, écouté. Il ne le sait pas encore, mais sa vie va devenir un show permanent. Avec des acolytes, des sbires, des figurants, des amis, des traîtres. Jack va être la star d'un film fantôme, avec une vedette blonde.

Deux mois plus tard, un monde s'écroule. La Grande Dépression ravage l'Amérique. Octobre noir brise des familles, jette des millions de gens dans la rue, réduit des fortunes à l'état de cendres, carbonise Wall Street, fait disparaître des fermes entières dans une nuée de poussière.

Joe Kennedy devient encore plus riche.

Marilyn Monroe a trois ans.

CHAPITRE 2

Norma Jeane se marie

Norma Jeane n'a jamais vu cette femme sourire. Elle ne l'a presque jamais entendue parler. Gladys Baker a tenté de se suicider deux fois : une fois en avalant des draps, une autre en déchirant une veine de son poignet avec une épingle à cheveux. Norma Jeane se souvient à peine de cette étrangère aux cheveux rouges, sa mère. Celle-ci est dans un hôpital psychiatrique depuis des années, hôpital dans lequel la grand-mère de Norma Jeane est morte, enserrée dans une camisole de force, en 1927.

Elle a toujours été à la merci de familles d'accueil. Abandonnée, récupérée, molestée, ballottée, Norma Jeane a fini par échouer chez les Goddard. « Doc » Goddard, le chef de famille, est un homme sympathique : il fait de la figuration dans des films, parfois, et vit de petits boulots à droite et à gauche. Il doit son surnom à la profession de son père, qui était médecin au Texas. Un soir, saoul, Doc a tenté de violer la petite Norma, onze ans. L'affaire a été rapidement oubliée. Grace Goddard, elle, est une petite femme qui voue un culte à Jean

Harlow, la blonde platine, découverte par Howard Hughes, morte en 1937.

Norma Jeane vit dans un désert affectif. Sa famille adoptive est indifférente, sa mère est folle, son père s'est évanoui dans la nature. Elle ne connaît pas son frère ni sa sœur, ne sait même pas qu'ils existent. Elle est timide, elle bégaie, elle se sent… différente. À quinze ans, elle fréquente la Van Nuys High School, où elle est une élève médiocre. Quand les Goddard déménagent, en septembre 1941, Norma s'éloigne de son établissement scolaire. Comment circuler ? Les transports en commun, à Los Angeles, sont quasiment inexistants, et il n'est pas question de laisser « la petite » conduire. Grace Goddard demande à une voisine, Ethel Dougherty, un service : le fils Dougherty, Jim, qui a vingt ans, aurait-il l'amabilité de conduire Norma Jeane ? Bien sûr, pas de problème.

Jim Dougherty est le petit dernier de la famille. Les Dougherty, des Irlandais pur sang, ont traversé la Dépression comme des millions d'Américains : en se serrant la ceinture. Avec leurs cinq enfants, ils ont erré de petits jobs en centres d'accueil, travaillé à la cueillette des oranges en Californie, sous l'œil des matons munis de manches de pioches, puis ont dérivé. Ils ont vécu sous la tente, ont passé des nuits sans rien manger. Ethel Dougherty a finalement réussi à envoyer son fils à la Van Nuys High School. Pour boucler les fins de mois, le jeune homme fait des heures supplémentaires chez un croque-mort. Finalement, en septembre 1941, il a trouvé un travail, un vrai : il est ouvrier chez Lockheed, service de nuit. Son camarade d'atelier est un étrange type, avec une voix molle et grave, et un air endormi. Il se nomme Robert Mitchum, écrit des poèmes, se bagarre souvent et veut être acteur.

Jim Dougherty est avenant : le visage orné d'une moustache à la Errol Flynn, il est gentil, prévenant, gai. Il rêve parfois de « voir le monde », de voyager, mais avec cette satanée guerre, que faire ? Il y a des Américains qui prétendent que les États-Unis doivent rester en dehors du conflit, d'autres qui poussent à entrer en guerre. Les leaders syndicaux de gauche ne voient aucun bénéfice à « aider un conflit capitaliste », les hommes politiques de droite sont farouchement isolationnistes. Joe Kennedy déclare à la radio que les Anglais sont condamnés, qu'il faut s'arranger avec Hitler.

Les trajets, dans le coupé Ford bleu marine qui fait la fierté de Jim, sont agréables : Norma Jeane en profite pour s'approcher de son chauffeur, et admire sa moustache, qui lui donne « l'air distingué », dit-elle. Elle est rieuse, amusante. Quinze ans ? Pour Jim Dougherty, c'est une enfant. Les semaines passent. Peu à peu, une certaine intimité s'installe. En revenant de Van Nuys, il arrive que Jim fasse un détour par Mulholland Drive, une petite route qui serpente dans les collines. Là, Norma Jeane se laisse embrasser. Embrasser, oui, mais rien de plus. « Elle restait en contrôle », se souviendra Jim, une vie plus tard.

Le 7 décembre 1941, les Japonais frappent. Les 2 403 morts et 1 178 blessés de Pearl Harbor changent tout. L'Amérique entre en guerre. Prochaine cible : Los Angeles, ses usines d'avions, ses dépôts d'essence. Un mouvement de panique se dessine : les habitants s'éloignent de la côte. Vingt mille Japonais habitant en Californie sont instantanément considérés comme des membres secrets de la cinquième colonne, des taupes de l'empire du Soleil Levant. Le 10 décembre, un black-out est décidé : la ville plonge dans l'obscurité totale. Totale ? Pas tout à fait. Hollywood Boulevard, le cœur de la cité, reste allumé. Nul ne sait comment éteindre les dizaines de sapins qui ornent les trottoirs, depuis le Chinese Theatre jusqu'à Sunset Boulevard. Mais l'arboretum de Los Angeles, où se tourne *The Lady Eve* avec Henry Fonda et Barbara Stanwyck, est dans la nuit. Dommage : c'était le dernier jour de tournage.

La vie change. Désormais, chacun sait que les sous-marins japonais, les avions de chasse ou, qui sait ? d'autres armes encore plus dangereuses, peuvent frapper la Californie, et, pire, les studios. Doc Goddard accepte un nouveau job en Virginie. Norma Jeane est dévastée. Que va-t-elle devenir ? Le 25 décembre, tandis qu'elle danse avec Jim sur un air de Hoagy Carmichael, Norma Jeanc se demande quel sera son avenir. Une fois de plus, elle est délestée par une famillc d'accueil. Elle est considérée comme un excédent de bagages. Elle écoute la chanson, elle pose sa tête sur l'épaule de Jim : *Everything Happens to Me*, chanté par Frank Sinatra, est une jolie mélodie. Il dit : « J'ai hypothéqué tous mes châteaux en Espagne... »

Norma Jeane adore Frank Sinatra. Celui-ci est à la mode : avec son visage maigre, son nœud papillon et sa voix de velours, il enflamme les adolescentes. Il chante : *Black Magic*, *For Me and My Gal*, *Night and Day*. Il fait rêver l'Amérique, et Norma Jeane ferme les yeux, pour se laisser bercer par ses mélodies.

Quelques jours plus tard, Ethel Dougherty aborde son fils :

– Jim, les Goddard s'en vont. Ils ne peuvent pas garder Norma. Elle doit donc aller à l'orphelinat, jusqu'à ses dix-huit ans.

– Oui ?

– Grace Goddard me fait demander si tu l'épouserais. Elle aura seize ans en juin.

Aussitôt dit, aussitôt fait. On glisse à cette fiancée improbable une brochure d'Emanuel Haldeman-Julius intitulé *Ce que toute jeune femme doit savoir sur le mariage*, datant de 1923. Ce qu'elle doit savoir ? Il convient, lit-elle, de savoir garder un intérieur agréable, de faire plaisir à son mari en repassant ses chemises et en préparant des petits plats économiques et savoureux. Les bruits désagréables – vaisselle, serpillière, w.-c. – doivent être couverts par un poste de TSF judicieusement placé.

– Et la sexualité ? demande Ethel à Grace.

– Elle apprendra bien.

Le vendredi 19 juin 1942, le mariage a lieu à huit heures du matin. Une vingtaine d'invités, un pasteur à la maison, une belle robe… Quand Norma Jeane descend l'escalier du petit pavillon, Jim ne la reconnaît pas. Elle a « un sourire à faire fondre une pierre ». Le registre d'état civil indique qu'elle est la fille d'une femme nommée « Monroe ». Père : E. Mortensen, domicile inconnu. Un ami apporte l'alliance sur un petit coussin de velours pourpre. Jim Dougherty, sur son trente et un, a la tête qui tourne, il vient de boire deux grands verres de bourbon pour se donner du courage. Quelques heures plus tard, saoul, il danse sur la scène d'un petit restaurant de quartier, avec une entraîneuse qui le tient par la main. Norma Jeane « Monroe » Dougherty va le chercher, ne le lâche plus. Quand ils rentrent le soir dans leur petite maison, il n'y a qu'un lit pliable. Peu importe. Ils apprennent.

Dès le lundi suivant, Dougherty repart au travail. Chez Lockheed, il montre la photo de sa femme. Robert Mitchum, alors ouvrier dans la même usine, lui demande :

– Elle te fait le même sandwich tous les jours ?

Puis il regarde le cliché et constate :

– Ouais, elle est mieux qu'un sandwich.

Norma Jeane découvre son arme majeure : la sensualité. Elle voit le désir s'allumer dans le regard des hommes, elle en joue. Quand son mari s'engage dans la marine marchande, elle est terrifiée : seule, elle va rester seule ? On envoie Dougherty à Catalina Island, île au large de Los Angeles. C'est un endroit paradisiaque, où les stars de cinéma viennent passer le week-end, et où des producteurs comme Louis B. Mayer, Samuel Goldwyn ou Joe Schenck traitent leurs affaires discrètes, notamment avec Willie Bioff, Longy Zwillman ou Joe Rosselli, gangsters qui ont mis Hollywood en coupe réglée. L'île, qui est superbe, est dominée par une petite ville, Avalon, où se sont installées de nombreuses administrations : le centre de commandement des Marines, les bureaux de l'OSS, la première agence d'espionnage, ancêtre de la CIA, et l'école de formation de la marine. Il y a des milliers de marins, les mains dans les poches, dont la seule activité est de regarder les pétrels et les quelques bisons importés pour le tournage d'un western oublié. Les femmes sont rares. Ou inaccessibles. Ou moches.

Un soir, l'orchestre de Stan Kenton vient jouer quelques succès au casino d'Avalon. L'air le plus connu s'intitule *Eager Beaver* et, en argot, désigne un sourire vertical appétissant. La grande salle, remplie de marins, swingue. À peine Jim Dougherty a-t-il commencé à danser qu'un admirateur s'interpose. Puis un autre. Puis un autre. Jim perd de vue sa femme, engloutie par une horde de loups affamés. Quand il l'aperçoit, elle a les yeux brillants, elle rit aux éclats, elle est… différente.

Jim Dougherty s'installe devant une bière. Celle-ci tiédit. Les mélodies passent. Les visages défilent. La nuit s'étire. Sept heures plus tard, Norma Jeane apparaît. Elle est radieuse, oui, radieuse.

Quand Jim prend la mer, Norma Jeane revient chez elle. Elle s'ennuie, Dieu qu'elle s'ennuie ! Elle écrit des dizaines de lettres à son mari, elle soigne des animaux perdus, elle prend un job dans une usine aéronautique, où elle vernit des fuselages. Obligée de porter une salopette, elle en tire le maximum. « Une femme en salopette devant des hommes, c'est comme une cape rouge devant des taureaux », dit-elle. Quand Jim revient, en permission, il constate que sa femme est toujours aussi tendre mais… mais elle a subtilement changé. Elle n'est plus seulement la petite fille timide et effrayée. Elle a un autre visage, plus froid, plus calculateur. Elle est double.

Un après-midi, Norma Jeane demande à Jim de l'accompagner à l'arrêt de bus. Elle a été prévenue que sa mère, sa vraie mère, Gladys, arrive. Elles ne se sont pas vues depuis des années. Gladys a été libérée à la condition de vivre dans sa famille à Portland, dans l'Oregon. Chemin faisant, elle a voulu faire un arrêt pour voir sa fille. Onze ans de séparation, une seule visite…

Quand Gladys descend du bus, elle est étrange. Son regard est celui d'une noyée, et pourquoi est-elle habillée en infirmière, blouse blanche, bas blancs, chaussures blanches ? Norma Jeane ne la reconnaît pas. Elle a un vague souvenir : bébé, elle est certaine que cette folle a voulu l'étouffer sous un oreiller. Gladys repart. Jim ne peut s'empêcher de remarquer :

– Vous vous ressemblez.

La panique, une panique terrible, mortelle, envahit Norma Jeane. Ressembler à sa mère ? Jamais ! Quelques années plus tard, elle la reniera en publiant un communiqué de presse. Quand Gladys Monroe Baker Mortensen reprend le bus, Norma Jeane est soulagée. Cette femme traîne une malédiction : le père de Gladys est mort au stade tertiaire de la syphilis, la mère s'est éteinte dix-sept jours après la naissance de Norma Jeane, folle à lier, au sens propre du terme. Gladys survivra à sa fille de vingt-deux années, enfoncée dans une schizophrénie qui lui hache l'esprit.

Quelques jours plus tard, Norma Jeane se tourne vers Jim Dougherty :

– Je vais téléphoner à mon père.

Elle décroche, demande à la standardiste du central à être mise en relation avec… avec qui ? Edward Mortensen, son père de substitution, qui a accepté qu'elle porte son nom ? Jim Dougherty ne comprend pas le nom qu'elle bredouille dans l'appareil. Norma Jeane attend, dit quelques mots, raccroche. A-t-elle eu son correspondant ? Jim sent qu'il vient d'être le témoin d'une scène de fiction. Norma n'a parlé avec personne, elle a juste créé une petite pièce de théâtre instantané. Elle est en train de jouer la fillette abandonnée, l'orpheline désarmée. Jim en est certain, sa femme est une manipulatrice de la pitié.

Quand il repart sur le *S. Du Mont*, il ne sait pas encore que c'est son dernier moment avec Norma Jeane. Quand il rentrera, elle demandera le divorce.

Que s'est-il passé ?

Entre-temps, Norma Jeane a rencontré un photographe aux armées. David Conover est chargé de dénicher des pin-up pour les magazines militaires. Il contribue puissamment au moral de l'armée.

David Conover travaille sous les ordres du capitaine Ronald Reagan, gentil comédien, férocement antisyndicaliste, informateur du FBI. C'est la première fois que Norma Jeane frôle un futur candidat à la présidence des États-Unis. Ce ne sera pas la dernière.

Le soir, seule, Norma Jeane se promène. Au coin d'Irving Boulevard, une grande maison obscure, volets fermés, pourrit lentement. C'est là que Gloria Swanson regardera son amant noyé, dans *Sunset Boulevard*. Des voitures passent. La nuit tombe, et Norma Jeane regarde le ciel, choisit une étoile. Il y a des milliers de filles comme moi, se dit-elle, qui rêvent de devenir stars de cinéma. Cela m'est égal. Car…

– Je suis celle qui rêve le plus fort, murmure Marilyn.

CHAPITRE 3

Jack et Inga Binga

Le 14 décembre 1941, un rapport de surveillance du FBI signale la visite d'un individu « sans chapeau », échevelé, en manteau gris et pantalon de tweed, au 1600, 16th Street, à Washington. Le visiteur inconnu se nomme Jack. Il arrive en remontant le col de son pardessus. Ce n'est pas la première fois que cet homme pressé est aperçu chez Inga Arvad. Visiblement, il a une liaison avec la Danoise, et c'est une histoire à risque, selon J. Edgar Hoover. Lequel sait exactement qui est Jack, qui est Inga, ce qu'ils font et pourquoi. Le directeur du FBI adore ces bruits de chambre à coucher, ces rumeurs de passion, ces débauches secrètes. Il archive les dossiers, dans son bureau personnel. Il les compulse, les contemple, les regarde. Puis il les range soigneusement. Ils lui serviront plus tard.

En fait, tout a commencé en 1940. En poste à Londres, Joe Kennedy a été nommé ambassadeur par Franklin D. Roosevelt, qui a préféré éloigner cet allié riche et encombrant, lequel se répand en compliments auprès du Président démocrate, et se dépense en âneries dès qu'il est loin. À la cour de Saint James, Joe Kennedy ne manque pas une bourde : il traite la reine de « chouette nana », arrive habillé en smoking quand tout le monde est en habit, reprend Sa Majesté sur les us et coutumes (sacrilège) et fréquente le cercle de Cliveden, composé d'aristocrates anglais pro-nazis. Il ne fait pas mystère de ses opinions : si les juifs sont gazés, « c'est qu'ils l'ont bien cherché ». Il reçoit des émissaires de Goering à Londres, dont Helmut Wohlat, haut fonctionnaire nazi, et en expédie, en son nom, à Vichy. Les Allemands sont ravis : « Mr. Kennedy va jusqu'à laisser entendre que la politique démocratique des États-Unis est aux mains des juifs et que Roosevelt va tomber en 1940 », peut-on lire dans la presse. Aux yeux des Anglais, il y a pire : dès les premiers bombardements, Joe Kennedy a installé toute sa famille loin de Londres, affichant une lâcheté que les Britanniques ne sont pas près d'oublier. En privé, il fait état de son ambition d'être candidat à la présidence américaine et, fort de ses relations, réquisitionne des containers sur les transports de troupes pour exporter des caisses et des caisses de whisky et alimenter son business de limonadier en gros. Il a réussi à obtenir l'exclusivité de Dewar's, de Haig & Haig et de Gordon's gin. Il fait débarquer des blessés pour caser de la gnôle ? C'est donc un profiteur de guerre, qui fait passer les intérêts de sa société d'import-export avant ceux de sa patrie, un trouillard et un traître. Roosevelt, las de voir ses ordres contremandés, décide de le mettre à la porte comme un laquais qui a tripoté la caisse. Pour Joe K., la politique, c'est fini. Il en fera par contumace, avec ses fils.

Toute cette agitation a eu des conséquences. Le MI 5 (Military Intelligence, section 5), créé en 1909 pour veiller à l'intégrité de l'Empire, s'intéresse vite à cet étrange ambassadeur qui noue des liens avec l'ennemi en temps de guerre. Des fonctionnaires consciencieux captent les câbles secrets du diplomate véreux, écoutent ses coups de téléphone, copient ses missives, relèvent les mouvements de son compte en banque. Les Anglais travaillent alors main dans la main avec les Américains, novices en la matière. À tel point que l'ex-responsable du renseignement en Espagne, Kim Philby, un maître espion hautement apprécié, instruit à Londres un nouveau venu, James Jesus Angleton. Ils vont devenir amis et, séparément, vont menacer toute la pyramide de l'espionnage occidental. Angleton va devenir le docteur Mabuse, en mieux.

Quand Joe est congédié, le dossier du MI5 anglais est communiqué au FBI et à l'OSS américains. Hoover met de côté l'information selon laquelle Kennedy aurait largement contribué financièrement à l'effort de guerre allemand. Il patiente.

John Fitzgerald Kennedy a alors vingt-quatre ans, il est employé depuis octobre 1941 à la section renseignements étrangers de l'ONI (Office of Naval Intelligence). Il a le grade d'enseigne de vaisseau, un bel uniforme et des horaires peu contraignants. Espion ? Pas du tout. Il compte les gommes et les crayons, classe des formulaires frappés de sigles cabalistiques, souffre de son dos malade, et s'ennuie à mourir. Sa sœur Kathleen, Kick, le prend en main. Elle a trois ans de moins que lui mais c'est une battante. Elle est déterminée, parfois agressive, toujours entêtée avec une pointe d'humour. Depuis quelque temps, elle fréquente William « Billy » Cavendish, marquis de Hartington, fils du dixième marquis de Devonshire. C'est un garçon charmant, distingué, le digne descendant d'une longue lignée aristocratique. Ils se sont connus à Londres. Mais quand le père Kennedy est renvoyé aux États-Unis, en décembre 1940, la love story de temps de guerre est plombée. De plus, Rose Kennedy est furieuse : ce… ce… Britannique… ce Cavendish... est protestant ! Il n'est pas question que la famille Kennedy se mélange avec des non-catholiques, chrétiens dévoyés, schismatiques ! La bigote tient bon et tiendra bon jusqu'à la fin. Quand sa fille mourra dans un accident d'avion en 1948, Rose refusera d'assister aux rites, invoquant une juste « punition de Dieu ».

Pour l'instant, Kick s'amuse à Washington. Employée au secrétariat d'édition du *Times Herald*, elle s'assure que son frère est reçu dans la meilleure société de la ville en distribuant des exemplaires de son livre, *Why England Slept*, ouvrage dont on murmure qu'il a été écrit par le nègre attiré de Joe Kennedy, le journaliste Arthur Krock. Un soir, Kick présente à son frère une ravissante Danoise mariée, Inga Arvad, de trois ans plus âgée que lui. Jack n'hésite pas : il se lance immédiatement. C'est ce qu'il fera toute sa vie : pas de cour, pas de manœuvres d'approche, pas de temps perdu. Les femmes sont là pour être conquises, bousculées, prises, clouées au mur. Il y a celles qu'on honore debout derrière une porte – la majorité – et celles qui vous honorent quand vous êtes sur le dos, les mains derrière la nuque. Jack est le Speedy Gonzalez de l'érotisme.

Mais avec Inga, il a la tête chavirée.

Ce qu'il ne sait pas, c'est qu'il est l'objet d'une surveillance assidue : Joe Kennedy et ses enfants sont sous l'œil du FBI. Et de l'OSS. Et de Dieu sait qui. Quant à Inga (que Jack surnomme « Inga Binga », soit, en bon français, « Inga Boum-Boum »), elle a droit, elle aussi, à l'attention des Men in Black. Car elle a des fréquentations douteuses. Celles-ci ont été révélées au journal où elle travaille par une jalouse : Page Huidenkoper, une journaliste du *Times Herald*, ne supporte pas cette rivale ambitieuse. Inga Arvad est belle, un tantinet arrogante, et, grâce à sa rubrique mondaine, s'invite partout. Elle fréquente les diplomates et les vedettes, les riches et les célèbres, elle glisse quelques allusions et fait des sourires, bref, elle plaît. Elle n'a pas la surface d'autres potinières, comme Dorothy Kilgallen ou Louella Parsons, mais elle a ses entrées partout. Page Huidenkoper alerte le FBI : selon elle, la Danoise travaille pour les nazis.

L'enquête est immédiate. Elle révèle un passé trouble : Inga Arvad a été élevée au Danemark par une mère rapace, qui a transmis à sa fille le goût de l'argent et du pouvoir. Danseuse au Royal Theater de Copenhague, elle a étudié le piano et, dit-on, a été couronnée reine de beauté à seize ans. Recrutée par les Folies-Bergère à Paris, Inga a décliné l'offre, pour épouser un millionnaire égyptien, dont elle a divorcé à vingt ans. Ensuite, elle s'est essayée au cinéma : en 1934, elle a tourné *Flugten fra millionerne*, titre qui résume mal sa vie (« Fuir les millions »). Ce sera sa seule incursion devant la caméra, mais elle a le rôle principal. Le metteur en scène, Paul Fejos, un Hongrois étrange et fantasque, est tombé amoureux d'elle. C'est là que les choses se brouillent. Car Paul Fejos, qui a laissé un nom respectable dans les cinémathèques, est l'auteur de quelques films notables, dont *Fantômas, Marie, légende hongroise* et *Gardez le sourire.* Mais plus intéressante sera sa carrière ultérieure. Ce fils de la noblesse terrienne magyare, cavalier dans le 7e Hussards de l'armée impériale en 1917, est l'homme des coups de tête. Croisant le chemin d'Inga sur un bateau, il a entamé une conversation avec elle. Quand elle a admiré sa montre – une machine superbe, avec les phases de la lune, un calendrier et un chronomètre –, il l'a enlevée de son poignet pour lui en faire cadeau. Devant cet étranger empressé, Inga Arvad a refusé. Fejos, d'un geste à la russe, a jeté la montre à la mer.

Elle l'a épousé.

Plus tard, Fejos a rencontré un industriel passionné par l'ethnologie, Axel Wenner-Gren, fondateur de la firme Electrolux. Celui-ci s'est mis à financer des expéditions documentaires en Amérique et en Asie. Or Wenner-Gren est suspect : il a des contacts soutenus avec les hauts dignitaires nazis, est l'ami intime (et le banquier personnel) du duc de Windsor, pro-hitlérien déclaré, et, dit-on, vend des armes à Berlin. Avec son yacht, le *Southern Cross*, racheté à Howard Hughes, il sillonne les mers et, l'OSS en est convaincue, renseigne les sous-marins allemands sur des cibles potentielles. L'ONI – l'organisme qui emploie l'enseigne Kennedy – a mis le *Southern Cross* sur sa liste noire. Fejos part filmer des tribus en Amazonie. Inga Arvad devient la maîtresse de Wenner-Gren.

En 1935, elle travaille pour le *Berlingske Aftenavis*, le plus ancien et le plus prestigieux hebdomadaire de Copenhague. Et s'arrange pour faire de fréquents voyages au cœur du Reich. Elle commence par rapporter une interview de l'amiral von Levetzow, le préfet de Berlin, puis est invitée au mariage de l'actrice Emmy Sommermann, la fiancée d'Hermann Goering. Ce dernier est charmé : il présente Inga à Leni Riefenstahl, la cinéaste officielle du IIIe Reich, et favorise un contact avec Hitler. Lequel accorde deux interviews à cette Danoise qui le séduit immensément. Elle est « la beauté nordique parfaite », dit-il. Elle lui demande d'abord :

– Quand vous saluez, dites-vous : « Heil moi-même » ?

Bon début. Puis elle le questionne sur sa sécurité. Porte-t-il un gilet pare-balles ?

– Voyez par vous-même, répond le chef suprême.

Elle le fait. Ravi, le Führer l'invitera personnellement aux jeux Olympiques de Berlin un an plus tard, honneur rare. Inga, elle, décrira le chancelier sous un jour féerique :

– Hitler est très humain, très gentil, très charmant, et semble n'avoir pas de tâche plus pressée que de me convaincre du fait que le national-socialisme sauvera le monde.

Très humain, Hitler ?

En 1941, à Washington, Inga Arvad continue à voir Axel Wenner-Gren. Le FBI n'en perd pas une miette. L'homme d'affaires verse des sommes importantes, des liasses de dollars, en cash, à la jolie journaliste. Les agents de Hoover relèvent les numéros des billets. Quand elle séduit Kennedy, c'est pire : il y a foule pour les surveiller. Car Fejos, jaloux, fait suivre sa femme par des détectives privés. Privés ? Rien n'est privé, dans cette histoire. Désormais, les amours de Jack se dérouleront presque sur la place publique. Pour tenter de court-circuiter cette liaison, son père fait passer un écho à Walter Winchell, le chroniqueur le plus écouté et le plus lu des États-Unis. Accessoirement, Winchell est un ami personnel de J. Edgar Hoover et confond souvent le métier de journaliste et celui d'indic. C'est un homme qui aime les boîtes de nuit, qui passe le soir au Lindy's, puis au Reuben's, puis au 21, puis au El Fey, puis... Il a donné des leçons de rumba à Al Capone, et ne sort jamais sans son Colt Snubnose à canon court. Il fréquente les voyous, les princesses, les jazzmen, les *party girls*, les starlettes, les politiciens et la racaille. Il aime s'attabler, aux petites heures du matin, avec Joe DiMaggio, le plus grand joueur de base-ball de tous les temps, une légende vivante. Bilieux, arriviste, électrique, Winchell est le serpent de Broadway, sinueux et gluant. Rendre service à Joe K. ? Winchell est prêt à lui lécher les chaussures.

Ainsi peut-on lire dans les journaux de la chaîne Hearst, le 12 janvier 1942 : « L'un des fils célibataires de l'ambassadeur Kennedy est l'objet de l'affection d'une jeune journaliste de Washington. À tel point qu'elle a consulté son avocat pour divorcer de son mari. Pa Kennedy n'aime pas. » Deux semaines plus tard, le boss de l'OSS, le fougueux Bill Donovan, envoie à J. Edgar Hoover une copie du dossier Wenner-Gren. En mai, celui-ci sera interdit aux États-Unis. En attendant, l'enseigne Kennedy est muté au fin fond de la brousse américaine, à Charleston, en Caroline du Sud. C'est comme s'il était à Tombouctou.

Mais Jack invite Inga à venir le voir dans son lieu d'exil. Il se fait pressant. Elle, à Washington, continue à faire la tournée des cocktails, des réceptions, des événements du carnet mondain. Parfois, elle indispose ses interlocuteurs avec des remarques férocement antisémites. Au téléphone, elle fait danser son amant : oui, elle viendra le voir. Non, elle n'a pas le temps. Oui, elle fera le déplacement. Elle envoie un mot à Jack Kennedy : « Visiblement, Big Joe est le plus fort. » Mais Jack la convainc et réserve une chambre au Sumter Hotel à Savannah. Le FBI la file. Le rapport est précis : « Vingt-huit ans, 1,70 m, blonde, yeux bleus, peau blanche. Jambes un peu lourdes, vêtements élégants, démarche vive. » Inga et Jack se revoient avec plaisir. L'agent de surveillance du FBI écoute. Inga est tout miel, donne des petits noms d'amour à son amant. Celui-ci est fidèle… à lui-même. Dès qu'ils sont ensemble, ils passent à l'action. Un quart d'heure plus tard, limite maximum, John F. Kennedy prend une douche, puis se promène dans la chambre, une serviette de bain autour de la taille, en bavardant. Il attend que les accus soient rechargés, et recommence. Un quart d'heure, une douche, une serviette de bain…

La liaison commence à être encombrante. Jack, au téléphone, manifeste une certaine jalousie, dûment notée par le FBI :

– J'ai entendu dire que tu avais participé à une orgie à New York, Inga.

– Je te raconterai. Je t'en parlerai pendant tout le week-end si tu veux. Mon mari a ses espions partout.

– Qu'as-tu appris ? Il a dit quoi ?

– Il m'a dit des tas de choses sur toi, pas très flatteuses. Il sait ce que tu as dit à ton père sur moi, chaque mot. J'ai eu l'air d'une imbécile, ce qui l'a bien amusé.

– Comment ça, chaque mot ?

– De la part de quelqu'un qui te connaît très bien...

Car, pendant qu'Inga est à Savannah ou à Charleston, Joe Kennedy ne reste pas inactif. Il se rend dans l'immeuble du *Times Herald*, demande à voir le rédacteur en chef. Il faut prendre des mesures, renvoyer cette intrigante. Il sait que celle-ci se plaint à un ami des habitudes érotiques de Jack :

– Il prend son plaisir, sans penser à celui de sa partenaire. Il éjacule et c'est fini.

Le confident, c'est Arthur Krock, l'âme damnée de Joe K. Lequel est ravi, au fond. Une femme, a-t-il enseigné à ses fils, c'est comme un verre de Coca-Cola. On le boit vite, on étouffe un renvoi, on jette le gobelet. Au moins, il aura réussi à faire comprendre cela à ses boys.

La surveillance s'intensifie. Inga Arvad est-elle une espionne ? Rien ne le prouve. Mais les présomptions sont de plus en plus fortes. Hoover fait placer des micros sous le lit des amants, enregistre même les grincements du sommier. Les détectives, les agents du FBI, les hommes de la Navy sont partout, à chaque coin de rue. Ils ne se dissimulent même plus. Imprudemment, Jack fait des confidences sur l'oreiller. Pour lui, « l'empire britannique est déjà liquidé », dit-il. Puis il explique pourquoi. Hoover consigne.

Finalement, Joe s'emporte. Tandis qu'Inga Arvad décide de passer six semaines à Reno, Nevada, résidence obligatoire pour toute personne désirant obtenir un divorce rapide, Joe Kennedy rend visite au ministre de la Marine, James Forrestal. Et demande que son fils soit affecté séance tenante à une unité combattante, dans le Pacifique, malgré ses handicaps physiques, sa santé vacillante, ses infections vénériennes à répétition et son dos en mauvais état. Quand Inga apprend la nouvelle, elle s'exclame :

– C'est ridicule. Quand Jack marche, il a l'air d'un singe boiteux. Il a du mal à avancer. L'envoyer combattre ? Ridicule.

En août 1943, John Fitzgerald Kennedy, en mission de nuit au large de Gizo, dans les îles Salomon, deviendra un héros. À bord du patrouilleur PT 109, il sera, selon la petite histoire, le dernier à quitter le bateau coulé, aidant ses hommes à rejoindre la côte à la nage. Il tirera de l'aventure un best-seller, qui lui servira pour asseoir sa légende future, celle d'un homme politique responsable et prêt à se sacrifier. Inga Arvad, elle, trouve à se recaser. Elle devient la maîtresse de l'un des financiers les plus puissants de l'époque, Bernard Baruch. Celui-ci est l'un des rares hommes à être en possession d'un terrible secret d'État : la progression de la recherche sur la bombe A. Quand il bavarde avec Inga, dans sa maison de Long Island, les magnétophones du FBI, silencieusement, tournent.

Dans la coulisse, la machine médiatique se met en route. Joe Kennedy y veille. Il a payé, dit-on, Inga Arvad pour s'effacer. Il paiera d'autres femmes, pour rester, pour s'en aller, pour coucher, pour se taire. Il ne paiera pas Marilyn Monroe. Car l'argent, pour elle, ne signifie rien. Sa corruption intime, c'est celle de la gloire. C'est comme un oxyde qui mange son esprit.

Dans le silence de son bureau où il n'y a qu'une seule photo, celle de son chien Spee de Bozo, J. Edgar Hoover lit et relit les rapports sur le jeune Kennedy. Il prend aussi un grand plaisir à écouter les bruits d'amour, captés par les micros primaires – ceux qui sont faits pour être découverts – et les micros secondaires – ceux que seul un professionnel peut détecter.

CHAPITRE 4

La rencontre

Marilyn est en retard. Quand elle entre, les hommes ouvrent des yeux comme des phares de Packard, et les femmes, vipérines, sifflent en silence. Le désir recoupe la haine, à Hollywood, bel égout sous le soleil.

Marilyn a adopté le look Jean Harlow : cheveux blonds, si blonds qu'ils sont presque blancs, regard de séductrice, déhanchements de *show girl* et pose de petite fille qui a besoin, oh, tellement besoin, qu'on s'occupe d'elle. Joe Mankiewicz, l'un des réalisateurs qui lui a donné sa chance, dans le merveilleux *All About Eve*, ne se laisse pas prendre : il lit en Marilyn comme si elle était transparente. Elle a un « maquillage d'innocence », qui horripile Mankiewicz, cinéaste des faux-semblants, artiste des masques. Il prend son verre et s'écarte.

Dans sa robe en satin blanc, l'actrice – désormais vedette – s'avance. Le maître de maison, Charles K. Feldman, la reçoit avec tous les égards : il est l'imprésario le plus célèbre de Hollywood, et espère bien que sa visiteuse va signer. Elle le lui a promis, sur l'oreiller. Charlie Feldman, moustache en trait d'encre de Chine et visage bronzé, teste ses actrices avant de les engager. Il tend une main soignée au mari de Marilyn, Joe DiMaggio, qui a l'air bougon. Il est vrai que Joe, vedette des stades, idole du base-ball, n'aime pas les soirées, déteste qu'on regarde sa femme comme si elle était à vendre, manifeste une jalousie de bouledogue, insiste pour qu'elle abandonne sa carrière et reste à la maison, pour faire la cuisine. Ce qui est une aberration. Car Marilyn ne sait rien cuisiner d'autre que les carottes (en boîte) et les petits pois (en boîte). Elle trouve que les couleurs vont bien ensemble.

Ils se sont mariés en janvier 1954, il y a presque deux mois.

Charlie Feldman fait visiter la maison. Marilyn la connaît bien : c'est ici qu'elle a fait la connaissance d'Elia Kazan et de son scénariste, Arthur Miller, il y a quelques années. Le premier est venu en visite sur un plateau où elle n'avait qu'une réplique à dire. Il a vu Marilyn en larmes, effrayée par la caméra, défaite à l'idée d'avoir à jouer, carbonisée de trac et de panique. Il a compris que cette jeune femme était à moitié folle de peur, et, en même temps, que la caméra l'adorait. Kazan, précédé d'une réputation de metteur en scène puissant, de franc-tireur prêt à monter au combat à la moindre contrariété, a couché avec Marilyn, dans la demeure de Charlie Feldman, son producteur de *Un tramway nommé Désir*. Kazan et Miller sont surveillés par le FBI, évidemment. Miller, parce qu'il fréquente des suspects. Kazan, parce qu'il a retourné sa veste. Le 10 avril 1952, le cinéaste a craqué : l'indestructible Kazan, le bagarreur de la gauche américaine, le metteur en scène le plus en vue de Hollywood, le roc, a basculé devant la Commission des activités anti-américaines. Il a livré Paula Strasberg, l'épouse du fondateur de l'Actor's Studio, il a dénoncé Clifford Odets, son ami de toujours, il a donné d'autres noms. En une seconde, il est devenu une saloperie de délateur. À ce prix, il est resté sur la liste de faveur des producteurs.

Kazan s'est vendu. Balance, Judas, crapule.

Arthur Miller, plus réservé, plus timide, est resté dans l'ombre ; c'est dans sa nature.

Joe DiMaggio, emberlificoté dans sa cravate et son costume, est mal à l'aise. Il est inculte, ce qui n'est pas grave à Hollywood, bien au contraire. Il est célèbre, très célèbre, et monnaie sa célébrité avec une assiduité d'ancien pauvre. Il ne paie pas un repas, ne règle pas une facture d'hôtel, n'achète jamais une voiture. Sa simple présence suffit. Il ne débourse rien, et passe ses journées à lire les bandes dessinées, ou à regarder la télé avec ses copains de bistro. Il est aussi gai que la mer à Knokke-le-Zoute. Avec ses grandes dents de cheval et son air rebuté, comment deviner que cet homme est un dieu ? Qu'il n'y a jamais eu un sportif sur un stade avec cette grâce, cette élégance, cette stature ? Quand il a une batte entre les mains, et les pieds sur le fameux « diamant » dessiné sur le gazon, c'est le Fred Astaire du base-ball. Il est magnifique.

Avec Marilyn, il habite au 598 North Palm Drive, à Beverly Hills, en face de chez Feldman.

Les invités se pressent. Il y a là toute l'aristocratie de Hollywood, qui sent le caniveau et l'argent frais. On admire Marilyn, la nouvelle sensation. Adrian, le légendaire couturier de la MGM, est présent : il a dessiné les robes de Greta Garbo, de Norma Shearer, de Jean Harlow. James Stewart bavarde avec Mike Romanoff, faux prince russe, véritable escroc, propriétaire du plus extravagant restaurant de Los Angeles. David Niven enlace sa femme, Hjordis, tandis que Billy Wilder se prépare à tourner *Sept ans de réflexion*, avec Marilyn. Voici les magnats des studios, Darryl Zanuck et Jack Warner, et puis Gary Cooper, Humphrey Bogart, Lauren Bacall, Groucho Marx et, un verre de champagne à la main, Sa Majesté Clark Gable. Marilyn s'approche, secrètement ravie. Elle l'admire tellement, Gable : c'est une adoration que lui a transmise sa mère, qui, dans sa folie, a réussi à superposer l'image d'un père absent et celle de cet homme, si séduisant, si mâle. L'acteur, dans l'esprit de Marilyn, incarne l'homme idéal, rassurant et paternel. Il est à la fois le protecteur et l'amant, fantasme confortable.

William Holden, dans un coin, vide verre après verre. Doris Day lui tient compagnie. Joe DiMaggio, derrière Marilyn, est à la remorque. Il hait tous ces gens, il est persuadé qu'on veut lui voler Marilyn – ce qui n'est pas faux. Il est aussi certain qu'on exploite sa femme – ce qui est vrai. Il vomit Charlie Feldman, ce Casanova passé à la lampe à bronzer. Marilyn s'approche de Clark Gable avec des airs de chatte :

– Je voulais vous dire que je vous admire énormément, monsieur Gable, et j'aimerais tellement, tellement jouer avec vous…

– Appelez-moi Clark.

– Vraiment, j'aimerais. Vraiment, Clark.

Battements de cils. Voix de gamine. Ondulation. Le jeu Marilyn. Ils tourneront un film ensemble, *The Misfits*, dans six ans.

Clark Gable en mourra.

Charlie Feldman est un homme apprécié. Son agence, Famous Artists Inc., représente Greta Garbo, James Dean, Marlene Dietrich, Claudette Colbert, Irene Dunne, John Wayne, William Holden, Gary Cooper, Kirk Douglas, Susan Hayward, Lana Turner, Rita Hayworth, Tyrone Power, Lauren Bacall, Richard Burton, Ida Lupino, Dana Andrews, Ingrid Bergman, James Mason, Dick Powell. Et des réalisateurs comme Otto Preminger, Henry Hathaway, Frank Borzage, René Clair, John Stahl, Jean Negulesco et Michael Curtiz. Feldman a inventé le concept du packaging, c'est-à-dire l'idée de proposer un scénario, une vedette, une deuxième vedette et un metteur en scène, le tout ficelé ensemble. Feldman a du panache et de l'humour, des maîtresses innombrables – dont des femmes sublimes telles que Rita Hayworth, Hedy Lamarr, Joan Fontaine, Olivia De Havilland et, la plus belle des plus belles, Ava Gardner. Il passe son temps à se moquer de lui-même, affirmant qu'il est un séducteur qui rate ses nuits, possède une collection de Bentley, remplit ses placards de cravates Sulka (un seul modèle, une seule couleur, toujours la même, bleu). Il est lui-même un enfant abandonné, comme Marilyn. Sauf que lui ne se plaint pas. Avec ses six frères et sœurs, il a été placé en centre d'accueil et adopté à la loterie : le marchand de meubles qui l'a recueilli a demandé aux sept gosses de courir. Le premier arrivé a pu remplir les papiers d'adoption. Ce fut Charlie Feldman.

Autrefois marié avec Jean Howard, danseuse des Ziegfeld Follies, qu'il a allègrement trompée, il a divorcé. Mais sa femme – qui est une hôtesse merveilleuse et qui laissera des albums de photos, véritable chronique mondaine de Hollywood – continue à vivre avec lui. Louis B. Mayer, qui est secrètement amoureux de Jean Howard, la fait suivre par des détectives privés. Inutilement. Car celle-ci a une vie sentimentale bien remplie, mais elle aime Charlie. Et elle adore vivre dans ce cadre, avec des toiles de Renoir, d'Utrillo et de Vlaminck sur les murs. Feldman, lui, s'installera avec Capucine, alors considérée comme l'une des plus belles femmes du monde. La valse mondaine, la belle vie n'auront qu'un temps : le cancer y mettra fin, pour Charlie. Capucine, persuadée d'avoir été chevalier des croisades dans une vie antérieure, se jettera du huitième étage de son appartement de Lausanne.

Warren Beatty se souviendra longtemps d'une réflexion mélancolique de Feldman : « La vie est courte, rien ne compte sinon la qualité humaine. Les films sont écrits sur du vent. »

Marilyn, trois jours plus tôt, est revenue du Japon. Elle est encore tout excitée par le triomphe qu'on lui a réservé là-bas. Elle est aussi allée chanter, en décolleté dans la bise d'hiver, pour les troupes américaines en Corée. Elle tombe dans les bras de son mari :

– Joe, Joe, tu n'as jamais entendu pareille ovation !

– Si, bien sûr.

Joe DiMaggio est une idole colossale. Chez Feldman, les invités cherchent à lui serrer la main, à le complimenter. Il esquive, sa timidité le rend presque agressif. Du coin de l'œil, il repère un jeune couple. La femme est ravissante et possède une élégance de bête de race. Le mari a les yeux bleus, un visage maladif, mais souriant. Jackie Kennedy et son mari font une tournée politique. John F. Kennedy est sénateur depuis peu et passe son temps à esquiver les votes importants et les décisions cruciales, mais cherche à se faire connaître. Il se prépare, toujours sur les instructions de son père, à devenir un candidat acceptable pour l'élection présidentielle. Depuis la mort de Joe Jr, son frère aîné, en mission pendant la guerre, Jack est en première ligne. Son père l'a adoubé, le soigne, lui fait un profil de pièce de monnaie. Mais Jack, pour l'instant, est plus occupé à draguer les filles, à s'esquiver avec Gunilla von Post, une nouvelle conquête suédoise avec laquelle il a passé sa lune de miel, laissant Jackie seule. Mais qu'importe ? Il est chez lui, à Hollywood : comme jadis son père, il vient chez Feldman pour faire la fête, coucher avec des filles, et puise à pleines mains dans ce vivier toujours grouillant.

Il a repéré Marilyn.

Le sénateur Kennedy est un invité permanent chez Charlie Feldman. Après tout, le vieux Joe est un ami de ce dernier, et a des rabatteurs dans le milieu des « artistes ». L'avocat Pat De Cicco, le futur producteur Cubby Broccoli, le chroniqueur mondain Igor Cassini et son frère, le couturier Oleg Cassini, sont des entremetteurs infatigables. Joe Kennedy, désormais sexagénaire, aime bien se faire enduire le corps de crème solaire par de jeunes beautés qui ont des mains lestes. Jack, lui, est plus simple : marié depuis six mois, il considère que cette union, voulue par son père, est de façade. Jackie n'est là que pour la photo : « Le jeune sénateur, avec sa ravissante épouse… », lit-on dans les journaux. Mais la « ravissante épouse » est un ornement, elle a déjà été trompée dix fois, cent fois. JFK ressemble au loup de Tex Avery : quand il voit Marilyn, il a la mâchoire qui tombe et les yeux qui s'agrandissent. Ce qui n'échappe pas à Joe DiMaggio. Pour lui, les Kennedy seront toujours des Irlandais arrivistes et puants. L'Italien a la rancune solide, et le nez sensible.

Discrètement, JFK se renseigne. Il apprend que Marilyn a été la *girl* de Joe Schenck, producteur au physique de Bouddha, associé de gangsters notoires, briseur de grèves, blanchisseur d'argent sale et profiteur sans états d'âme. Schenck a jadis travaillé avec Joe Kennedy et fréquente J. Edgar Hoover sur les champs de courses. Il s'est constitué une écurie de jeunes filles qu'il prête à ses invités : Marilyn en a été. Elle a aussi fait la tournée des bureaux de production, avec une lettre d'introduction rédigée par l'un des hommes de main de Schenck.

Curieusement, à peine avaient-ils ouvert l'enveloppe que les producteurs se levaient, faisaient le tour du bureau, et se débraguettaient, exigeant de Marilyn qu'elle se mette à genoux. Ce qu'elle faisait de bonne volonté, un peu étonnée de cette précipitation. Plus tard, on apprendra que Ben Lyon, le *casting director* qui l'avait repérée, avait simplement marqué : « Cette fille fait des pipes merveilleuses. » C'est tout.

Marilyn a débuté dans un monde sordide. Elle n'en sortira jamais. Même à la Maison Blanche.

Au fil de la soirée, Jack écoute les ragots : il les adore, il s'en repaît, il dévore tous les jours des potins de la commère, il les collectionne. Devenu Président, ce sera sa première lecture du matin : les sous-entendus gras de Cholly Knickerbocker, les petites rumeurs de Dorothy Kilgallen, les échos de Walter Winchell, les notules de la reine du ragot, Hedda Hopper, ou de sa consœur Louella Parsons. S'il le pouvait, il ne lirait rien d'autre. Il est fasciné par James Bond, dieu de l'espionnage, certes, mais surtout don Juan impénitent, rapide et macho. D'autres informateurs lui confient que Marilyn a vécu avec un imprésario, Johnny Hyde, qui en est mort. Il avait le cœur fragile, le pauvre.

Marilyn a survécu en devenant *party girl*, bonne à tout faire dans les soirées de poker, circulant d'un lit à l'autre, se réveillant dans des draps inconnus, dans des maisons dont les propriétaires ne connaissaient même pas le prénom de cette blonde aux yeux de noyée. Marilyn a pris l'habitude de se bourrer de barbituriques, de médicaments, de pilules. Elle dort d'un sommeil artificiel, vit dans un univers factice. Elle a mis au point son histoire : celle d'une petite fille abandonnée, d'une orpheline courageuse, d'une pauvre petite chose abusée et en manque d'affection. Elle raconte cette version moderne de Cendrillon à tous les journalistes, qui adorent. Elle a posé pour un calendrier toute nue ? Et alors ? Elle avait besoin des cinquante dollars pour manger. Le public en redemande. Marilyn ne passe pas pour une traînée, pour un morceau de viande : elle a le génie de transformer la crasse en or, dans sa vie publique. Dans sa vie privée, c'est le contraire. Exactement le contraire.

En DiMaggio, elle a trouvé son chevalier blanc.

Il lui a dit :

– Je prendrai soin de toi. Le show-business, c'est pas un truc pour toi.

DiMaggio est l'homme le plus solitaire du monde. Mais avec Marilyn, il est… il est… le père Noël.

L'un des journalistes, James Bacon, remarque que le « derrière » de Marilyn, sous sa robe blanche, ressemble à « deux chiots qui se battent sous un drap de soie ». JFK remarque aussi.

DiMaggio prend Marilyn par le bras. Elle a envie de profiter de son succès : elle vient de tourner coup sur coup *Niagara* et *Les hommes préfèrent les blondes*.

– On s'en va, Marilyn.

– Non, Joe.

Son mari a le ton des mauvais jours, une sorte de basse murmurante. Il soupçonne Marilyn de le tromper. Ce qui est le cas : l'amant du moment, Hal Schaefer, est un gentil musicien, ce qui n'empêche pas Marilyn de s'offrir quelques petits à-côtés. Il suffit qu'un livreur passe... DiMaggio a fait placer des micros dans la voiture de sa femme et a parfois recours à un policier qui ne va pas tarder à devenir l'un des détectives privés les plus connus de Hollywood, Fred Otash. Le champion de base-ball, qu'on surnomme affectueusement « Yankee Slugger », le cogneur des Yankees, voudrait contrôler sa femme. Il souhaite qu'elle fasse des enfants, qu'elle joue à la nounou, qu'elle récure les gamelles et passe le torchon. Quand il l'a vue, quelques mois plus tôt, à genoux devant le Chinese Theatre, le décolleté bien en évidence, à quatre pattes, mettant ses mains dans le ciment devant les photographes, il a failli hurler. Maintenant, elle reçoit vingt-cinq mille lettres par jour. Il les passerait bien au broyeur, toutes. Elle fréquente Frank Sinatra ? C'est à peine tolérable, mais Frankie est italien, il vient de divorcer d'Ava Gardner, et il en crève. Là, DiMaggio fait une exception. Sinatra, cassé d'amour, Sinatra, émietté par Ava.... DiMaggio met sa jalousie en sourdine pour le *paisano* à la voix d'or.

Jean Howard, en bonne maîtresse de maison, circule d'invité en invité, le Leica en main. Elle photographie Edward G. Robinson avec sa cravate de travers, Cole Porter qui sourit tristement, et Clark Gable qui danse, qui danse...

... avec Marilyn Monroe.

Kennedy observe. Et, discrètement, se rapproche.

Tandis que Jackie bavarde avec Feldman, Jack attend son heure.

Dans *Les hommes préfèrent les blondes*, Marilyn a chanté *Diamonds Are a Girl's Best Friend.* Tout le monde la prend pour une gourgandine qui ne pense qu'au magot, comme dans la chanson. C'est une erreur. Marilyn n'est pas droguée à l'argent, elle ne le sera jamais. DiMaggio n'a pas compris cela. Le producteur Darryl Zanuck non plus. Feldman pas davantage. Marilyn est camée à la gloire. Elle veut être la star des stars, être respectée, être vénérée. Elle exige de l'attention, de l'amour, de la considération, de l'éclat, des vapeurs d'encens, des arômes de myrrhe, un autel en marbre de Carrare et le désir des tous les hommes.

À la demande, elle devient Marilyn, éclatante et sexy. Le reste du temps, elle est Norma Jeane, une fille qui se méprise elle-même, qui meurt d'une irrépressible terreur devant la caméra, qui ne se lave pas, qui ne porte jamais de tampons hygiéniques, qui se bourre de produits chimiques. Elle perd son âme peu à peu, grignotée par d'invisibles rongeurs.

DiMaggio s'énerve.

John Kennedy rejoint sa femme. Quand on cherche à le pousser sur le terrain politique, il esquive. Il oppose un beau sourire à ses interlocuteurs, reprend une coupe de champagne, prend une orchidée qu'il épingle gentiment sur la robe de sa femme – Charlie Feldman adore les orchidées – et jette un coup d'œil sur Marilyn. Celle-ci, la tête sur l'épaule de Clark Gable, danse. Jean Howard, dans un coin, fait la photo.

JFK reste silencieux. Il y a quelques minutes, Marilyn lui a glissé son numéro de téléphone.

Dans quelques jours, elle commence à tourner *Sept ans de réflexion*. Elle espère – elle sent ! – que ce sera le film qui fera d'elle une star immense.

Elle ne sait pas que les films sont écrits sur du vent.

CHAPITRE 5

La robe envolée

Le lendemain de la fête chez Feldman, John F. Kennedy passe le coup de téléphone. C'est DiMaggio qui décroche. Il demande qui est à l'appareil, d'une voix agacée. JFK répond :

– Un ami.

DiMaggio raccroche, avec rage. Puis il se tourne vers Marilyn :

– C'est qui ?

Il insiste, il tempête, il agite d'énormes mains, rien n'y fait. Elle s'enferme dans sa chambre, avale des pilules, sombre dans un marécage. Elle arrive en retard au studio, fait campagne pour être tête d'affiche dans un nouveau film, *Blanches colombes et vilains messieurs*, une comédie musicale dirigée par Mankiewicz, jouée par Marlon Brando et Frank Sinatra. Elle met sous pression Charlie Feldman, qui cherche à joindre Mankiewicz. Lequel ne veut pas d'elle. Finalement, vêtue d'une robe bien décolletée, elle réussit à le rencontrer, et lui lance :

– Vous voyez, je suis devenue une star.

Mankiewicz, excédé, lui répond :

– Marilyn, couvrez-vous. Et arrêtez de remuer le cul.

Mankiewicz tourne les talons. Il a pris la mesure de Marilyn. Il a vu les photos qu'elle a faites quelques jours plus tôt avec Milton Greene, son nouvel amant. Déguisée en ballerine aux pieds nus, imbibée de Dom Pérignon, elle est superbe, certes. Mais quelque chose plane dans ces photos, une sorte de mélancolie qui poigne le cœur, une tristesse mortelle, l'annonce d'une obscurité prochaine.

Fin août 1954, Joe DiMaggio va voir sa femme sur le plateau de *There's no Business Like Show Business :* ce jour-là, Marilyn est attifée comme une houri de caravansérail. Elle porte une aigrette blanche, une robe fendue devant, un bustier qui lui moule les seins et elle chante *Heat Wave*. Tandis qu'elle s'avance entre des boys calamistrés et qu'elle tente de respecter les instructions de Walter Lang, le réalisateur, elle se prend les pieds dans… dans quoi ? Nul ne sait. Elle tombe. Tout le monde se précipite. On retouche immédiatement le maquillage, on recoud les perles sur la robe, on la touche. On la touche ! DiMaggio est outré, blanc de colère. Elle le rend dingue. Elle a beau être entrée en psychanalyse cet été, elle ne change pas : elle veut, ne veut pas. Elle fait l'épouse, mais elle joue à la diva. Elle s'exhibe à moitié nue, mais raconte qu'elle veut « plein de petits DiMaggio ». Elle aguiche, elle se trémousse. Quand elle traverse la rue, il y a embouteillage. Comme le dit un journaliste : « Si les Russes nous envahissent, personne ne s'en apercevra. »

Joe DiMaggio a un ulcère duodénal.

Cette fille, c'est la Poison.

JFK a mal aussi. Son dos le fait atrocement souffrir. Il met un point d'honneur à ne pas se laisser voir avec des béquilles, car il vise très haut, et on ne vote pas pour un handicapé. Le quotidien *Brooklyn Eagle* écrit : « Il faut garder un œil sur le jeune sénateur démocrate John Kennedy. Il est en train d'apparaître comme un possible candidat à la vice-présidence. » La clé de la campagne, c'est l'anticommunisme. Staline est mort deux mois après l'élection de JFK au Sénat, et le nouvel élu a fait un discours où il estime que « la sécurité du monde libre est en train de se dissoudre rapidement sous les coups de la subversion communiste ». Cependant, il se tient à l'écart de Joe McCarthy. Le sujet est d'autant plus chaud que Robert Kennedy, le petit frère, est le *consigliere* de McCarthy, et que celui-ci fréquente aussi le père, qui a largement contribué au trésor de guerre de l'énervé. Il a même été question que McCarthy se marie avec l'une des filles Kennedy.

JFK se bâtit petit à petit une stature d'homme politique. Il y met peu d'enthousiasme, mais son père en a pour lui. C'est ainsi qu'il a épousé Jackie Bouvicr, sur l'insistance de Joe. Celle-ci est une jeune fille bien élevée, qui aime les chevaux, la France et l'argent. Sa mère, la rapace Janet Bouvier, a martelé à sa fille qu'elle n'était qu'une bonne à rien, que personne ne s'intéresserait jamais à elle, et qu'elle était foncièrement moche. À peine Jackie a-t-elle passé l'anneau à son doigt que son mari est déjà reparti vers d'autres lits. Impossible de le brider. C'est une compulsion, une névrose. Il doit séduire, il doit coucher. Son éthique personnelle est aussi développée que celle de son père : la morale, c'est bon pour les curés, les péquenots et les chaisières. Pas pour nous, les Kennedy !

La politique le retient peu. En avril, il a bien critiqué l'implication de la France en Indochine, estimant, devant le Sénat, que la guerre en Asie du Sud-Est serait « dangereusement futile et autodestructrice » pour l'armée française. Ce sont des mots qui reviendront le hanter. Rongé par la maladie d'Addison, une insuffisance des glandes cortico-surrénales, vrillé par la douleur de son dos, luttant contre les accès de maladies vénériennes à répétition, il apprend, cet été 1954, qu'une opération à la colonne vertébrale pourrait le soulager. Les chances de succès sont faibles et les risques d'y rester élevés. L'opération se nomme « fusion lombaire » et consiste à souder plusieurs vertèbres entre elles, leur enlevant toute souplesse. Sa mère, Rose, hésite : elle a déjà perdu un fils, Joe Jr ; une fille, Kick ; et Rosemary, la fille que Joe Kennedy, en secret, a fait lobotomiser. Mais, malgré les réticences de ses parents, Jack est déterminé. Jackie, elle, découvre à cette occasion que son mari est un homme malade, ce qu'on lui avait caché.

L'opération aura lieu en octobre, c'est dit.

JFK joue sa vie. Mais il a encore une chose à accomplir, avant de faire le grand saut.

Il a envie de coucher avec Marilyn.

Son joker, c'est son beau-frère, Peter Lawford.

Peter Lawford est acteur. Il est charmant, agréable, beau garçon, insignifiant. Il a une mère, Lady May, totalement folle, qui se pique de noblesse grandiose, qui affiche un antisémitisme total et qui vomit les Kennedy, ces… ces… manants *irlandais !* Le père de Peter, face à cette sorcière, a préféré se suicider.

Révélé par un article de Dorothy Kilgallen en 1946, Peter Lawford a, un instant, été une starlette – quel est le masculin ? – et, avec ses bonnes manières, son accent anglais, a réussi à imposer… quoi ? Une carrière ? Guère. Un talent ? Non. Un personnage ? Du tout. Peter Lawford est une silhouette, voilà tout, un de ces êtres en papier-bulle qui n'ont d'autre fonction que d'amuser les autres. Sa mère a cherché à lui inculquer l'idée que la sexualité est une chose « horrible, antihygiénique, ordurière », et le petit Peter a pris le chemin contraire. Il a couché avec toutes les stars, les starlettes, les gamines, les serveuses, les chanteuses, les passantes, les prostituées possibles. Il a même couché avec Marilyn mais, en se levant, il a marché dans une crotte de chien près du lit de la belle blonde. La crasse de Marilyn, les ongles sales, les cheveux gras, la douche rare l'ont dégoûté. Peter Lawford a beau être un petit poisson dans la mare aux crocodiles, il aime les filles propres. C'est un parasite aimable, et sa vraie fonction, c'est d'être le maquereau de Frank Sinatra. Il va devenir celui de Kennedy.

Justement, JFK compte sur lui. À chaque fois qu'il vient à Hollywood, c'est Peter qui s'occupe des recrues, des présentations, des invitations. La phrase est toujours la même : « Allons chercher un peu de chatte », lui dit régulièrement Sinatra. Qui est ravi quand son copain lui annonce son mariage prochain : Peter Lawford, marié avec Pat Kennedy, celle qui a la bouche de travers et la mâchoire d'un piège à loup ? C'est une alliance contre nature. Joe Kennedy, en apprenant les intentions de sa fille, enquête, et demande à J. Edgar Hoover d'ouvrir un dossier. J. Edgar se fait un plaisir. Il lâche les chiens et compile les infos. Résultat : non, Lawford n'est pas communiste (c'est bien) ; oui, il est sujet britannique (c'est un malus) ; oui, il est fauché (mauvais point) ; non, il n'est pas homo (ouf). Sur quoi, Joe K. remarque une note en bas de page : « Peter L. fréquente souvent les bordels. » Ah, il est donc totalement acceptable, bien qu'anglais et acteur.

Hoover archive le dossier, le garde sous le coude. Et indique à ses troupes du FBI qu'il convient de garder une surveillance constante sur le sujet Lawford.

Sinatra, dans son coin, applaudit. Le petit Italien avec ses copains aux costumes invraisemblables va enfin rencontrer un baron de la haute, qui a aussi des amis dans la Mafia. Et si jamais JFK devient Président, Sinatra se voit déjà faisant la nouba à la Maison Blanche, intervenant en faveur de Santo Trafficante ou relayant les instructions de Sam Giancana. Il sera l'éminence grise des voyous de Little Italy. *Mamma mia !* Lawford, lui, paie cher cette alliance, qui vire à la catastrophe dès la lune de miel à Hawaii : sa femme, sur les instructions de sa mère, fait le signe de croix avant chaque étreinte, et se tourne vers le mur après en murmurant des patenôtres. Et si l'acteur pensait pouvoir bénéficier de l'argent des Kennedy, il s'est lourdement trompé. Pat Kennedy Lawford a les doigts aussi crochus que ses frères. Pas question de dépenser un sou, un nickel ou un cent. L'argent de la famille reste en famille.

Mais, au moins, ce mariage propulse Peter Lawford sur le devant de la scène. Il devient célèbre. Ou presque célèbre. Ou à demi célèbre. Le problème de Lawford, c'est que toute son existence, il sera une moitié. D'homme, d'acteur, de vedette. Peter Lawford, le demi de vie.

Dans l'ombre, J. Edgar Hoover espionne. Et se prépare. Il pense avoir un destin national. Il songe à la présidence.

JFK voyage. Il passe à Chicago, à Boston, à Buffalo, et fait sa campagne. Il va dans les boîtes, et ramasse des filles séduites par son sourire et son bronzage. Il voit que la puissance politique de McCarthy est en train de s'effriter. Il le lâche. Au Texas, État fort peu démocrate, il ne s'attarde pas. L'aurait-il fait qu'il se serait sans doute retrouvé dans l'un des clubs de Dallas, le Vegas, sur Oaklawn Avenue. Les filles y sont jolies, les affaires sont bonnes, et le patron, Jack Ruby, est sympathique. Bien sûr, le Vegas est sous surveillance du FBI : l'agent local, Carl Murano, veille. Ruby est un petit gangster sans envergure, qui se promène avec un calibre 38 dans la poche et qui gravite dans l'ombre de Carlos Marcello, le parrain de La Nouvelle-Orléans. La rencontre avec JFK aurait pu se faire là, elle se fera plus tard, d'une autre manière, par meurtre interposé. Ce n'est que partie remise.

Jackie, elle, prend son mal en patience, dans sa belle maison de Washington. De nouveaux voisins viennent de s'installer : Ben Bradlee, star montante du journalisme politique, et sa femme Tony, un couple formidable. Il est vrai qu'à Georgetown, quartier historique de Washington, toute la bonne société s'est donné rendez-vous : James Jesus Angleton, qui vient de prendre en charge le département du contre-espionnage à la CIA, habite de l'autre côté de la rue, non loin d'un autre journaliste, Joe Alsop, homosexuel notoire et hôte flamboyant. Et la belle-sœur de Tony Bradlee, Mary Pinchot, une ravissante femme qui étudie la peinture, fait partie du même cercle. Son mari, Cord Meyer, est le numéro deux du contre-espionnage : il est chargé des « affaires humides », des coups tordus. L'adjectif « humide » fait référence au sang.

Tout ce petit monde échange des ragots, parfois des recettes de cuisine, et ne tardera pas à jouer aux chaises musicales. Les épouses des uns deviendront les maîtresses des autres, puis se remarieront pour tromper leurs nouveaux maris. JFK, là-dedans, est comme un poisson dans l'eau. La fluidité des échanges en milieu politique le fait rire.

Jack est un piranha : partout où il passe, il consomme. Il a séduit Gene Tierney, la sublime actrice du *Fantôme de Mme Muir*, les strip-teaseuses Blaze Starr et Tempest Storm, et des dizaines de femmes passant sur son chemin. Son chauffeur, dans ces cas-là, rabat le rétroviseur, pour quelques minutes, ou s'arrête sur le bord de la route pour fumer une cigarette. Kennedy, la plupart du temps, assied la fille sur le capot, retrousse la robe et « arrange » la consentante. Il va si vite que « souvent, la fille ne sait pas qu'il a commencé ». Il est le roi du consommé-minute. Puis il repart en chasse, la truffe au sol. « Je dois lui rappeler de fermer sa braguette », conclut le chauffeur.

Jackie sait que son mari est infidèle, elle est mécontente. Humiliée, surtout. Elle s'en ouvre à son beau-père. Joe K. part d'un grand rire : il adore cette belle-fille à la tête solide, aux ambitions précises. Elle aime l'argent, c'est une chose qui se comprend. Elle a de l'humour, et ils s'apprécient. Jackie ne s'entend guère avec Rose Kennedy, qu'elle considère comme une pisse-vinaigre, une sorte de virago assise sur un manche à balai, là-haut, dans les nuages. Ce n'est pas grave. Personne ne s'entend avec Rose, sauf son confesseur. Et encore.

Joe est aux anges.

– C'est la façon Kennedy, dit-il en rassurant Jackie.

Il fait passer le message : les autres filles ne sont rien pour son fils chéri. Jackie est la reine mère. S'il le faut, Joe l'aidera.

Oui, il l'aidera.

En attendant, Jack est en Californie et téléphone à Marilyn. Cette fois-ci, c'est elle qui décroche. Kennedy murmure :

– Il y a des moments où il ne faut pas téléphoner, n'est-ce pas ?

– Oui, mais ce n'en est pas un.

Peter Lawford arrange un discret rendez-vous entre les

deux amants, au Malibu Cottage pour un verre, puis au Holiday House Motel pour… un quickie.

Une-deux, affaire conclue.

DiMaggio est cocu, et comment ! Marilyn passe son temps à répéter ses partitions chez Hal Schaefer, le gentil musicien, et à bavarder avec celui-ci, après l'amour. Elle raconte sa peur terrible d'être comme sa mère, folle, et elle décrit la jalousie de DiMaggio. Schaefer, qui est homosexuel, l'écoute. Drôle d'aventure, mais aventure calme, presque douce. L'amant sait prêter l'oreille. Quand la sexualité est assouvie, il reste ces moments de confidences, dans des draps froissés…

Puis le monde reprend Marilyn. Tandis qu'elle prépare *Sept ans de réflexion*, le metteur en scène, Billy Wilder, demande des essais costumes. Pour une scène intime, Marilyn a revêtu une nuisette transparente. Wilder, grand connaisseur de l'intimité des femmes – il a été gigolo dans une vie précédente –, s'approche de l'actrice et lui demande de retirer son soutien-gorge.

– On ne porte pas de soutien-gorge sous une nuisette, dit-il.

– Je n'en porte pas, répond Marilyn.

Pour vérifier, Wilder touche. Et il est estomaqué :

– Des seins miraculeux. Un défi aux lois de la gravité.

Certes, un chirurgien a fait des retouches millimétriques, sur le nez, les dents, le menton et la poitrine. Du travail d'orfèvre. Marilyn est parfaite. Elle a le corps le plus désiré du monde, elle est la femme qui déclenche des émeutes dès qu'elle est en public. Elle est le sexe incarné. Impossible de la regarder sans penser à… ça. Elle anéantit les centres de réflexion dans la tête des hommes. Immédiatement, ils se mettent à raisonner avec leur service trois-pièces. Retour instantané au cerveau reptilien.

Quand elle est en mode séduction, Marilyn est un soleil. En privé, la lumière s'éteint. La sensualité aussi. Sous les projecteurs, la reine du monde. Dans le clair-obscur, une pauvresse.

Les proches, dont Marlon Brando, ont remarqué que Marilyn a aussi des bleus. DiMaggio a la main lourde. Quand il a épousé Marilyn, un bookmaker a pris des paris : le mariage durerait-il plus d'un an ? Chez Toots Shor, le bistro favori de DiMaggio, les copains ont misé, sans rien dire à l'intéressé. Et les soirées ont repris de plus belle : conversations de sport, bavardages d'alcool, rires d'hommes entre eux. Toots, le patron, a l'insulte facile, le comique gras, la pinte de bière à la main. Il adore DiMaggio, ils se connaissent depuis des années et mangent la même nourriture infecte que le cuisinier invente. Il arrive que des clients qui aiment l'endroit commandent des pizzas à l'extérieur, tellement le menu est immangeable. Quand Marilyn vient, ce qui est rare, les conversations cessent. Il ne reste qu'un murmure admiratif. Elle s'assied, elle écoute, puis les boys recommencent à faire des phrases. Quel ennui ! Tandis que son mari fume des Camel, sans un mot, les autres braillent et alignent des statistiques de base-ball. Parfois, Sinatra vient boire un verre. Dorothy Kilgallen passe aussi, pour recueillir matière à potins mondains. C'est elle qui a fait la première grande interview du Yankee Slugger en 1944 et, en retour, DiMaggio aime bien cette journaliste au nez pointu et au menton inexistant.

En septembre 1954, Marilyn arrive à New York. L'événement a été claironné, annoncé, imprimé. Le 15 septembre, elle va tourner une scène de *Sept ans de réflexion* au coin de la 52th Street et de Lexington Avenue, devant le Trans-Lux Theatre. Les journaux l'ont bien martelé : Marilyn va provoquer le plus bel embouteillage de la ville, malgré l'heure tardive, minuit. En attendant, elle s'installe, révise ses répliques avec son assistante, passe le soir chez Toots Shor. Puis, lorsqu'elle sort dîner au El Morocco avec DiMaggio, la foule est là, impatiente, houleuse. Le joueur de base-ball est méfiant. Il garde ses distances. Pas Marilyn. Elle signe des autographes, serre des mains, sourit, joue des hanches, fait la moue. Bimbo magnifique, voilà son emploi.

Tandis que DiMaggio revient boire un verre chez Toots Shor, Marilyn arrive sur Lexington Avenue. Le *Journal American*, dûment renseigné par les attachés de presse du film, annonce : « On ne fera pas payer le spectacle. Le tournage dans la rue est gratuit, bien que le costume de Miss Monroe soit, dit-on, très révélateur. » À minuit, il y a mille cinq cents spectateurs dans la rue, chauffés à blanc. Les éclairages sont disposés le long des corniches d'immeubles. Des projecteurs colossaux inondent le carrefour. Des curieux ont grimpé sur les toits. Les photographes sont judicieusement disposés partout. Billy Wilder, le chapeau de travers, la cigarette pendante, donne des instructions, avec une certaine impatience. Marilyn est en retard. Wilder se plaint :

– Elle prend des cours à l'Actor's Studio avec Lee Strasberg ? Je ne dis pas que c'est un mauvais professeur. Mais si elle doit aller à l'école, pourquoi ne va-t-elle pas prendre des cours chez Patek Philippe en Suisse, pour arriver à l'heure ? Tout le succès de Marilyn vient de ce qu'elle ne sait pas jouer. Si elle se prend au sérieux, elle est finie. Travailler avec elle, c'est la guerre des tranchées. On attend, on attend…

L'homme est vif, trépidant, parfois cassant. Il sait exactement ce qu'il veut.

Il veut Marilyn. Sur son plateau.

Maintenant.

Walter Winchell, l'air affairé, arrive chez Toots Shor. Les habitués saluent le journaliste. DiMaggio n'est pas là.

– Il est où ?

– Au bar de l'hôtel Saint Regis.

Winchell, qui sent que la soirée va lui rapporter un beau petit papier, file au Saint Regis. Il repère Joe DiMaggio et lui dit :

– Joe, viens. On va voir le tournage.

L'autre regarde le cul de son verre, observe les ronds humides sur le bar, et répond sourdement :

– Non. Elle serait nerveuse, et je serais nerveux aussi.

– Allez, viens, Joe. Tu dois te montrer. Ça me fera de la bonne copie.

Joe DiMaggio pose son verre, se déplie, et suit Winchell.

JFK est prévenu : l'opération est compliquée. Il faudra faire une greffe osseuse, puis insérer une plaque métallique, et, si une infection se développe, la mort est quasi certaine. Il entre au New York Hospital amaigri, inquiet. Après quelques jours d'observation, deux équipes de médecins s'affairent : il y a là des endocrinologues et des chirurgiens. L'opération n'est pas un franc succès. Plongé dans un semi-coma, JFK s'aperçoit à peine qu'on le considère comme perdu. L'infection redoutée a eu lieu. La famille convoque un prêtre, et le patient reçoit l'extrême-onction. Joe Kennedy, effondré, s'assied et se met à sangloter.

La maladie d'Addison est dissimulée, pas un mot à la presse. On ne parle que d'une blessure de guerre, de l'héroïsme de Kennedy sur le PT 109, et on attend. Curieusement, le malade ne semble pas animé d'une immense envie de vivre. Il est épuisé. Jackie vient le voir, lui offre un pistolet à plombs pour tirer sur les ballons qu'elle lâche dans sa chambre. Les infirmières sont ravies. Elles sont aussi amusées par les autres visiteuses, celles qui passent en coup de vent, à l'insu de Jackie. L'une des infirmières est particulièrement jolie. JFK s'intéresse à elle, et engage une conversation. Jackie, dans un coin, sourit. L'infirmière enlève sa coiffe et… c'est Grace Kelly ! Ah, la bonne blague !

Ce que Jackie ne sait pas, c'est que Grace Kelly a été très courtisée par Joe Kennedy, il n'y a pas si longtemps. Elle a préféré Oleg Cassini, au grand dam de l'ambassadeur.

Les jours passent, les médecins se succèdent, le

patient ne désire qu'une chose : connaître les derniers potins.

Le pronostic vital n'est pas bon. Mais pour se remonter le moral, Jack a placardé une affiche de Marilyn, debout, en short, les jambes écartées.

Un détail : l'affiche est à l'envers.

Quand Winchell et DiMaggio arrivent sur Lexington Avenue, c'est le chaos. Des centaines de gens se bousculent, des policiers à cheval tentent de maintenir un semblant d'ordre, des flashes crépitent. Impossible de passer. DiMaggio tourne déjà les talons quand Winchell avise un agent de police. Celui-ci jette un coup d'œil et reconnaît la star du base-ball, le héros de New York. Immédiatement, toute une escouade d'uniformes ouvre un chemin, que dis-je, un boulevard ! pour le Yankee Slugger. Autour de lui, la foule crie :

– Plus haut ! Plus haut !

Tandis que les deux visiteurs ont l'impression de voir la mer Rouge s'écarter devant eux, la fièvre monte, la tension augmente. Quand DiMaggio arrive au premier rang, il voit la scène.

La scène.

Celle qui va rester pour toujours.

Celle qui est gravée dans le marbre.

Marilyn, en robe plissée, est debout sur une grille de métro. Les épaules nues, un sourire magnifique aux lèvres, la gorge offerte, elle regarde Tom Ewell, son partenaire. Celui-ci, visage de Droopy et mains dans les poches, essaie de prendre l'air blasé. Mais tout le carrefour est électrique. New York est en survoltage. On entend la voix de Billy Wilder :

– On tourne !

Un métro aérien passe et, dans le grondement des rails, trois immenses ventilateurs dissimulés sous la grille se mettent en marche. La robe de Marilyn se gonfle, se lève, monte vers ses épaules, elle détourne la tête en un geste de fausse pudeur amusée, les jambes nues, les cuisses offertes, les mains jointes en une tentative désinvolte de garder un reste de pudeur. C'est une image magique, l'une des icônes du XXe siècle.

Sauf que DiMaggio n'apprécie pas. Sa femme, presque nue, devant des milliers de spectateurs ? Elle ne porte pas de bas, elle n'a qu'une culotte blanche – en fait deux, l'une sur l'autre, pour éviter la transparence. C'est plus excitant qu'un véritable strip-tease. Un gars, énervé, crie :

– Encore, Marilyn, encore !

La scène est recommencée une fois, deux fois, dix fois. Les journaux du monde entier ont dépêché des photographes.

DiMaggio en crève. Il voit les dessous de sa femme, il observe que la caméra semble viser son bas-ventre, il entend un spectateur dire :

– Je t'avais dit que c'était une vraie blonde !

DiMaggio est en rage. Il se retourne, dit : « Ça suffit » et s'en va.

Le tournage durera cinq heures.

La cerise sur le gâteau, c'est que Wilder n'a pas mis de

pellicule dans les caméras. Il ne s'agissait que d'un show publicitaire. La vraie scène sera tournée en studio.

Quand DiMaggio revient chez Toots Shor, le bistrotier, voyant sa mine défaite, lui lance :

– Tu t'attendais à quoi, Joe ? C'est une pute !

DiMaggio ne remettra jamais les pieds chez son ami.

Marilyn annonce le divorce quelques jours plus tard. Le mariage aura duré deux cent quatre-vingt-six jours. À la sortie du tribunal, quelqu'un tend une enveloppe à Marilyn. Dedans, un mot. Marilyn déplie le papier et lit : « Pute », écrit en lettres de merde.

Mais la jalousie de DiMaggio, son sentiment de propriété seront éternels.

Dès que l'acte de divorce est signé, il lâche un détective pour espionner Marilyn. Fred Otash, le doberman des privés, va garder l'œil collé au trou de serrure jusqu'à la mort de Marilyn.

Désormais, elle est sous haute surveillance.

CHAPITRE 6

Hollywood Confidential

Quand il sort de l'hôpital, Jack ne va pas mieux. À Noël, il est emmené à Palm Beach sur une civière, dans la maison de son père. Là, tandis que les médecins sondent la plaie dans son dos, qui suppure et reste béante, il passe des coups de téléphone, s'inquiétant d'une seule chose : qui couche avec qui. Il a une curiosité de pipelette. Mais son état ne s'améliore guère et, en février 1955, on lui prodigue une deuxième fois les derniers sacrements. La douleur le terrasse. Il dort une heure par nuit. En mars, il peut enfin faire quelques pas sans ses béquilles. Tandis qu'approche son trente-huitième anniversaire, son médecin, Janet Travell, le fait revenir à New York pour des examens. Ceux-ci sont révélateurs : John Kennedy a des allergies sévères – le lait, les poils de chat, la poussière – et une nette insuffisance thyroïdienne. Son taux de cholestérol est alarmant et la maladie d'Addison affaiblit sa résistance. Le docteur Travell injecte fréquemment de la novocaïne, pour soulager la souffrance, et de la cortisone, la drogue à la mode.

Il y a une mauvaise nouvelle : la santé de JFK est chancelante. Et une bonne nouvelle : Eisenhower, Président respecté et suranné, vient d'avoir une crise cardiaque. Le monde a changé, en l'absence de Kennedy. McCarthy est tombé, Khrouchtchev est devenu le leader incontesté de l'URSS, la guerre froide bat son plein, les armes atomiques sont prêtes à être dégainées, et un nouveau king déhanché détrône Sinatra : Elvis the Pelvis.

Jack téléphone à Marilyn. Il sera bientôt à New York de nouveau, dans son duplex du Carlyle Hotel. Viendrait-elle le voir ? Elle lui fait part de son ambition nouvelle : jouer le rôle de Grouchenka dans *Les Frères Karamazov*. Elle prend des cours à l'Actor's Studio. Oui, bien sûr, elle viendra le voir.

Le FBI écoute. Fred Otash écoute.

Fred Otash est un pur produit de Hollywood : ex-Marine, ex-flic de la brigade des mœurs, il a ouvert une agence spécialisée dans les dégâts sentimentaux et financiers. Il traque les femmes infidèles, les maris cavaleurs, les fétichistes en manque, les homosexuels discrets, les mauvais payeurs et fréquente avec assiduité ses copains gangsters, dont Mickey Cohen, le flamboyant voyou de Los Angeles. Trapu, bâti comme une gueuse de fonte, prognathe, Otash est un chacal : il arrondit ses fins de mois en donnant des infos à *Confidential*, magazine vaguement crapuleux (dont le vrai business est de faire chanter les stars : on ne publie pas l'article, mais il faut payer). De plus, il travaille pour le FBI, sous l'immatriculation 85 570 C. C'est Otash qui a sorti Phyllis McGuire du pétrin, en apportant la preuve – des écoutes téléphoniques – que son mari Rock Hudson est un homosexuel. L'actrice a pu divorcer sans peine, donnant à Fred Otash un petit bonus pour son dévouement. Mais le détective ne s'est pas arrêté en si bon chemin : il est allé apporter les bandes magnétiques au patron de Rock Hudson, Harry Cohn.

– Si ça sort, nous sommes ruinés, dit Cohn. Rock est l'une des plus grandes stars de la Columbia.

– Ok, mais j'ai des frais, répond Otash.

Cohn paie et, en prime, il devient informateur pour Otash. En échange du silence sur Rock Hudson, le producteur glisse au détective le dossier de Rory Calhoun, un acteur secondaire chez Columbia. Calhoun a fait de la prison. Cohn donne les photos anthropométriques – avec matricule – à Otash, qui les vend à *Confidential.* Vive la liberté de la presse.

Le plus beau, c'est que Rock Hudson est lui-même un client. Il a naguère employé Otash pour faire comprendre à certains de ses ex-amants de ne plus se manifester. Ils ne se sont plus manifestés.

L'homosexualité de l'acteur Van Johnson, la vie sexuelle débridée de Maureen O'Hara, comédienne favorite de John Ford, les prostituées sur le yacht d'Errol Flynn lors de sa nuit de noces, Otash est au courant de tout. Son agence a un label : *Detective for the stars.* Il vaut mieux être client chez lui que cible : Howard Hughes, Frank Sinatra, Judy Garland, Bette Davis, Edward G. Robinson, Lana Turner, Peter Lawford l'emploient régulièrement. Il traite ses affaires dans un restaurant, Dino's Lounge. Propriétaire : Dean Martin.

Otash déteste les juifs, les pédés, les gonzesses, les étrangers, les autres (tous les autres) et, dès qu'on le lance sur un sujet, il aboie, raf, raf, raf. C'est sa marque de fabrique, l'aboiement. Et la grande classe : quand il travaillait au Vice Squad, il était affecté au quartier gay. Il avait trouvé un nom pour le coin : « Vaseline Alley ».

Fred Otash vit dans la fiente.

Et il aime ça, raf, raf.

Quand Joe DiMaggio prend contact avec le *detective for the stars*, il a une obsession. Certes, Marilyn n'est plus avec lui, mais il a des soupçons. Il veut être sûr : qui est l'amant ? Il sait qu'à la traditionnelle fête de fin de tournage, sur le plateau de *Sept ans de réflexion*, il y a eu quatre-vingts invités choisis dans la top-list de Hollywood et que les loups se pressent pour prendre sa succession. Il se ronge les sangs, il aggrave son ulcère, il est encore plus morose qu'à l'habitude. Un soir, alors que Joe broie du noir à la Villa Capri en compagnie de Frank Sinatra (qui ne se remet pas de son divorce avec Ava Gardner), un coup de téléphone arrache le Slugger à son bourbon. Au bout du fil, c'est Barney Ruditsky, un ancien flic qui travaille pour Otash.

– Marilyn vient d'entrer dans un immeuble à West Hollywood.

Sinatra comprend. Il a lui-même failli tuer Ava Gardner, par pure jalousie. Elle l'a presque tué, par pur désir d'être libre. L'enfer, Sinatra connaît.

– Où ça ?

– Au coin de Waring Avenue et de Kilkea Drive, ok ?

– J'arrive.

Sinatra se lève en voyant son ami passablement agité. Il l'accompagne avec quelques copains aux noms immanquablement italiens. Il est onze heures du soir, les rues sont peu fréquentées. Devant l'immeuble, en effet, voici la Cadillac noire de Marilyn, reconnaissable entre toutes. La banquette arrière disparaît sous un bric-à-brac de chiffonnier : des pantalons, des chemisiers froissés, des chaussures dépareillées, des vieux tickets d'avion, des poignées de contraventions et, selon Billy Wilder, « sans doute aussi de vieux amants ».

Les hommes se concertent. Sinatra, qui aime jouer au bad boy, met tout le monde d'accord : pas de gants. On y va, on défonce la porte, on apprend la politesse à l'égaré qui a osé séduire Marilyn, on lui casse les doigts, les poignets et le reste. Les gars montent au deuxième étage, donnent des coups de pied dans la serrure, et un cri de femme les accueille. Florence Kotz, une quinquagénaire solitaire, gueule comme une sirène par temps de guerre. Assise sur son lit, les mains sur les bigoudis, elle est photographiée par Ruditsky, et les Ritals s'immobilisent :

– *Culo di puta*, on s'est trompés de porte !

Quelques appartements plus loin, alertés par le vacarme, Marilyn et Hal Schaefer en profitent pour filer en douce. Le gentil musicien pourra continuer à jouer du piano.

Quand la police arrive, c'est le chaos. Florence Kotz touchera 7 500 dollars et une nouvelle porte.

Quant à DiMaggio, il sombre dans le blues.

Dans les mois qui viennent, Jimmy, un gamin de quatorze ans amoureux de Marilyn, qui la suit comme un caniche à New York, verra souvent une ombre dans un renfoncement ou une porte cochère, en face de chez Miss Monroe.

Le Yankee Slugger, seul dans la nuit.

Charlie Feldman a de bonnes nouvelles pour Marilyn. Il vient de lui décrocher un rôle dans une pièce de théâtre qui va être portée à l'écran, *The Sleeping Prince*. C'est Laurence Olivier – le plus grand acteur du monde – et Vivien Leigh qui l'ont jouée sur scène. Pour le cinéma, il est question de Marilyn et Richard Burton. Tournage prévu à Londres. Alors, heureuse ? Oui, très, répond Marilyn qui finit sa coupe de Dom Pérignon, se lève et s'en va. Feldman sent que c'est dans la poche.

Il se trompe.

Car Marilyn disparaît.

Elle s'envole pour New York. Son studio, la 20th Century Fox, lui a déclaré la guerre. Elle veut plus d'argent, plus de considération, de meilleurs rôles, des personnages tragiques, une loge sublime, des fleurs tous les jours, le choix du metteur en scène… elle veut, elle veut. Darryl Zanuck, le boss, n'est pas homme à se laisser dicter sa politique, surtout pas par une bimbo qui, pense-t-il, est à peine capable de lire un scénario. De plus, elle arrive en retard, discute les projets, refuse ce qu'on lui propose et veut être considérée comme une grande tragédienne. Lee Strasberg, le gourou de l'Actor's Studio, a mis dans la tête de sa protégée qu'elle pouvait devenir la Duse. La Duse ! Pourquoi pas Sarah Bernhardt ou la Callas ? Zanuck enrage, et passe ses journées à mâcher ses cigares en faisant des moulinets avec son maillet de croquet, jeu de pelouse qui le passionne.

Marilyn a toutes les raisons d'aller à New York. D'abord, elle veut s'éloigner de son employeur, Zanuck. Ensuite, elle est en crise : son entrée en psychanalyse l'a jetée dans des abîmes de réflexion. Qui est-elle ? Elle ne sait pas. Qui veut-elle être ? Pas forcément Marilyn. Enfin, elle écoute Milton Greene, photographe charmant qui l'a convaincue de monter une maison de production, pour assurer son indépendance financière et artistique. L'ennui, c'est que Marilyn Monroe Productions devrait être gérée et que Marilyn n'a pas la moindre idée de ce que le mot « gestion » peut bien signifier.

Elle a envie de fuir. Elle fuit.

À New York, elle se réfugie chez Greene, s'insère dans sa famille, devient la cousine-sœur-amante, s'installe dans la maison. Quand elle n'est pas avec Milton ou avec sa femme Amy, elle est avec Lee Strasberg. Celui-ci a senti la poule aux œufs d'or : il intègre Marilyn à son groupe, lui donne des leçons particulières, la fait manger avec ses enfants, lui répète qu'elle est la Duse, la Grandissime, la Sublime, et prolonge des tête-à-tête dans sa bibliothèque, tandis que Paula Strasberg, la grosse épouse du grand génie, écosse les petits pois dans la cuisine.

La Fox, les reporters, les amis, cherchent Marilyn.

Elle a simplement changé de look – perruque noire.

Changé d'attitude – banale.

Changé de nom, aussi. Désormais, elle se nomme Zelda Zonk.

JFK émerge. Il vient de publier un livre – écrit par Ted Sorensen, son ami et son nègre – intitulé *Profiles in Courage*. Gros succès, beau prix Pulitzer, belle escroquerie. Personne ne sait que JFK n'a rien écrit, sauf le titre. Mais de plus en plus, il apparaît comme un candidat viable pour le poste de vice-président, aux côtés d'Adlai Stevenson. Il a besoin de temps, il a besoin de liberté. Il expédie Jackie en Angleterre chez sa sœur. Celle-ci, Lee, est une arriviste aux dents longues, au sourire glacial et à prétentions sociales. Elle a épousé Michael Canfield, le fils secret de duc de Windsor, un homme fade et distingué, qui a ses entrées dans la haute société londonienne. Les deux sœurs s'amusent à papoter et sortent beaucoup.

Kennedy, pendant ce temps, fait la fête. Il file en Suède au mois d'août pour rejoindre son amourette blonde, Gunilla von Post, et là, débarrassé de ses béquilles, se laisse aller. Son père, au téléphone, lui recommande la discrétion. Jackie, bafouée, décide de l'attendre sur la Côte d'Azur, où elle est sans cesse invitée avec Lee. C'est la ronde d'été, entre Saint-Tropez et Sainte-Maxime : les armateurs convient les politiciens, les play-boys fréquentent les hommes d'affaires, les vedettes croisent les couturiers. Il règne une odeur de nougat, de crème à bronzer, d'argent et d'adultère tempéré. Giovanni Agnelli fait du ski nautique avec Jackie, Winston Churchill sirote son container de whisky, Lee Canfield flirte outrageusement, Jackie dîne parfois avec son mari qui est aussi descendu sur la Côte, où le vieux Joe Kennedy a loué une villa. Un autre millionnaire a convié les Kennedy à boire un verre sur le pont de son yacht, le *Christina* : Aristote Onassis regarde Jackie et apprécie cette jeune femme encore timide, mais qui possède cette distinction que le journaliste Joe Alsop a baptisée « le snobisme du style ». Jack, dans un coin, tente de faire la conversation avec Churchill, qui lui bat froid. Kennedy boude.

Jack se comporte comme un gamin qui n'a jamais eu à ramasser une chemise par terre – il la laisse traîner, sachant qu'il y aura toujours des domestiques pour ramasser le linge sale. Il n'a jamais d'argent sur lui, mais la fortune de son père pourvoit à ses moindres désirs. Il est moins arrogant, moins agaçant que son frère Bobby, mais il a tous les réflexes, les attitudes d'un héritier jouisseur. En voiture, il roule à tombeau ouvert, ne s'inquiète jamais des dégâts possibles, et la vie, ma foi, est agréable. Du moins, elle le serait si Jackie ne se plaignait constamment.

Un soir, elle se confie à Joe K. Elle n'en peut plus. Elle veut divorcer. Elle sait que son mari téléphone tous les jours à Gunilla von Post, elle se doute qu'il y a d'autres filles, plein de filles. Ce n'est pas la première fois qu'elle se rebiffe, mais cette fois, Pa Kennedy le sent, c'est du sérieux. Joe, que tout le monde surnomme « l'ambassadeur », calme sa belle-fille. Et, le lendemain, convoque John et lui remet les idées en place :

– Tu seras Président un jour. Un divorce ruinerait tes chances. Tu n'as pas le droit de divorcer. Regarde ce qui s'est passé avec Gloria Swanson !

Comme si Gloria Swanson avait empêché Joe K. d'être candidat ! La mauvaise foi de l'ex-ambassadeur est patente. Mais sa voix porte. Un mois plus tard, JFK est à Rome pour obtenir la bénédiction du pape – ça ne sert à rien, mais c'est toujours bon à prendre – et, le 12 octobre, il est de retour à New York.

Deux jours après, alors que Jackie est rentrée à Washington, John Kennedy loue la suite 812 au Fairfax Hotel, à l'année. Là, il donne une party mémorable, avec Frank Sinatra et quelques amies. New York, pour lui, c'est un magasin de bonbons. Les jolies filles se succèdent : Lee Remick, starlette en vue, Tempest Storm, la strip-teaseuse d'enfer, et Audrey Hepburn, ravissante et si bien élevée...

Zelda Zonk passe, en coup de vent.

JFK aime bien les coups de vent.

L'ambassadeur a lui-même des ennuis, ignorés de ses fils. Il a offensé Frank Costello, le « Premier ministre de Cosa Nostra », un homme dont il connaît pourtant le légendaire mauvais caractère. Joe K. a « oublié » de verser sa quote-part au Sicilien avec lequel il est en affaires depuis l'époque de la Prohibition. Son entreprise de spiritueux, Somerset Imports, ainsi que sa prise de participation dans le champ de courses de Hialeah l'ont rendu encore plus riche. Grâce à un petit coup de pouce de Sam Giancana, le parrain de Chicago, il a aussi acheté le plus gros centre commercial de la ville, le Merchandise Mart, pour une bouchée de pain. Maintenant, il refuse l'obole à ses anciens amis ? Ceux-ci sont franchement mécontents. Et quand la Mafia est mécontente, Joe K. sait que les choses risquent de mal tourner. Il ne peut pas se permettre de mourir maintenant, ce n'est pas le bon moment. Son fils est en piste pour le poste suprême. Les enjeux sont lourds.

Joe Kennedy contacte son vieil ami Johnny Rosselli. Celui-ci est un fin diplomate : il sait aplanir les conflits, échanger des faveurs, ne froisser personne. Il a des contacts à la CIA, où il est apprécié. Il a ses entrées à Hollywood, où il est craint et où il n'hésite pas à coller une tête de cheval dans le lit d'un producteur pour expliquer son point de vue. Il connaît tout le monde, surtout Sam Giancana, le boss de Chicago. Joe Kennedy est autorisé à aller plaider sa cause auprès de ce dernier.

Quand Joe Kennedy arrive, Giancana pose son cigare et attend. Il note que le « putain d'Irlandais » sue. Il demande :

– Tu as un problème avec Frank Costello ?

– Un malentendu, plutôt…

– Un malentendu ?

Dans les malentendus, il y a forcément un malentendant. Joe K. explique :

– Costello veut que je sois le prête-nom de l'une des ses affaires, et je…

– Tu ne veux pas ?

– Je dois penser à la carrière politique de mon fils.

– Tu as insulté Costello. Tu crois que quoi ? Qu'il va passer la main ?

– Mon fils sera Président un jour.

– Ah ? Et… ?

– Si tu me rends ce service, tu auras tes entrées à la Maison Blanche, un jour. C'est promis.

Giancana a gagné. Il reprend son cigare, se sert un verre de Gordon's gin, le lève :

– *Salute.*

Joe Kennedy vient de sauver la mise. En fait, il y avait un contrat sur sa tête. Il fera amende honorable en prêtant son nom lors de l'achat du Cal-Neva Lodge, un hôtel-casino sur la frontière de deux États, Californie et Nevada. On lui adjoint un « associé », Wingy Grober, gangster manchot. Là-dessus, un an plus tard, Frank Costello sera tué. Tout va bien, donc.

Sauf que Joe Kennedy vient d'hypothéquer l'avenir de Jack. Ces messieurs italiens n'oublieront pas la dette. Et Giancana ne va pas tarder à s'immiscer dans la vie privée de JFK.

Dans peu de temps, John Fitzgerald Kennedy va être obligé de jongler avec plusieurs femmes, dont Marilyn Monroe. L'une des filles sera l'espionne de Sam Giancana.

Le piège est en place.

Marilyn, elle, vient de rencontrer l'« homme de sa vie ». Cette fois-ci, c'est lui, elle en est sûre. Il a l'aura de l'intellectuel, la réputation du grand dramaturge, et suscite un respect unanime. En plus, il fume la pipe, très chic. Arthur Miller, l'ami de Kazan, sort avec Marilyn, dans les cafés bohèmes de New York. Il est de gauche, il fréquente d'anciens communistes, il a parfois contribué financièrement à des causes sponsorisées par les compagnons de route de Moscou, il est suspecté d'alliance avec l'ennemi par la Commission des activités anti-américaines.

Le FBI le surveille. La CIA a des fiches.

La CIA ouvre un dossier Marilyn Monroe le 19 août 1955, alors que Marilyn défile sur Broadway, dans un joyeux carnaval au profit des enfants malades.

Elle chevauche un éléphant rose.

Le rapport de la CIA conclut : « Photos suivent. »

Entre JFK et Marilyn, ce n'est pas encore une liaison, c'est une passade. Marilyn est juste un trophée de plus dans le tableau de chasse du sénateur Kennedy. Elle est dans sa phase secrète : hormis quelques sorties publiques avec Sinatra ou Milton Greene, elle se fait oublier. Elle passe ses journées chez Lee Strasberg, se promène nue dans son appartement en récitant des textes classiques, a une aventure avec Marlon Brando et se prépare à signer un nouveau contrat avec la Fox : quatre films sur une durée de sept ans, un cachet de 100 000 dollars par film (et un pourcentage) et la possibilité de choisir ses metteurs en scène et ses cameramen. Des conditions de grand luxe. La Duse n'aurait pas fait mieux.

En attendant de ressortir au grand jour, Zelda Zonk se fait avorter. C'est la treizième fois. Elle a vingt-neuf ans.

L'identité du père ne sera jamais connue.

CHAPITRE 7

Poor Prince

L'Homme invisible est à Washington. Éternellement vêtu d'un imper kaki, les joues creuses, les yeux abrités par d'énormes lunettes qui lui font un regard de hibou christique, maigre, il inspire une certaine inquiétude. James J. Angleton est, littéralement, un fantôme. C'est d'ailleurs l'un de ses sobriquets. L'Homme invisible, la Mouche, le Zombie… Mais celui qui lui colle à la peau, c'est Mother. Fondateur du département de contre-espionnage à la CIA, il dirige ses réseaux et ses informateurs avec la sûreté du bureaucrate de génie. Il maîtrise parfaitement les lignes de force qui traversent la Central Intelligence Agency, sait utiliser les rivalités, et faire prospérer ses petites et ses grandes obsessions.

Parmi les petites : la pêche à la mouche, les micros partout (y compris dans les soirées où il est invité) ; la culture des orchidées. Sur celles-ci, il est intarissable. Il aime particulièrement les carnivores, et parfois, dans sa serre chaude, se laisse aller à danser seul, sur un air d'Elvis Presley. Parmi les grandes : la conviction totale, absolue, que les communistes préparent un « complot monstre », que des taupes sont infiltrées partout, jusque dans les placards de la Maison Blanche. Angleton est un paranoïaque parfait mais, on le sait, dans le monde des espions, seuls les paranoïaques survivent. Dans le monde normal aussi, d'ailleurs.

Insomniaque, dogmatique, féru de littérature, James J. Angleton voit la main du KGB partout. Chaque réfugié venant de l'Est est un agent double et chaque citoyen de gauche est un traître stipendié. L'Homme invisible a un secret, qu'il cherche à dissimuler : son père était mexicain, d'où le deuxième prénom de « Jesus », prononcé « Hé-souss ». Angleton ne veut pas être un immigré. Il cèle son origine et réduit son deuxième prénom à ce « J » solitaire. En revanche, les secrets des autres le passionnent. Il les collectionne, comme des orchidées rares. Il est capable de disserter à l'infini sur la beauté de l'*Ophris scopolax* ou de la *Promenea stapellioides*. Sur le reste, tout le reste, il est muet comme un cadavre.

En 1955, il commence à s'intéresser à John Fitzgerald Kennedy. Ils habitent dans le même quartier, ils se croisent dans les soirées, notamment chez Ben Bradlee, et échangent parfois quelques mots. Tous deux partagent une même défiance vis-à-vis de leur adversaire commun, J. Edgar Hoover.

Quand James J. Angleton se met à compiler des informations sur Kennedy, il ouvre aussi un dossier sur Marilyn. Celle-ci a des fréquentations inquiétantes, au regard du « complot monstre ». Elle va se marier avec Arthur Miller, un quasi-communiste, elle prend des cours chez Lee Strasberg, dont la femme Paula a été une léniniste convaincue, elle maraude dans la sphère de Hollywood, elle a des amis gauchistes. Sujet à surveiller, donc.

Évidemment, la sécurité intérieure n'est pas du ressort de la CIA, mais de celui du FBI. Hoover enrage qu'on piétine ses plates-bandes. Mais Angleton fait les choses à sa manière, discrètement, doucement, sournoisement, en grillant cigarette sur cigarette. Il a le teint des grands fumeurs, gris terreux.

Pour lui, il n'est pas impossible que Marilyn fasse partie de la pieuvre rouge, avis partagé par son acolyte, Cord Meyer, héros de guerre borgne.

Et il n'est pas inconcevable que JFK soit un jour l'objet d'un chantage, à cause de sa manie de coucher avec n'importe quelle femme.

Angleton n'est pas le seul à observer.

Le KGB fait de même.

La maison n'a l'air de rien : elle est jolie, certes, mais relativement discrète, à côté de celle du magnat William Randolph Hearst, sur la même plage de Santa Monica. Elle plaît à Peter Lawford et à sa femme, qui viennent d'avoir une petite fille. Il se souvient de l'avoir visitée à ses débuts, alors qu'adolescent, il était l'invité de l'hôte des lieux, le bouillonnant Louis B. Mayer, patron de la MGM. Celui-ci a acquis en 1932 la propriété située au 635, Pacific Coast Highway et l'a transformée en résidence de luxe : mille mètres carrés en deux bâtiments, douze pièces, quatre chambres à coucher, un ascenseur, une salle de projection, et une énorme piscine qui donne sur la mer. Du marbre partout, des cheminées, des salons où les invités du dimanche sont longtemps venus bavarder : Clark Gable, Jean Harlow, Spencer Tracy, Katharine Hepburn avaient leurs habitudes chez Mayer. C'est d'ailleurs ici qu'a eu lieu la toute première projection d'*Autant en emporte le vent*. L'endroit est à l'écart – les gens chics préfèrent Beverly Hills – et discret. Exactement ce qu'il faut.

Quand il achète la maison, en 1956, Peter Lawford rénove tout, colle des canapés contre les moulures néo-espagnoles, fait installer une cuisine moderne par General Electric (en paiement d'une publicité télévisée). Désormais, il habite sur le même front de mer que les grands producteurs de l'époque : Harry Warner, Samuel Goldwyn, Darryl Zanuck. Joe K. est consterné : pourquoi sa fille Pat, qui a déjà commis l'erreur d'épouser un acteur, va-t-elle s'installer dans un quartier quasiment juif ? Louis B. Mayer n'est qu'un « marchand de tapis youpin », et les autres ne sont que des « youtres marchands d'habits ».

Par chance, Joe K. ne viendra que rarement. En revanche, son fils sera un invité permanent. Quand il viendra à Hollywood pour des « sex safaris », c'est au 635 qu'il aboutira pour la nuit. Lawford « arrange » les choses : il achète de la coke à Watts, ramène des prostituées black, dîne avec ses amis, dont Frank Sinatra, et sombre dans une délicieuse décadence symbolisée par sa voiture, la Dual Ghia décapotable. Une voiture européenne, pensez !

Le rituel est réglé. Quand son beau-frère arrive, Peter Lawford met les petits plats dans les grands. JFK, lui, discute avec le valet de Sinatra, George Jacobs, un Noir malin et débrouillard, qui vient donner un coup de main. Par jeu, il demande à George :

– Que veulent les Noirs, George ?

– Je ne sais pas, sénateur.

– Jack, George, appelez-moi Jack.

– Et vous, que voulez-vous… Jack ?

– Je veux baiser toutes les femmes de Hollywood.

– Avec une promesse électorale comme celle-ci, impossible de perdre, monsieur.

Les jours suivants, les promeneurs remarquent deux amoureux en balade, sur la plage de Santa Monica. John Kennedy et Marilyn Monroe ne se dissimulent même pas. Et Peter Lawford, complice, est un *fixer*, un arrangeur, de premier choix. Au fond, il est persuadé que ces deux-là sont faits pour être ensemble. Ils ont du charisme, un sens de l'humour assez particulier, et, comme le dit avec une pointe de cynisme Marilyn, « Jack est assez démocratique et très pénétrant ».

C'est là, sur la plage, entre les mouettes et la route de San Francisco, que l'histoire devient autre chose qu'un coup de vent.

Entre la star qui atteint son sommet et le sénateur qui monte, les chemins se croisent. Marilyn est sur la voie de l'autodestruction, de l'implosion intime. Les médicaments dont elle se gave dissolvent sa conscience, délaient ses dons d'actrice, calcifient ses qualités humaines. Les jeux de pouvoir auxquels elle se livre avec la Fox, avec son nouveau mari, Arthur Miller, avec les amants de passage, avec ses agents, émiettent ses forces. Elle n'existe que par et pour le sexe. Bientôt, elle va tourner son chef-d'œuvre, *Certains l'aiment chaud*, et plus jamais elle n'aura ce halo de beauté, de perfection, ce sens du comique.

Kennedy, de son côté, se prépare. Se prépare à quoi ?

À être Président des États-Unis d'Amérique.

Il accepte son destin avec une sorte de résignation fataliste. Les autres hommes héritent de maisons, de tableaux, ou de vaisselle de famille. JFK, lui, va hériter d'un pays. Il n'est ni réticent ni enthousiasmé. Il a été élevé, poussé, entretenu dans cette idée. Il n'a pas la vocation du bien public, le dévouement des grands hommes. Il n'est sensible qu'aux jeux de pouvoir, qu'aux manigances de l'adversaire.

Le 2 décembre 1957, le magazine *Time* lui consacre sa couverture : il est le *Democratic Whiz of 1957*, le petit génie démocrate de l'année. C'est la gloire.

Gloire stipendiée, quand même : papa Kennedy a payé 75 000 dollars pour la cover story.

Bobby Kennedy a le titre de *Chief Counsel of the Senate Committee on Improper Activities in the Labor Management Field*. En plus bref : il est une sorte de procureur pour la commission McClellan, chargée de faire la lumière sur les abus et la corruption qui règnent dans le monde du travail. Pour une fois dans sa vie, il est à sa place. Son tempérament de roquet, sa hargne et son plaisir à jouer les flingueurs trouvent là un exutoire idéal. Le but de la commission, c'est officiellement de traquer les tueurs, les escrocs, les crapules qui ont infiltré les organisations syndicales, les administrations et les fonds de pension. Bobby était trop jeune pour aller se battre dans les années quarante. Là, aux côtés du sénateur de l'Arkansas John L. McClellan, il a trouvé sa guerre. Il va en faire une croisade.

Robert Kennedy est à la tête d'une équipe impressionnante : trente-cinq enquêteurs, quarante-cinq comptables, vingt sténographes, au total une centaine d'employés. Il a une cible bien précise en vue : James Riddle Hoffa, le tout-puissant boss des Teamsters. Celui-ci est un roc : court, trapu, férocement indépendant, il a fait son chemin à coups de manche de pioche et gère le syndicat comme une famille de brigands. Jimmy Hoffa est un enfant de la misère, un pur produit de la Grande Dépression. Il a avalé de la poussière, des humiliations, des revers. Mais, sans aucun enrichissement personnel, sans dévier de son but – le pouvoir –, il a imposé les Teamsters, qui peuvent, en une seconde, paralyser toute l'économie du pays. L'ennui, c'est que Hoffa s'est allié au diable. Il travaille avec la Mafia.

Quand un gars est soupçonné de collaborer avec RFK, il est simplement suspendu par les chevilles au vingtième étage d'un immeuble. Quand un autre est dénoncé comme indic, il a droit au traitement de faveur : un concombre enfoncé dans le rectum. Il y a des journalistes qui disparaissent, des enquêteurs qui se démettent, des fonctionnaires victimes d'accidents inattendus. RFK dénonce une « conspiration du Mal ». Il carbure à la haine pure. Quand il dit « Hoffa », c'est comme s'il lançait une malédiction, le mot siffle entre ses longues incisives.

Hoffa-RFK : tout oppose les deux hommes. L'un n'a pas d'argent, s'est fait lui-même et il a un caractère en acier de Solingen. L'autre est fils d'un millionnaire, né avec une cuillère d'argent dans la bouche, et une acrimonie incroyable lui tient lieu d'épine dorsale. L'homme de la rue contre l'homme des gazons, la salopette contre le costume-cravate, deux univers qui ne s'accordent pas. Le conflit va être incroyablement amer, d'une brutalité inouïe. Aucun coup ne sera épargné, ni à l'un ni à l'autre.

Quand Joe K. apprend que son fils s'attaque à la Mafia, il saute en l'air. Il explique, avec fureur, que Bobby va hypothéquer son avenir, qu'il va hérisser des gens importants. Qu'il ne faut pas toucher à cette lie. Qu'on ne peut que se salir. En fait, l'ambassadeur n'a qu'une crainte : que RFK ne mette au jour les liens que son père a entretenus, et entretient toujours, avec Sam Giancana, Meyer Lansky et d'autres parrains. Joe Kennedy met la pression sur son fils. Mais, pour une fois, celui-ci résiste. Il élève même la voix. RFK se voit en chevalicr boutefeu : il porte l'incendie dans les rangs de l'armée des voyous. Il est certain de gagner. Il se trompe, mais il se trompe avec une obstination qui lui fait honneur.

Il fera défiler mille cinq cents témoins, demandera que les débats soient télévisés et humiliera publiquement des hommes de Cosa Nostra, des *capi di capi*. Chez ceux-ci, le moindre manque de respect est interprété comme un crachat. Le plus petit signe de mépris est une gifle. Et le mépris, Bobby Kennedy en fait un usage immodéré. C'est dans le bagage génétique des Kennedy.

Certains mafieux ne lui pardonneront jamais, dont Carlos Marcello et Santo Trafficante, *uomini d'onore*.

Hoffa, lui, attend son heure, les poings serrés.

Ses informateurs, taxis, routiers, camionneurs, livreurs, chauffeurs, mécaniciens, lui ont donné un précieux renseignement : si le petit frère Kennedy est un pisse-froid, le grand frère, lui, est un jouisseur.

Il suffit de se constituer un bon dossier sur JFK et Marilyn.

Hoffa connaît le gars qui peut rendre cet excellent service : Fred Otash, *the detective for the stars*.

– Elle a des seins de granit et une cervelle comme un gruyère.

L'opinion de Billy Wilder sur Marilyn n'a pas varié d'un iota. Persuadée d'être une immense tragédienne, imbibée de théories de l'Actor's Studio, sous l'influence des courants psychanalytiques à la mode, Marilyn Monroe débarque à Londres, avec l'assurance de jouer dans un film qui fera date : en effet, *Le Prince et la Danseuse* (nouveau titre de *The Sleeping Prince*) doit être mis en scène – et interprété – par Laurence Olivier en personne. Accompagnée par son troisième mari, Arthur Miller, Marilyn exhibe une belle alliance en or, à l'intérieur de laquelle une inscription promet l'amour éternel : « A. to M., June 1956. Now is forever. »

Maintenant est peut-être éternel mais, dans le langage

de Hollywood, « forever » signifie « cinq minutes ». Et dans le langage de Marilyn, trois.

Dès qu'elle arrive aux studios de Pinewood, les choses se détraquent. Arthur Miller, qui est sous le coup d'une convocation de la Commission des activités anti-américaines, prépare sa défense. Elle sera molle, fuyante. Ni communiste ni anti. Ni convaincu ni cynique. Ni cul ni chemise. Il ne dénoncera personne, cependant, contrairement à son ami Kazan, grand artiste qui a viré mouchard fétide.

Laurence Olivier est un acteur à l'ancienne : quand il entre sur une scène, il connaît son texte. Quand il ouvre la bouche, il sait l'emplacement de chaque virgule. Il perfectionne sa diction, répète avec obstination, et arrive prêt, fin prêt. Il est à l'opposé des acteurs de l'Actor's Studio. Ceux-ci doivent aller piocher dans leurs souvenirs, établir des connexions avec des situations réelles, se livrer à une psychanalyse avant chaque respiration. Laurence Olivier joue. Marilyn joue quatre heures plus tard. Il est bon à la première prise. Elle est acceptable à la cinquantième.

Plus grave : depuis quelque temps, Marilyn ne se déplace plus sans son coach, Paula Strasberg. L'épouse adipeuse de Lee Strasberg est royalement payée pour donner des conseils à l'actrice. Elle lui prodigue des images qui, semble-t-il, aident : « Tu es une bouteille de Coca-Cola sur le point d'exploser », « Imagine-toi une brosse à dents sale ». Surtout, Paula Strasberg ne passe pas inaperçue : vêtue d'une sorte de djellaba noire, coiffée d'un chapeau immense en paille sombre, munie d'un sac colossal où on trouve des gâteaux, des notes, des produits de maquillage et, vu la taille du sac, sans doute une paire de chaussures de ski, elle s'interpose entre le metteur en scène et Marilyn. Quand Laurence Olivier donne une instruction, Paula Strasberg traduit en murmurant, puis c'est elle qui dirige sa cliente. L'autorité du cinéaste est ainsi minée, publiquement. Paula Strasberg est haïe par tous.

Le deuxième jour de tournage, Marilyn arrive trois quarts d'heure en retard. Le lendemain, elle pointe à midi. En deux jours, il lui faut trente-quatre prises pour enregistrer quatre mots : « *Oh, you, poor prince.* » Elle confère avec Paula. Elle bafouille. Elle oublie son texte. Elle laisse tomber la cuillère de caviar qu'elle tient. Exaspéré, Laurence Olivier lui donne un conseil :

– Asseyez-vous, Marilyn, comptez jusqu'à trois et dites votre réplique.

Elle le regarde d'un œil vitreux. Olivier cingle :

– Sans doute ne savez-vous pas compter non plus ?

La guerre est déclarée. Tous les soirs, en rentrant, Marilyn laisse libre cours à sa colère. Dans le manoir loué pour elle et son mari, elle casse des assiettes, hurle au téléphone, passe des heures avec Paula Strasberg, avale des somnifères à la pelle, prend Arthur Miller à témoin. Celui-ci est un homme qui aspire au calme et qui évite les confrontations. Il préfère se présenter de biais que de face. Il découvre une autre femme que sa femme : une harpie hystérique, avec un ego monstrueux et des angoisses colossales. Où est passée l'innocente blonde qui l'écoutait bouche bée, assise sur le tapis, tandis qu'il discourait sur le monde et ses turpitudes, enfoncé dans son fauteuil ?

Comment cette créature monstrueuse est-elle entrée dans son lit, dans sa vie ? Arthur Miller découvre qu'il a épousé Alien.

Or, ce séjour en Angleterre, c'est leur lune de miel.

Le 30 juillet, Miller passe à Paris. Il vient saluer Simone Signoret et Yves Montand, qui jouent sa pièce, *Les Sorcières de Salem*. Marilyn sombre dans une stupeur provoquée par les barbituriques. Laurence Olivier fait appel aux vigiles pour expulser Paula Strasberg, qu'il a baptisée « la Bête ». Marilyn couche avec le deuxième assistant. Olivier, totalement découragé, regarde son actrice, saoule, égarée, défaite, et ce parfait gentleman perd son self-control :

– *Fuck her*, dit-il.

Quand Marilyn rentre à New York en novembre, elle est effondrée. *Le Prince et la Danseuse* est une catastrophe. Et, surtout, elle a découvert le journal intime d'Arthur Miller. Il a écrit : « J'ai cru avoir épousé un ange, je me suis trompé. »

Jack Kennedy, lui, est en mer. Sa femme est enceinte de sept mois, mais c'est lui qui est fatigué. Il a loué un yacht sur la Riviera et, avec quelques filles ravissantes et des amis bien choisis, il fait la fête. Son frère Teddy est là, ainsi que son futur conseiller George Smathers, et le contingent bikinis est important. Sex, sea and sun, rien de tel pour préparer un homme d'État à ses futures responsabilités.

Comme politicien, JFK fait ses armes.

Comme homme, il est pathétique.

Car, en son absence, Jackie fait une fausse couche. Le 23 septembre, elle a une hémorragie, est admise en urgence au Newport Hospital, et accouche d'un bébé mort-né. Bobby Kennedy sonne l'alarme : il essaie de joindre son frère, mais celui-ci est au large, en Méditerrannée, quelque part entre la France et l'Italie, avec sa cargaison de bimbos. Joe Kennedy s'empare du téléphone et, finalement, après trois jours de traque, réussit à localiser son fils à Gênes. Celui-ci refuse d'abord de rentrer. Puis, devant l'insistance de son père, réalise que son attitude peut lui coûter des points, en termes d'image politique. Il se résigne :

– Je suppose que mes vacances sont terminées, dit-il.

Pas un mot pour Jackie.

Il raccroche et rejoint ses camarades de jeu. Ce soir-là, il est particulièrement joyeux. *Mambo italiano*…

Jackie, blessée, humiliée une fois de plus, est déprimée. Sa belle-mère Rose Kennedy, toujours aussi charmante, décrète que la fausse couche est la faute de Jackie :

– Elle fume trop.

Jackie part en Angleterre, elle ne reviendra que début décembre. JFK reste seul tout le mois de novembre.

Jackie veut divorcer. Assez, c'est assez. Mais bon sang ne saurait mentir : les leçons de sa mère lui reviennent en tête. Et, quand elle se confie une fois encore à Joe K., celui-ci la détourne de son projet de divorce. En échange, il offre à sa belle-fille un million de dollars. Le sordide est un art de vie, chez ces gens-là.

Jackie se met à fréquenter un homme charmant, beau,

et très drôle : William Holden, l'acteur de *Sabrina* et de *Sunset Boulevard*, deux films de Billy Wilder.

Marilyn est à New York. JFK aussi. Ils se voient, ils passent des soirées ensemble. L'automne est si joli dans Central Park… Kennedy pense-t-il aussi que Marilyn est un ange ?

Mais cet ange-là est maudit, Mother le voit bien.

CHAPITRE 8

Certains l'aiment show

Deux ans ont passé. Marilyn est entrée, sans s'en apercevoir, dans le pays des ténèbres. Elle fait naufrage lentement, elle se drogue avec des poisons licites. Pilules jaunes, bleues, rouges, elle avale tout. Des barbituriques, des antidépresseurs, des amphétamines, des choses dont elle ne connaît même pas le nom. Elle efface le temps, vacille dans des limbes gluants, trébuche dans sa salle de bains. Elle fait des overdoses, elle en fera encore. Toute cette chimie dont elle se gave n'a qu'une seule fonction : oublier qu'il y a un enfer à oublier. Elle est son propre geôlier, son propre bourreau, sa propre victime. Elle est, au sens littéral du mot, une fille perdue. Elle couche beaucoup, tourne peu, elle est gangrenée par un brouillard intérieur. Marilyn la star est menacée par Norma Jeane la gueuse. Le combat est inégal : venue des profondeurs de l'enfance, une folie noire la dévore.

John Kennedy est un gamin élevé dans la certitude qu'il fait partie des gagnants, il habite le monde des maîtres. Lui aussi est imbibé de médicaments. Un médecin marron, Max Jacobson, va lui injecter des amphétamines à grosses doses. Pourquoi pas de la cocaïne ? Pourquoi pas, en effet ? JFK y goûte, comme il goûtera plus tard au LSD. Il cherche à se faire un nom, à se dégager de l'ombre de ce père encombrant, et il méprise totalement les autres. Il y a le clan Kennedy et, en face, une armée d'adversaires, d'ennemis, de mercenaires qui constituent le monde sensible. Les femmes ne sont là que pour un soulagement éclair, la famille pour le décor, et Dieu pour la galerie. Jack est sur une pente ascendante, il monte, il monte, il s'altère insidieusement. Le pouvoir, doucement, l'empoisse. Il ne s'en sortira pas.

Marilyn et JFK, deux mauvaises vies.

Le film que Marilyn a tourné avec Laurence Olivier, un conte de fées entre un prince et une charmante *show girl*, ressemble d'une certaine façon au film que Gloria Swanson a empêché Erich von Stroheim de terminer, *Queen Kelly*. Des histoires de nobliaux et de roturières… *Le Prince et la Danseuse* est mièvre, rose bonbon et terriblement mou. *Queen Kelly* aurait dû être âpre, noir et impitoyable. Des deux films, il ne reste que des ébauches.

Mais l'idée du Prince fait son chemin. Quelle petite fille (il y a aussi des petits garçons) n'a rêvé de rencontrer le Couronné charmant qui lui rapporterait ses escarpins abandonnés devant la Citrouille magique ? Ah, un prince… Un homme avec les tempes argentées, un palais en meringue, des soldats empanachés avec des plumes d'autruche, de la musique qui tombe du ciel, des bateaux qui tanguent doucement au mouillage et des bijoux, des bijoux. Marilyn, évidemment, y songe.

Un lointain milliardaire y a songé pour elle : Aristote Onassis, engagé dans une lutte totale avec Rainier de Monaco pour le contrôle de la Principauté, a dépêché un envoyé pour sonder les intentions de Marilyn et voir si elle ferait une épouse convenable pour le souverain d'opérette. L'idée de l'armateur, évidemment, est de donner au prince une poupée blonde pour jouer. Qu'il ne s'occupe pas des affaires du royaume. Qu'il conduise ses voitures de sport, admire ses animaux de zoo, et câline la bimbo de rêve. Las ! Quand l'envoyé spécial demande à Marilyn si elle serait intéressée, elle rétorque :

– Monaco, c'est où, ça ?

On lui précise que c'est en Europe et non au fond de la brousse. Comme si elle sortait d'un nuage, elle glisse :

– Et il a de l'argent, le Monaco ?

Le temps qu'elle se décide, la place est prise. Grace Kelly devient princesse de Monaco le 18 avril 1956. Marilyn lit le compte rendu enthousiaste de Dorothy Kilgallen dans les journaux et se demande : pourquoi pas moi ? Qu'est-ce qu'elle a de plus, Grace Kelly ? Elle est d'origine irlandaise, soit. Et bien élevée, d'accord. Et elle a de l'allure, bien, bien. Mais enfin, pourquoi Marilyn Monroe, la femme la plus désirable du cosmos, ne connaîtrait-elle pas destinée semblable ?

Femme de l'homme le plus puissant du monde, *why not ?*

Évidemment, il ne s'agit pas d'épouser Nikita Khrouchtchev. Le premier secrétaire du Parti communiste de l'Union des Républiques socialistes soviétiques, en visite aux États-Unis, est convié à manger un hamburger, à s'extasier devant les créations de Walt Disney, à visiter la 20th Century Fox et à admirer Marilyn Monroe, symboles du capitalisme triomphant. L'héritier de Lénine a écrasé le soulèvement hongrois, entamé la déstalinisation, tenté d'endiguer la montée de la Chine, supprimé la direction collégiale de l'URSS. Il a besoin de se changer les idées. Marilyn s'en charge : elle est l'hôtesse officielle du studio. Khrouchtchev, flanqué de son épouse aussi décorative qu'un sac de blé ukrainien, lui murmure :

– Vous êtes une très jolie femme... très seule.

Nikita compatit. Il ne sera pas dit que le premier secrétaire n'est pas humain et que son pays n'est pas accueillant. D'ailleurs, dans quelques jours, un nouveau citoyen américain va s'établir à Moscou : l'ex-Marine Lee Harvey Oswald, un étrange garçon qui professe – un peu trop haut, un peu trop fort – des convictions socialistes pures et dures.

Marilyn, dûment chapitrée par les attachés de presse de la Fox, répond au premier secrétaire :

– Mon mari, Arthur Miller, vous envoie ses meilleurs vœux. Ces échanges devraient être fréquents. Voilà qui contribuerait à l'entente entre nos deux pays.

Elle est applaudie.

Là-dessus, elle annonce le tournage de *Let's Make Love* (*Le Milliardaire*), une comédie un peu musicale, dirigée par George Cukor, le cinéaste des femmes. Son partenaire ? Un *french actor* inconnu aux États-Unis, mais qui promet.

Yves Montand.

Kennedy reste fasciné par Hollywood. À chaque fois qu'il se rend à L.A., il swingue. Le mot suggère la facilité, l'aisance, une attitude cool. La jalousie, la fidélité, la monogamie ? Pas cool, pas swing du tout. L'époque est à l'adultère amusant, au sexe façon *Playboy*, à la morale élastique. Les disquaires vendent des microsillons de musique pour strip-tease à la maison, les magazines commencent à exhiber des décolletés un peu osés, mais l'Amérique reste prude, et pas question de parler de contraception, d'éducation sexuelle, ou de montrer un quelconque système pileux dans des magazines égrillards comme *Torrid* ou *Mermaid*. Tromper sa femme, d'accord, mais la discrétion est la règle. Quand on demandera plus tard aux journalistes – tous au courant des frasques de Kennedy – pourquoi les magazines étaient si silencieux, ils répondront unanimement comme Ben Bradlee et Dorothy Kilgallen :

– Ça ne se faisait pas.

La presse dans l'âge de l'innocence ?

Voire.

Car, en mai 1959, un scandale menace le sénateur Kennedy. Florence Kater, propriétaire d'un appartement à Georgetown, découvre que sa locataire, Pamela Turnure, a une vie sentimentale agitée. « Assistante » du sénateur Kennedy, elle reçoit son boss à des heures indues. Florence Kater, agacée par ces allées et venues qui perturbent son sommeil et troublent sa conscience, prend des mesures. Elle planque.

Avec un appareil photo, elle se terre dans un buisson

face à l'immeuble de la pécheresse. À trois heures du matin, enfin, elle réussit un cliché compromettant du visiteur. Celui-ci a un réflexe de communiante : il se couvre le visage avec un mouchoir. Là-desssus, JFK a vraiment l'air coupable. La photo n'en est que meilleure.

Kennedy est furieux : comment ? Une bonne femme se mêle de ses affaires ? On l'empêche de jouer ? Il téléphone :

– Laissez-moi tranquille. Si vous continuez, je vais prendre des mesures.

Mais Florence Kater ne se laisse pas impressionner. Déchaînée, elle fait tirer la photo en format affiche, téléphone aux journaux, distribue des tracts. Elle envoie des lettres aux cinquante citoyens les plus célèbres de Washington. Elle détaille les visites, les heures, les jours. Elle joint des copies de la photo. Elle explique qu'elle est catholique et qu'elle aurait bien voté Kennedy. Mais le comportement immoral de JFK la révolte. Elle écrit aussi au FBI. J. Edgar Hoover, fidèle à lui-même, fait placer des écoutes.

La trouble-fête va jusqu'à faire la femme sandwich. Elle porte sur ses épaules *la* photo, agrandie aux dimensions d'un poster de cinéma, et parade devant l'université du Maryland, où les édiles se concertent sur la candidature de JFK. Une question en lettres géantes surplombe la photo : « VOULEZ-VOUS UN PRÉSIDENT ADULTÈRE ? » Les journalistes, unanimement, décrivent la vieille dame comme « une faussaire », mais savent, en réalité, que Pamela Turnure est une secrétaire dévouée, très dévouée. Kater faussaire ? Non. Mais pas aussi désintéressée qu'elle le clame. Car, en secret, Florence Kater propose une négociation :

que les Kennedy lui achètent un Modigliani – pas un grand, mais un vrai – car « elle adore la peinture française ». Joe K. refuse. Florence Kater colle alors deux micros dans l'appartement de Pamela Turnure et donne les bandes magnétiques au *Washington Star*. Elle ajoute que « JFK n'est pas un amant très bavard ». Boum-Boum, comme au temps d'Inga Arvad.

Publie-t-on ? Ou ne publie-t-on pas ? Au *Star*, la question se pose. La boue se vend bien. La vérité, quand elle est un brin scandaleuse, aussi. Finalement, le rédacteur en chef du *Star*, après en avoir référé à ses chefs, qui en ont référé plus haut, mettent le dossier à la poubelle. Pour JFK, le boulet est passé près.

Jack fait déménager Pamela Turnure. Il l'installe chez une amie, Mary Pinchot Meyer. Celle-ci est la belle-sœur de Ben Bradlee, le journaliste du *Washington Post*. Accessoirement, elle est mariée à Cord Meyer, le *consigliere di guerra* de James J. Angleton. C'est comme si JFK logeait sa maîtresse directement dans le bâtiment de la CIA. Décision maladroite : JFK fuit la presse, il tombe entre les mains de Mother. Il devient le sujet idéal pour n'importe quel chantage. Tellement sûr de tout contrôler, tellement certain de l'impunité, tellement convaincu que l'argent règle tout, JFK se place dans la position la plus vulnérable. Désormais, c'est un pigeon.

Pour faire bonne mesure, il donne à Pamela Turnure un nouveau poste. Elle va devenir la secrétaire personnelle de Jackie Kennedy, officiellement bafouée.

Marilyn s'ennuie. Épouse d'un génie du théâtre est un emploi qui ne lui convient plus. Les week-ends au fond des bois, devant la cheminée, à regarder la fumée s'élever en volutes paresseuses au-dessus d'Arthur ? Elle a l'impression de s'enterrer. Ce qui n'est pas faux, d'ailleurs. Elle vient de tourner *Certains l'aiment chaud* (*Some Like It Hot*), son meilleur film, sous la direction de Billy Wilder. Au début, elle a refusé : le personnage de Sugar Kane, selon elle, est stupide. Son partenaire, qui devait être Frank Sinatra, n'a même pas daigné rencontrer Wilder. Le casting de remplacement a été décidé au dernier moment : Tony Curtis et Jack Lemmon. Le premier dans le rôle de Joséphine, le second dans celui de Daphné.

Le chaos a débuté immédiatement. Les instructions de Billy Wilder ont été contrecarrées par Paula Strasberg, constamment présente sur le plateau avec son sombrero noir et son sac de chasseur alpin. Les retards de Marilyn se sont accumulés. Les prises, multipliées. Les quarante-cinq jours prévus pour le tournage sont devenus trois mois. L'attente a été horrible. Costumiers, comédiens, éclairagistes, machinistes, décorateurs, ont essayé de prendre leur mal en patience. Billy Wilder s'est mis à vomir tous les matins, physiquement malade de stress. Certains jours, Marilyn n'est pas venue. À d'autres moments, la plus simple réplique est devenue une bataille entre le cinéaste et la star. Elle devait dire : « Où est le bourbon ? » Il a fallu quarante-huit prises pour qu'elle cesse de demander : « Où est le bonbon ? », « Où est le bureau ? », « Où est la bouteille ? »... Elle ne s'est jamais excusée. Tout le monde s'est mis à la haïr. Enfermée dans sa loge, l'équipe a pu entendre le bruit des bouteilles cassées et les incantations de la star :

– *Fuck you !*

Elle a été excusée, grosso modo, pour cause de folie. Irresponsable, donc.

En réalité, elle l'a fait exprès. Elle a pourri la vie du plateau par terreur et par vice. Elle a voulu montrer qui était la patronne, la vedette, le boss. Elle a réussi. Sans Marilyn, pas de *Some Like It Hot.* Le *hot*, c'est elle, personne d'autre.

« Je suis le seul réalisateur à avoir tourné deux films avec Marilyn Monroe. L'Académie du cinéma me doit une médaille de grand blessé de guerre », dira Wilder. Qui consultera son psy : « Il me dit que je suis trop vieux et trop riche pour traverser ça encore une fois. » Marilyn a aussi une psy, Marianne Kris, qui habite dans le même immeuble que Lee Strasberg. C'est quand même plus commode.

JFK n'habite pas loin non plus. Parfois accompagné de Peter Lawford, il fait des fêtes à New York, où Marilyn est conviée, tandis qu'Arthur Miller phosphore sur une sorte de western intitulé *The Misfits.* Les désaxés ? Drôle de titre. Marilyn s'entend bien avec Jack : il ne lui demande rien, il n'insiste pas, il n'est pas jaloux. Entre eux, il passe quelque chose comme de l'affection.

Quand *Certains l'aiment chaud* sort, la première a lieu à Chicago. Pourquoi Chicago ? Parce que l'action du film se déroule dans la cité des gangsters. Prohibition, gangsters, Al Capone, rafales de sulfateuses, borsalinos, tout l'arsenal de la légende est là. Marilyn aime bien les premières : elle met une belle robe, elle pose devant les photographes, elle sourit à la foule. Elle se souvient de la première des *Hommes préfèrent les blondes,* un succès. De la première de *Sept ans de réflexion*, un autre succès. Et celle de *Quand la ville dort*, à Los Angeles… La police avait constitué un beau cordon de sécurité. Parmi les hommes en uniforme et en gants blancs, il y en avait un qu'elle connaissait bien. James Dougherty, son premier mari, devenu flic.

À Chicago, Marilyn fait la une des journaux. Elle est belle, radieuse, elle semble au sommet de sa vie. Les spectateurs se demandent ce qu'elle fait avec le triste sire qui l'accompagne. Arthur Miller, en smoking, est aussi gai qu'un dimanche de Pentecôte. Quand il sourit, on a l'impression qu'il a des chaussures qui lui font mal aux pieds. Quand il donne une interview, il répond comme s'il calculait, en douce, le montant de ses impôts sur ses doigts.

Au même moment, JFK est aussi à Chicago. Pour affaires. Il doit rencontrer le maire de la ville, Richard J. Daley, un Irlandais catholique en acier trempé, et Sam Giancana, le vieil ami italien de Joe K. Des deux, c'est le second le plus important. Daley et Giancana veulent écouter le sénateur. S'ils misent sur sa tête pour l'élection de 1960, ils veulent des assurances, des contreparties. Ils ne sont pas là pour s'amuser.

Mais qui a dit qu'on ne peut mélanger le plaisir et le business ? Dans l'Évangile selon Kennedy, les deux vont de pair. Le 18 mars 1959, JFK et Marilyn passent la nuit ensemble à l'hôtel Ambassador.

Certains l'aiment chaud, en effet.

Avec sa petite moumoute, ses lunettes de soleil et son air de retraité, Sam « Mooney » Giancana est un quidam qui n'inspire rien, sinon une certaine pitié. Pour un peu, on lui donnerait une canne à pêche pour qu'il passe des jours heureux à taquiner le goujon à la campagne. Son apparence est un leurre : Giancana est de la race des tueurs. Il a été flingueur pour Al Capone et, à vingt ans, avait déjà deux douzaines de cadavres sur la conscience. Évidemment, il n'en a pas, de conscience. Il a des casinos à Las Vegas et à La Havane, il contrôle le syndicat des Teamsters à Cleveland, Saint Louis, Kansas City, Los Angeles, et le syndicat des travailleurs électriques à New York. À gauche, Hoffa est son allié. À droite, Joe Kennedy est son obligé. Les restaurants que Giancana possède – le Capri, le Dora Deauville, le Sevilla – lui servent simplement à lessiver de l'argent. Il tient Chicago d'une main de fer et partage avec JFK l'obsession des femmes et un cynisme absolu. Ils ont un autre point commun : Sinatra.

Robert Kennedy est assis, raide comme la justice, derrière… le bureau ? Le comptoir ? La table des aveux ? Menu, ramassé, il semble prêt à prendre à la gorge son interlocuteur. Autour de lui, les sénateurs ont l'air posés sagement, comme des sénateurs. John McClellan, le président de la commission d'enquête, est légèrement tendu. Il sait que le témoin qui est interrogé aujourd'hui est un homme dangereux. Sam Giancana, assisté de son avocat, joint les mains, et redresse le micro en face de lui. RFK attaque immédiatement :

– Dites-nous si vous vous débarrassez des gens qui ne vous conviennent pas en les enfournant dans le coffre d'une voiture. C'est ça que vous faites, monsieur Giancana ?

Ce n'est pas le ton requis par une enquête parlementaire. Il ne s'agit pas d'être déférent, mais d'être juste. RFK fait de ce prétoire un banc d'accusation. Il se prend pour le Grand Inquisiteur. Il est là pour jeter les salopards au bûcher. Mooney Giancana blêmit. Il répond, d'une voix sourde :

– Je refuse de répondre, car ma réponse pourrait m'incriminer.

C'est la loi. Un prévenu a le droit de se réfugier derrière le 5e amendement. Kennedy se penche, il est en colère, il est prêt à mordre. Il y a trois ans, dans cette même enceinte, il a réussi à faire sortir de ses gonds Jimmy Hoffa. Quand celui-ci a croisé Bobby dans les couloirs, il a failli l'étrangler, de ses mains d'égorgeur. Le frêle RFK n'avait aucune chance, collé au mur, soulevé par le boss des Teamsters, la pointe des pieds à dix centimètres de la moquette. « Morveux ! » lui a lancé Hoffa, avant de lâcher le Kennedy sur son terre-neuve Brumus, qui n'a pas bronché pour défendre son maître.

Giancana, raisonnable, reprend :

– Je refuse de répondre, car ma réponse…

Et, devant l'inutilité des auditions, devant le fiel de ce procureur de trente ans, Giancana fait entendre un petit ricanement. Robert Kennedy, immédiatement, cingle :

– Ce sont les fillettes qui ricanent.

Le *capo di capi* serre les dents. Un jour, murmure-t-il, ce type « aura une nouvelle raie dans les cheveux ». Il le dit vraiment. Ce n'est pas une figure de style. C'est le *baccio della morte*, le baiser de la mort. En sortant, Sam Giancana crache par terre.

Pourtant, Giancana croyait la situation bien en main. Après tout, Joe Kennedy est un ami : il a contacté le gangster pour avoir son appui lors des élections qui se profilent.

Mieux : Giancana a des parts de l'hôtel-casino Cal-Neva, où l'ambassadeur est aussi partenaire. Frank Costello, qui a été invité assez brutalement à faire valoir ses droits à la retraite éternelle, a du même coup abandonné ses actions du Cal-Neva à Joe K. Les Kennedy vont souvent passer quelques jours là-bas, au bord du lac Tahoe, en galante compagnie. Cigares, liqueurs, filles : tout est de la meilleure qualité. Les Kennedy sont des invités perpétuels. La partouze est permanente.

Giancana a quand même pris une assurance. Il a fait poser des micros partout par un spécialiste, un type irréprochable : Bernie Spindel. Celui-ci servira de modèle au personnage de Gene Hackman dans le film de Coppola, *Conversation secrète*. Mais là, ce n'est pas du cinéma : les bobines de magnéto sont ensuite entreposées dans un coffre, où d'innombrables photos, déjà, s'empilent. Joe K. en train de faire la pirogue congolaise avec une *show girl*, JFK se livrant à des plaisirs compliqués avec deux, voire trois dames de compagnie… Les négatifs sont précieusement conservés.

Un autre associé a des parts dans le Cal-Neva : Frank Sinatra. Celui-ci joue le rôle d'intermédiaire entre le monde politique et la famille des hommes d'honneur. Il est au sommet de sa célébrité : avec son Rat Pack, sa bande de potes, il fait la fête à Las Vegas. Tous les soirs, un verre en main, il s'exhibe avec Dean Martin, Sammy Davis, Joey Bishop et, of course, Peter Lawford. L'Amérique adore les *kings of cool*. Ils sont drôles, ils chantent, ils dansent, ils s'amusent et les filles pleuvent. L'amitié est de façade : Sammy Davis fait le bouffon, Dean Martin n'en a rien à cirer, Joey Bishop est un participant secondaire et Peter Lawford n'est là qu'au nom de son alliance avec les Kennedy. Ravi d'être regardé comme un affranchi, Sinatra se prend pour un caïd. Les vrais caïds, comme Giancana, le considèrent comme un tocard.

Sinatra pense être un diplomate, un missionnaire de bonne volonté entre deux mondes. Il n'est qu'un pantin. Un pantin qui a du style, certes, mais un pantin quand même. Il a la plus belle voix du monde, on le laisse faire ses simagrées.

Les rencontres entre les Kennedy et Giancana se font directement, à l'insu du chanteur. Les conversations entre Joe K. et Mooney sont enregistrées par le FBI.

Décidément, c'est une manie. Micros, caméras, appareils photo, chacun veut son petit dossier, son lot de sales secrets. James Bond fait des émules, avec ses gadgets de pacotille. Il a des boutons de manchette qui dissimulent un parachute, une épingle de cravate capable de tirer des missiles sol-sol, un stylo qui se transforme en jet-ski. On ne dira jamais assez le mal qu'a fait 007. Il a donné de l'imagination à son public.

Peter Lawford, qui passe son temps à tromper sa femme, suspecte celle-ci de lui rendre la monnaie de sa pièce. Apprenant que le magazine *Confidential* prépare un article sulfureux sur lui, il prend contact avec Otash.

– Je ne peux pas permettre qu'on publie quoi que ce soit sur moi, dit-il.

Le *detective for the stars* est prié de mettre fin à cette inquisition journalistique et, du même coup, Lawford lui demande un service :

– Placez ma maison sur écoute.

Otash installe un appareil moderne, le Magnet-o-Phone, à l'insu de Pat Kennedy Lawford, tandis que le gentil Peter va faire la java à Las Vegas avec le Rat Pack.

Un autre curieux se manifeste : Richard Milhous Nixon. Éternel sbire, digne rejeton du vizir Iznogoud, Nixon est un joueur qui aime les coups en douce, les bassesses grises. Il a le physique de l'emploi : mal rasé, fuyant, voûté, il donne l'impression de se glisser le long des murs, une cape devant le visage, dans l'une des *Mille et une Nuits*. Lui aussi demande de l'aide à Otash. Quelque chose, une photo, un enregistrement, n'importe quoi, sur les soirées qui se déroulent chez Lawford, avec JFK. Fred Otash ne voit aucun inconvénient à servir ce client inattendu : c'est d'autant plus facile que le Magnet-o-Phone est déjà en place. Las ! Nixon ne pourra jamais se servir de ses informations crapoteuses. Les Kennedy en ont autant sur lui, notamment sur son séjour chez un psychiatre, pour dinguerie maladive.

Et la ronde continue. Le KGB surveille Oswald à Moscou ; le tout-puissant IRS, Internal Revenue Service, le Trésor américain, surveille Jack Ruby à Dallas ; Santo Trafficante, le parrain du Sud, surveille Mooney Giancana ; Carlos Marcello, l'autre parrain, surveille les Cubains à La Nouvelle-Orléans ; la commission McClellan surveille Hoffa ; le FBI surveille les voyous grâce à des micros dissimulés chez le tailleur favori de ces messieurs à Chicago… On se croirait dans un jeu de rôles, voire un jeu de drôles : chacun est dans le dos de l'autre. C'est à se demander comment les fils électriques ne se croisent pas. Les infos s'entassent, les rapports s'empilent, les comptes rendus prennent la poussière. C'est l'ère de la société du spectacle, selon les penseurs de l'époque. Ok, ok, mais personne ne regarde le spectacle…

Jack Kennedy, lui, continue à s'amuser dans sa garçonnière du Carlyle Hotel. Il fait la cour à Sophia Loren, couche avec une étudiante, Helen Chavchavadze, alterne avec Pamela Turnure, fait monter des putes en vrac, et le reste l'indiffère. Chaque soir une autre fille, voire deux ou trois. Quel homme ! Il passe la moitié de son temps à penser aux femmes, et l'autre moitié à coucher avec elles, dit Adlai Stevenson. Ce n'est pas faux.

De temps en temps, Marilyn vient passer la nuit. Elle est plus que jamais la star des stars, la femme la plus sexy de tous les temps, le gros lot inventé par Dieu pour faire crever les hommes de désir. Marilyn, la suprême tentation, la sucrerie ultime. Elle est au sommet du monde : il n'y a pas un père de famille dans le Minnesota ou au Kamtchatka qui ne rêve d'elle, pas un mâle aux îles Kouriles ou en terre de Baffin qui ne prie pour qu'on la lui offre en cadeau. Même les gays se costument en Marilyn, c'est dire.

La fin de l'année arrive. Noël est en vue. Marilyn, un soir, aborde la question du mariage avec JFK, alors que celui-ci pose la main sur sa cuisse et constate qu'elle ne porte pas de culotte. Jack parle net, la main sur l'origine du monde :

– Je vais être candidat à la présidence. Je ne peux pas divorcer.

Marilyn baisse les yeux. Elle n'a pas l'habitude qu'on lui dise non. On verra après l'élection, comprend-elle. En attendant, il reste une seule chose à faire.

Let's make love.

CHAPITRE 9

La zone des dangers

La Havane, c'est Las Vegas-sur-Mer. La Mafia y a établi son royaume, avec la bénédiction d'Eisenhower, de Wall Street, de J. Edgar Hoover et de saint Pognon. Les montagnes de dollars qui transitent par Cuba vont directement dans la poche des truands. Dans une atmosphère de fiesta, dans l'odeur de sueur et de rhum, les boss font du business : opium d'Asie, héroïne base de Thaïlande, filles de partout. Le calcul est simple : trois cent mille gringos passent chaque année à La Havane et la plupart reviennent décavés, lessivés, avec, en prime, une chaude-pisse et un coup de soleil. La plus grosse centrale syndicale américaine, l'AFL-CIO, y investit ses fonds de pension, les chaînes Hilton ou PanAmerican y infusent des tas d'or, et les *capi di capi* s'y sentent chez eux. Meyer Lansky, tsar de la truanderie, est nommé conseiller personnel du président Batista ; c'est un peu comme si Al Capone était nommé ministre du Commerce. Santo Trafficante possède des boîtes de nuit, Johnny Rosselli fait de fréquents séjours et Carlos Marcello s'occupe de blanchir l'argent issu du coup d'État au Guatemala, sponsorisé par la CIA. À la fin des années cinquante, les deux cent soixante-dix bordels de La Havane, réputés et bien achalandés, tournent à plein régime : on y vend de la ribaude métisse, de la mademoiselle bien blanche, de la gironde noire ou jaune et du tendron encore sous emballage. Il y en a pour tous les goûts, même pour les plus dépravés, les plus pittoresques, qu'on peut saupoudrer de Santeria, au besoin. John F. Kennedy fait des petites virées rapides au paradis des Antilles, attentivement suivi par la police secrète de Batista. Mais JFK ne s'intéresse nullement à la politique du coin. Il est là pour les filles. Il en profite pour créer un scandale en couchant avec la femme de l'ambassadeur d'Italie, puis rentre à l'hôtel où il fait monter quelques *chiquitas* rieuses.

L'ennui, c'est Castro. En prenant le pouvoir en janvier 1959, le *lider maximo* casse les joujoux des Américains. Passe encore qu'il soit communiste, qu'il vire les grands propriétaires ou qu'il fasse des discours de huit heures, mais a-t-on idée de fermer les bordels ? Ça n'a pas de bon sens !

– Nous ne sommes pas seulement disposés à déporter les gangsters, mais à les tuer, ajoute Fidel.

Santo Trafficante, le boss de Tampa, est jeté en prison. Lansky fuit en laissant vingt millions de dollars en cash. Il veut la tête de Castro. Parfait : la CIA la veut aussi. Jack Ruby, le petit gangster de Dallas, est chargé de négocier la libération de Trafficante, en échange de livraisons d'armes.

Sam Giancana et Johnny Rosselli sont rapidement recrutés par la CIA. S'ils éliminent le *barbudo*, ils récupèrent leurs sous. S'ils ratent, tant pis. La rencontre entre les conspirateurs a lieu au restaurant Brown Derby à Los Angeles, juste après la convention démocrate.

JFK est bien trop occupé à jongler avec les votes des délégués pour s'occuper de ces âneries. Mais les âneries, elles, vont sérieusement s'occuper de lui.

À vrai dire, l'année a mal commencé pour JFK et pour Marilyn. 1960, c'est le moment où le destin s'empare de JFK, le propulse vers son rôle historique. C'est aussi le moment où Marilyn plonge vers les ténèbres. Ils se croisent sur le chemin, l'un vers le haut, l'autre vers le bas. Ils se regardent, ils se jaugent, lui le futur Président du monde libre, elle la bombe sexuelle de l'empire des images. Tandis que Kennedy donne dans les alliances, les contrats, les promesses, les échanges nécessaires pour obtenir la nomination du Parti démocrate – nomination qu'il n'est pas sûr d'obtenir –, Marilyn, elle, voit son mariage se désintégrer. Elle baigne dans une atmosphère de tristesse, dans un blues infini.

De retour à Los Angeles, elle se confie à son nouveau psychanalyste, Ralph Greenson. Celui-ci est un personnage respecté : il a tout pour être un psy de cartoon. Cheveux grisonnants, œil mélancolique, formation classique, origine d'Europe centrale, pseudonyme bien choisi (il se nomme, en réalité, Romeo Greenschpoon), convictions de gauche. Il soigne des célébrités : de Peter Lorre, l'acteur de *M le maudit*, à Frank « Blue Eyes » Sinatra, en passant par Minnelli et Inger Stevens, Greenson est l'archétype du médecin posé, sage, un vrai petit Yoda freudien. On dit qu'il a été membre du Parti communiste. Sa sœur est l'épouse de Mickey Rudin, l'avocat de Marilyn et de Sinatra. Tous ces gens-là ont droit à leur fiche au FBI.

Marilyn prend du Demerol, du penthotal, du phénobarbital, de l'Amytal, et Dieu sait quoi encore. Elle avale les médicaments par poignées, sans compter, comme des dragées de baptême. C'est une junkie de drugstore. Un jour, alors qu'elle est dans une soupe totale, cassée par les pilules, saoule de champagne, elle téléphone à Peter Lawford. Elle est incohérente, elle semble s'endormir sur le fil. Lawford, alarmé, prévient JFK. Celui-ci sent que cette fois-ci le scandale pourrait bien éclater. Il dépêche un ami sûr, Charles Spalding, son compagnon de virée, pour remettre Marilyn sur les rails. En arrivant, Spalding et Lawford prennent Marilyn chacun par un bras, et l'enfournent dans une voiture. Direction : l'hôpital. La médecine, dernier recours contre la presse à scandale ?

Entre les phases hautes – excitation, survoltage – et les phases basses – dépression, mollesse –, Marilyn se plaint de son mari, de son job, de ses amis, de tout. Greenson écoute cette patiente, l'air professionnel mais, sous ses dehors urbains, l'artiste du divan est renversé. La plus belle des plus belles le regarde comme son sauveur, son messie, sa bouée. Elle le surnomme « Jésus ». Jésus couche-t-il ? Marilyn est irrésistible. Le psy est ravi.

Surtout, le Roméo s'intéresse à cette patiente hors du commun. Et, pour faire bonne mesure, enregistre, lui aussi, avec son magnéto caché.

Jackie s'est résignée. Elle passe ses journées à la campagne, elle fait du cheval, elle s'occupe de son bébé de trois ans, Caroline, et, depuis la disparition de son père, Black Jack Bouvier, elle se sent seule. Ce père, qu'elle adorait, joueur, dissipé, infidèle, séduisant, lui a légué l'écartement de ses yeux et un esprit caustique, mais rien d'autre. Sur les recommandations de sa mère, Jackie amasse des bijoux, et, malgré la pingrerie de son mari – il râle constamment contre les dépenses de sa femme –, elle se débrouille pour se faire plaisir et vivre dans un certain luxe. Pour le candidat Kennedy, Jackie est un atout. Le couple doit présenter un front uni.

C'est difficile : JFK est de nouveau menacé par un scandale. Une femme fait du tapage : Alicia Darr, une immigrée polonaise mariée avec l'acteur Edmund Purdom, comédien spécialisé dans les rôles exotiques, pharaon, viking, pacha ou, cette année-là, Raspoutine. Belle blonde plantureuse, Alicia Darr, après avoir échappé aux nazis, s'est recasée à Boston où elle a ouvert un bordel. Devant le succès de l'entreprise, elle s'est installée à New York et, là, a continué son business, fournissant des call-girls (souvent allemandes) à des clients fortunés et, parfois, mettant la main à la pâte. Mais l'entreprenante Polonaise a d'autres idées : elle n'hésite pas à demander, parfois, une petite rallonge à ses visiteurs, sinon… sinon quoi ? L'épouse, les associés ou les amis du client pourraient apprendre malencontreusement les penchants immoraux du client. On appelle ça du chantage.

Le FBI, qui, comme on le sait, traque les malfaiteurs, ne fait rien.

J. Edgar Hoover observe la situation qui se développe.

Début 1960, ayant besoin d'argent, Alicia Darr fait parvenir une information à des gens intéressés : elle a naguère été l'une des call-girls habituelles de John Fitzgerald Kennedy. Elle sait que celui-ci va se présenter comme candidat à la présidentielle. Elle envoie un message à Bobby Baker, leader du groupe démocrate au Sénat : 150 000 dollars ou elle parle. Elle a des lettres, des photos. Elle est déterminée. Elle a le pouvoir de tout dynamiter.

Jack, cette fois-ci, est inquiet. Car Bobby Baker est proche, très proche du sénateur Lyndon Johnson, qui a trois caractéristiques : il est impitoyable, il a le meilleur réseau d'information des États-Unis et il vomit les Kennedy. Qui le lui rendent bien.

JFK entre dans la zone des dangers.

Marilyn, devant les journalistes, est rayonnante. Elle est comme autrefois, la créature lumineuse, la sublime blonde nimbée d'un nuage de Chanel n° 5. Elle lève sa coupe de Dom Pérignon, et affirme :

– Après Marlon Brando et mon mari, Yves Montand est l'homme le plus séduisant que j'aie jamais rencontré.

Simone Signoret, présente, ne dit rien.

Montand et Signoret, à l'époque, sont des compagnons de route du Parti communiste. La guerre d'Algérie, la déstalinisation, le retour au pouvoir du général de Gaulle, ils sont présents sur tous les fronts. Avec courage et entêtement, ils prêtent leurs noms et leurs signatures à toutes les causes généreuses, et sont devenus, en France, les symboles d'une gauche ardente et humaine. Arthur et Marilyn emmènent les visiteurs dîner, et, immédiatement, Marilyn met en route la machine à séduire. Quand les répétitions du *Milliardaire* commencent, sous la direction de George Cukor, elle arrive même à l'heure. Montand, qui parle mal anglais, se débat avec son texte. Marilyn a grossi, elle a du mal avec ses scènes de danse. Entre deux répliques, elle s'éclipse pour aller chez Greenson, elle a des choses à lui raconter. Ou elle file chez son masseur, Ralph Roberts.

Tout semble normal. Mais Cukor, cinéaste de talent et metteur en scène méticuleux, a son radar intime en batterie. Homosexuel réputé, il est l'un des rares gays de Hollywood à n'avoir jamais été inquiété. Amateur d'art, souvent coléreux, il aime les beaux garçons qui bronzent autour de sa piscine, et sait filmer – et comprendre ! – les femmes comme personne. Il a jadis signé *Women*, le plus beau film sur la méchanceté fielleuse des amies entre elles. Là, sur son plateau, il flaire les ennuis : Marilyn a du mal avec ses chorégraphies. Elle a fait plusieurs overdoses récemment, et recommence à être en retard, à faire des caprices, à s'absenter. Mais Cukor s'obstine. Quand la pression est trop forte, il arrache des pages du scénario et les mange. Oui, les mange.

Simone Signoret est à l'honneur : elle obtient l'Oscar pour *Les Chemins de la haute ville*. Montand exécute un pas de deux sur la scène, chante une chanson, séduit le public. Le couple, invité par Charlie Feldman, est adopté par Hollywood. Deux jours plus tard, Montand accompagne sa femme à l'aéroport. À peine Simone est-elle dans l'avion que l'inévitable Paula Strasberg surgit :

– Marilyn a besoin de vous pour répéter dans sa chambre, dit-elle à Montand.

Celui-ci est un garçon gentil, toujours prêt à rendre service à une dame en détresse. Il se rend chez Marilyn, découvre une chambre toute blanche – chaises blanches, rideaux blancs, lit blanc – et se prépare à relire avec elle une demi-page de texte. À peine est-il entré qu'elle lui fait le grand jeu. Les yeux mi-clos, les soupirs alanguis, le baiser de feu. Montand craque.

On le comprend.

Mais la romance qui s'installe est tellement évidente qu'elle ne reste secrète que trois minutes. Dès le lendemain, la rumeur court. Quelques jours plus tard, un journaliste aperçoit Marilyn se rendant dans le bungalow de Montand, nue sous une fourrure. Mieux : Arthur Miller, qui a oublié un objet dans sa chambre, revient sur ses pas, un après-midi. Il tombe sur les deux amants en pleine action. Il prend sa pipe et s'en va.

JFK apprend la liaison en lisant les journaux. Un articulet mentionne qu'« une actrice oscarisée a des problèmes avec son mari ». Dorothy Kilgallen a signé l'info, elle ne se trompe pas.

À peine le film terminé, Montand ramasse ses affaires et s'envole. Vite, vite. Pas de doute : Marilyn est belle, mais peuchère ! elle est fada.

– La Mafia, en fait, est une société de bienfaisance, lance Dean Martin sur scène.

Le public est écroulé de rire. Le Rat Pack fait un triomphe à la soirée d'ouverture de la convention démocrate à Los Angeles. En sous-main, ce jour-là, Frank Sinatra, Dean Martin et deux autres Italiens, Hank Sanicola et Skinny D'Amato (le premier aime briser les rotules des ennemis de Sinatra, l'autre est un flingueur d'Atlantic City) rachètent vingt-cinq pour cent des actions du Cal-Neva. Derrière ces tractations : Sam Giancana.

Sinatra entonne *High Hopes*, la chanson dont il a fait l'hymne de campagne de JFK. Il est euphorique : Giancana lui manifeste de l'amitié, Kennedy lui tend la main, et les deux « diplomates », deux copains de Frank, Peter Lawford et Johnny Rosselli, s'agitent dans la coulisse. Le premier pour rallier un maximum d'artistes à la cause de JFK, le second pour rallier un maximum de truands. C'est la noce du show-biz et de la cour des Miracles. Les voyous et les acteurs se tapent dans le dos, les filles circulent avec des coupes ornées de petits palmiers, et Sinatra se pavane avec une belle brunette de vingt-cinq ans, Judith Campbell. Autour d'eux, c'est la fiesta : des types au nez écrasé et aux oreilles en chou-fleur trinquent avec des comiques célèbres, des gars bien habillés avec de curieuses déformations du veston, sous le bras gauche, serrent la main de chanteurs. Les agents du FBI se mêlent à ce joyeux charivari, et une sorte de joie palpable envahit tout. JFK a reçu l'onction des démocrates. Il est candidat officiel. Il en profite pour coller au mur Angie Dickinson, la superbe actrice de *Rio Bravo*. Comme d'habitude, à la hussarde. Elle avouera plus tard :

– Ce furent vingt secondes très agréables.

La famille Kennedy, l'ambassadeur en tête, est rassemblée au Biltmore Hotel. Joe K., qui ne sortira jamais de sa suite, tire les ficelles. Bobby Kennedy arpente les couloirs, accroche les délégués démocrates, tandis que Teddy, le plus jeune, essaie d'apprendre le rude métier de la politique. Les téléphones sonnent dans tous les sens, les coursiers se ruent vers les chambres. La délégation du Wyoming donne du souci aux Kennedy. Lyndon Johnson, qui joue des coudes, traite RFK de « petit cul serré », mais il contrôle les délégués du Nevada. JFK, en douce, qualifie Johnson de « cul-terreux vendu, vicelard, une bête ». Mais quel miracle ! il désigne le vicelard comme son candidat à la vice-présidence. Lyndon Johnson a de quoi susciter le respect. Ainsi, il sait que la famille K. a versé 500 000 dollars à Alicia Darr pour qu'elle se tienne tranquille. C'est son ami J. Edgar Hoover qui le lui a dit.

Jackie n'est pas là. Enceinte de six mois (elle attend John-John), elle a préféré rester éloignée de toute cette folie. Jack en profite. Il va dîner chez Puccini's, avec Peter Lawford et Marilyn Monroe. Celle-ci est dans une mauvaise passe : Yves Montand ne répond plus à ses appels, le tournage du *Milliardaire* s'est achevé dans une amertume terrible, le mariage avec Arthur Miller est en cendres. Dans quelques jours, Marilyn est attendue à Reno, où elle doit commencer le tournage d'un film de John Huston, scénario d'Arthur Miller : *The Misfits*.

La soirée est délicieuse. Le Puccini's est un restaurant

fréquenté par les Italiens. La surveillance y est constante. Jack Kennedy, porté par les acclamations des délégués, ivre de politique, est en surmultipliée. Il est charmant, attentif, drôle. Il n'a aucun doute : il sera le nouveau Président des États-Unis. Comme le dira Marina Oswald, l'épouse russe de Lee Harvey Oswald :

– Son papa lui a acheté la présidence.

Le policier chargé de la protection du candidat est sous le charme : il remarque que les deux amants ne se cachent guère et qu'ils semblent heureux.

Ils le sont.

Le lendemain, Kennedy est officiellement choisi. Il fait un discours mémorable, celui qui sera sans cesse invoqué, plus tard, comme un slogan incantatoire. Vide de sens, mais parfait :

– Nous sommes aujourd'hui sur la Nouvelle Frontière, une frontière d'opportunités et de périls inconnus…

Puis il file chez Peter Lawford, où une party magnifique est en cours, dans l'ancienne maison de Louis B. Mayer. Sammy Davis, Frank Sinatra et des dizaines d'invités se succèdent, se saoulent en regardant la mer. Kennedy n'a plus de voix, et commande ses daiquiris en écrivant sur un papier. Au petit matin, il s'éclipse en laissant un mot : « Je suis dans la blonde. »

Marilyn et JFK, ensemble, disparaissent.

Peut-être est-ce là, dans ces échappées furtives, dans ces nuits bercées par la houle du Pacifique, dans cette atmosphère de fièvre qui précède les grands coups politiques, que cette histoire trouve son point d'orgue. Au même moment, le premier club Playboy ouvre ses portes à Chicago, sous le regard attentif de la Mafia, et les sixties débutent, dans un air de rock'n' roll. Elvis revient d'Allemagne, *À bout de souffle* signe l'entrée en scène de la Nouvelle Vague, Chubby Checker lance le twist, Tintin est au Tibet, la mode est aux go-go boots et aux coiffures afro. Le collaborateur de James J. Angleton, l'avocat Max Brod, surveille attentivement les mafieux qui s'agitent dans l'ombre de Joe K.

Marilyn, dans les bras de Jack, ferme les yeux.

Il y a, dans cette nuit tiède de Californie, un archange qui passe. Le destin accorde aux amants, dans un avenir incertain, une Terre promise où ils seront reine de cinéma et roi de la Nouvelle Frontière. Au loin, dans l'obscurité, des bateaux s'en vont vers Catalina Island, vers un bonheur bu par le brouillard du matin comme une tache d'encre par un buvard.

CHAPITRE 10

Désaxée

Là-bas, le feu. Le ciel est noir. Les crêtes de montagnes, embrasées, cisaillent l'horizon. Des forêts sont englouties, les animaux s'enfuient, les habitants sont évacués. Toute la région de Reno est menacée. Le vent attise les flammes, qui avancent vite sur un front de dix kilomètres, le long de la Sierra Nevada. Les palominos, dans le corral, sont nerveux. John Huston, appuyé sur ses béquilles – il vient de tomber de cheval –, regarde le paysage, qui vire au charbonneux, et qui lui plaît ainsi. Une vieille femme du coin lui a donné une explication :

– Ce sont les lapins. Ils prennent feu, ils courent partout, ils propagent l'incendie.

Marilyn Monroe, pâle, défaite, angoissée, essaie une perruque. Arthur Miller, silencieux, semble faire de la figuration. Sa femme ne lui parle plus. Quand les visiteurs demandent qui est cet homme mélancolique, on leur dit :

– C'est Mr. Monroe.

Il n'y a plus d'électricité. Les lignes à haute tension se sont affaissées, les projecteurs ne marchent plus, la ville entière est sans climatisation. Or, à Reno, en plein désert du Nevada, la chaleur est torride et dépasse fréquemment les cinquante degrés. Si bien que lorsque Marilyn arrive en retard, les gens sont lessivés. Clark Gable, épuisé – il vient de perdre vingt kilos et carbure au bourbon-cigarettes –, tente de contrôler son impatience. Paula Strasberg, comme un succube noir, traîne derrière Marilyn, avec son sac immense, dans lequel elle emporte ses propres médicaments. Elle a un cancer des os.

Pyramid Lake, l'étendue d'eau salée dans laquelle l'une des scènes importantes a été tournée, est une immense réserve noirâtre, où des poissons venus du fond des âges survivent.

– Ces poissons antédiluviens, on ne les trouve nulle part ailleurs au monde, sauf dans un autre lac en Inde. Pourquoi ? demande Miller, mais personne ne lui répond.

Une pluie de cendres tombe sur la caméra. La ville la plus proche se nomme… Nixon.

Yves Montand est à Los Angeles, à deux pas, mais le tournage de *The Misfits* cloue Marilyn dans le désert du Nevada. Elle a les yeux gonflés, les mains qui tremblent. Parfois, elle se déguise comme autrefois, en passante anonyme, en Zelda Zonk. Mais évidemment, en ville, tout le monde la reconnaît. Quand elle revient, ivre de champagne et d'Amytal, elle cherche à capter les scènes, à les plier à sa volonté. À peine est-elle assise dans un lit, nue, qu'elle demande qu'on tourne le plan une fois, deux fois, trois fois. Paula Strasberg opine. Arthur Miller révise le dialogue. John Huston, calme – il a déjà tourné avec

Marilyn, il y a dix ans dans *Quand la ville dort* –, se contente de calculer ses dettes. Toutes les nuits, il perd gros au poker. Marilyn ajoute sa touche personnelle à la scène : elle laisse glisser le drap, exhibe un sein. Huston :

– Remballe ça, Marilyn. C'est du déjà-vu.

Quand Marilyn rentre dans sa caravane, on entend les éclats de voix. Elle s'en prend à Arthur Miller, elle l'humilie, elle le rabroue en public, elle l'insulte. Il ne dit rien, le regard triste. Elle exige qu'il ajoute un rôle pour Yves Montand, il refuse. Elle tempête : le film aurait dû être en couleur, pas en noir et blanc ! Miller répond qu'une bonne actrice n'a pas besoin d'artifices. Marilyn, furieuse, quitte le plateau, en voiture, avec son chauffeur et Paula Strasberg, et laisse son mari seul au milieu de rien, dans un nuage de poussière crayeuse. Miller écrit : « Un drame, c'est l'histoire d'une défaite. » Il composera ce drame, quarante ans après, sous le titre *La Fin du film*. On peut y lire : « La Kitty (Marilyn) adorée du monde entier n'existe pas. C'est une blague, un fantôme, une volute de fumée. » Ou : « C'est une rescapée qui marche sur du verre pilé depuis qu'elle a appris à marcher. » Il conclut : « La vie, la joie de vivre n'est plus qu'une poussière pétrie par la haine la plus ordinaire. »

La mort rôde sur ce tournage.

La convention démocrate a laissé L.A. dans un état électrique. La ville vibre de cette énergie accumulée, de ces passions déchaînées, de ces ambitions nues. Carlos Marcello, le boss créole de La Nouvelle-Orléans, qui a affronté Robert Kennedy face à face lors des auditions de la commission McClellan – c'est à son sujet que le mot « Mafia » a été prononcé la première fois –, est venu faire un tour. Toute arrogance bue, RFK lui a demandé de contribuer à la campagne de son frère. Marcello a donné 500 000 dollars – mais à Richard Nixon. Son partenaire Sam Giancana a été plus prudent. Il a arrosé les deux candidats. Et tout le monde est rentré à Vegas, où les agents du FBI ont truffé les chambres, les salons, les bistros et même les saunas, de micros. Los Angeles est une ville poreuse, désormais. Les infos sortent en flux continu. Direction : FBI, CIA, bureau du gouverneur, Drug Enforcement Agency, National Security Agency, qui sait ?

John Kennedy arrive en ville, tout auréolé de son succès. Il est accueilli par Frank Sinatra au Sands. Le sénateur a ses habitudes à Vegas, air de flûte enchantée de bienvenue, chambre garnie de *show girls* expertes au grand écart, renouvellement constant du stock. Le 7 février, JFK dîne avec l'une des Sinatra girls : Judy Campbell. Il a déjà vu cette jeune femme, qui avait un banana daïquiri orné d'un petit palmier dans la main, lors de la convention démocrate. Le sénateur est intéressé. Il est vrai qu'elle a de quoi plaire, silhouette sinueuse, beau sourire et, comment dire ? air coquin. Elle traîne dans les studios, les casinos, les hôtels et a des goûts de luxe. Elle travaille de temps en temps avec une patronne de réseau de call-girls, une nommée Joyce, et elle plaît à Sinatra. Elle est gentille, douce, attentive, d'origine irlandaise (elle se nomme Immoor, en réalité) et catholique. Mariée à seize ans, elle a divorcé deux ans plus tard. Depuis, elle s'essaie mollement à la peinture. Sinatra l'a prise en belle passion et l'invite fréquemment. Ce qui n'empêche pas les malentendus : quand Frankie Blue Eyes glisse une deuxième dame dans le lit commun, Judy se rebiffe. Elle est monogame successive, à cadence rapide. L'une après l'autre, ok. En vrac, non.

Jack Kennedy, accompagné de son frère Ted, est immédiatement captivé par la belle Judy. Ted dégaine le premier : il monte dans la chambre. Le soir, tout le monde est convié au spectacle du Rat Pack. Tandis que Dean Martin, sur scène, désigne le sénateur Kennedy au public hilare en demandant à Sinatra : « C'est quoi, son nom, déjà ? », JFK papote avec Judy Campbell. Le lendemain, il lui téléphone. Le surlendemain, il lui retéléphone. Ils se retrouvent à New York, au Plaza, et, dit-elle, « nous sommes devenus amants ».

Il y a d'autres femmes dans la vie de JFK, à ce moment-là. Des prostituées de haut vol, comme Suzy Chang ou Maria Novotny. La première sera mêlée de près au scandale Profumo, en Grande-Bretagne, qui fera tomber le gouvernement de Sa Majesté. Elle vient souvent de Londres, pour « visiter sa mère malade », et en profite pour distraire le futur Président. La seconde est spécialisée dans les jeux de rôles : elle est l'infirmière, avec une autre fille, et JFK est le patient. L'impatient, plutôt.

Du coup, Kennedy prête le flanc à tous les chantages possibles. Il a payé pour le silence d'Alicia Darr, il a payé pour d'autres filles. JFK est peut-être pingre, mais, dans le domaine de la main tendue occulte, il est plutôt prodigue.

Il est vrai que la fortune des K. s'élève à 400 millions de dollars, soit près de trois milliards en dollars 2007. Ce sont des économies qui permettent quelques fantaisies. Le danger, c'est que Judy Campbell a des fréquentations inquiétantes. Sam Giancana est son amant. La Mafia et la politique communient dans la même culotte.

Le 6 avril, Judy Campbell est invitée chez le sénateur Kennedy, à Georgetown, au cœur de Washington. Jackie est au bord de la mer en Floride, dans la maison des Kennedy. Elle est enceinte. John-John naîtra en décembre. Mais, pour l'heure, la place est libre, et JFK reçoit la jeune femme au domicile conjugal. Judy Campbell est surprise de trouver un autre visiteur présent. C'est Bill Thompson, un ami de la famille, riche et influent, spécialiste des enveloppes glissées à qui de droit. JFK lui explique que sa première décision, quand il sera élu, sera de limoger J. Edgar Hoover. Puis, au dessert, il se tourne vers Judy Campbell et demande, de but en blanc :

– Serait-il possible d'arranger une rencontre discrète avec Sam Giancana ?

Puis il confie à la jeune femme un sac. Elle l'ouvre. Dedans, des liasses de billets bien verts. Disons 250 000 dollars.

La campagne présidentielle a commencé.

Le samedi 13 août, Sinatra passe au Cal-Neva. Il invite Clark Gable à venir le voir : Reno ne se trouve qu'à une quarantaine de kilomètres, par la route de Mount Rose, et l'hôtel-casino est situé entre Kings Beach – un nom qui plaît bien à Gable, surnommé le King avant Elvis – et Tyrolian Village, étrange patelin rescapé d'un conte bavarois. L'acteur accepte : il se sent fatigué, mais il adore faire de la route avec sa nouvelle Mercedes 300 D. Il met une condition, cependant : que toute l'équipe des *Misfits* soit conviée aussi. Sinatra n'hésite pas. Il ouvre les portes. Le Cal-Neva est là pour ça.

C'est un *resort*, un ensemble hôtelier, peu banal : fondé en 1927 par un homme d'affaires véreux, l'hôtel a un aspect rupestre – murs en bûches, toit en bardeaux – qui cache un établissement de grand luxe. Chaque chambre, chaque bungalow a sa cheminée, et les tables de jeu sont amovibles. Il y a une bonne raison : la frontière entre la Californie et le Nevada passe exactement au milieu de la grande salle, et quand une descente de police est annoncée, il suffit de pousser les tables de quelques mètres. Le Cal-Neva a changé de mains, appartenant (officiellement) d'abord à Elmer « Bones » Remmer, un proche de Bugsy Siegel, et ensuite à Wingy Grober, l'ami manchot de Giancana. C'est l'argent du fonds de pension des Teamsters qui a permis au quatuor de gangsters de racheter la baraque pour un prix d'ami : trois millions de dollars.

Le coin est idyllique : le lac Tahoe où, dans une douzaine d'années, Michael Corleone se retirera avec sa famille dans *Le Parrain 2*, est un petit océan d'un vert émeraude parfait. Le silence est absolu, le calme aussi. C'est là que « Baby Face » Nelson et « Pretty Boy » Floyd venaient se réfugier lors de la Prohibition. C'est là aussi que Joe K. a emmené Gloria Swanson, autrefois. Une poignée de bungalows, disséminés assez loin du bâtiment principal, permettent une discrétion exemplaire.

Ce jour-là, John Huston, Arthur Miller, leurs acteurs, Clark Gable, Eli Wallach, Montgomery Clift, et leurs techniciens, viennent au Cal-Neva. Cordialement accueillis par Wingy Grober, qui distribue des jetons à tout le monde, les invités se dispersent autour des tables de baccarat. Marilyn, éméchée, tangue.

Un informateur du FBI prépare son rapport. Il a noté une présence inattendue : celle de Joe Kennedy. Celui-ci a discrètement réuni Peter Lawford, Frank Sinatra, Dean Martin et quelques autres personnages dans l'un des bungalows. L'indiscret ne sait pas ce qui se passe. En revanche, Giancana le sait : on y parle de la campagne, et d'argent. Ses micros lui ont permis de tout écouter. Il sait aussi que l'un des *sleeping partners* financiers de l'achat du Cal-Neva, c'est Mickey Rudin. Le beau-frère du docteur Ralph Greenson, le psy de Marilyn.

Marilyn, justement, est dans un état terrible. Elle sait que, sitôt le tournage terminé, elle va divorcer. Sinatra, plein de sollicitude, vient lui tenir compagnie. Miller se retire dans son bungalow, pour travailler. Tandis qu'elle vide une nouvelle coupe de champagne, un groom vient discrètement délivrer un message à Miss Monroe. Elle est attendue dans l'un des bungalows les plus éloignés, en lisière de la forêt. Elle s'y rend, dans la lumière finissante de cette soirée du Nevada. Ou est-ce déjà la Californie ? Mezzo-mezzo.

Elle frappe à la porte. Jack ouvre. Surprise ! Il a réussi à s'échapper, et, tandis que son père fait du business, JFK est venu pour voir Marilyn. Personne ne sait qu'il est là. Il est fatigué, il a serré, précise-t-il, « dix mille mains », il a envie de calme.

Une nuit de plus, un moment de douceur. Marilyn ferme les yeux. Le lac Tahoe s'étend dehors, dans l'obscurité, à l'infini. JFK et Marilyn sont peut-être heureux, là, qui sait ?

Mais dans la Sierra Nevada, l'incendie galope. L'amour se consume.

Les semaines passent. La campagne électorale bat son plein. JFK, comme d'habitude, veut tout savoir. Quand il est avec Judy Campbell, il lui pose des questions, la bombarde de points d'interrogation. Qui s'est saoulé ? Qui se drogue ? Qui couche avec des femmes noires ? Qui s'encanaille dans les bouges ? Quel mari est trompé ? Tony Curtis est-il cocu ? Shirley MacLaine se teint-elle en rousse ? Partout ? Que se passe-t-il sur le plateau du nouveau film de Frank Sinatra, *Ocean's 11* ? Le Rat Pack est-il échangiste ? Il a beau sonder, fouiller, lire chaque numéro de *Confidential* (le journal qui « relate les faits et donne les noms »), il y a une chose qu'il ne saura jamais : son père, l'ambassadeur, a couché avec Judy Campbell avant toute la bande. Le vieux Joe K. a été le *numero uno* du « paquet de rats ». C'est un *sleeping partner* dans toute l'acception du mot.

Judy Campbell sauvegarde les apparences. Elle accepte, avec moult protestations, un manteau de fourrure. Elle fait la danse des sept voiles, et repart pour Chicago. Là, le parrain de la ville l'attend, avec sa moumoute et son air de papy rangé. Sam Giancana prend le sac de dollars, ne dit rien. L'argent va servir à la campagne de JFK : bureaux de vote copieusement arrosés, délégués électoraux achetés, urnes bourrées, comptages parfaitement irréguliers, électeurs morts ressuscités, toute la lyre des pourris.

– Sans moi, Kennedy ne serait pas devenu Président, se vantera plus tard Giancana.

C'est vrai.

Mais, en attendant, les sacs circulent, le fric est généreusement alloué, papa Kennedy met la main à la poche avec régularité, et Richard Daley, le maire de Chicago, surveille le transit. Il a un espion : Martin E. Underwood, un gars dans le genre Otash. Underwood ne perd pas de vue les opérations. Daley lui a bien dit : « *Follow the cash* », suis le pognon. Ce que notre homme fait, avec application. Il note, chemin faisant, que Judy Campbell couche aussi avec un autre client, Johnny Rosselli, l'ambassadeur de la pègre, l'homme aux manières suaves et aux chaussures en croco.

Elle est là quand JFK et Giancana se rencontrent au Fontainebleau Hotel à Miami. Elle est là quand Jack parle de Jackie :

– Si je ne suis pas élu, nous allons nous séparer, dit-il.

Elle est aussi là en août, quand le candidat et le gangster se retrouvent à New York :

– Je suis allée dans la chambre à coucher, pour attendre qu'ils aient fini, dit-elle.

Peu à peu, elle devient une pièce importante de l'échiquier. Au téléphone, elle parle en code, une sorte d'espéranto sans sous-titres. Elle livre des « cadeaux », elle va « dans le Sud », elle s'amuse, dans son rôle de porteuse de valises. Les choses deviennent un peu plus sérieuses quand JFK demande à Judy de passer à Giancana des infos. Objet du message : l'assassinat de Castro.

Elle ne réalise pas que Giancana et Rosselli travaillent pour la CIA.

Elle livrera sa dernière liasse de dollars en 1961, trois mois après le fiasco de la baie des Cochons, tentative avortée, misérable, affligeante, pour envahir Cuba.

Quand elle revient de son week-end au Cal-Neva, Marilyn est détraquée. Le visage livide, gonflé, elle semble dormir debout. Elle se précipite fréquemment dans la caravane des toilettes – pour vomir. Elle confie aux journalistes présents : « Clark Gable est amoureux de moi », alors que celui-ci, dégoûté par le manque d'hygiène de Marilyn, cherche à prendre ses distances. Le cameraman, Russell Metty, artisan méticuleux dont la spécialité – le contraste – lui a valu de travailler avec Orson Welles et Stanley Kubrick, note qu'il n'arrive pas à faire le point sur les yeux de Marilyn. Elle est *soft*, c'est-à-dire floue. Que voit-elle, là-bas, au-delà des crêtes calcinées ? Elle se trompe dans ses dialogues, elle marmonne, elle bafouille. Chacun s'occupe en attendant que Miss Monroe reprenne ses esprits. À Virginia City, petite ville proche, John Huston s'inscrit pour participer à la course annuelle de chameaux : ceux-ci, importés par l'US Army au siècle dernier, se promènent librement dans le désert. Clark Gable raconte ses débuts, dans un rôle d'indigène en pagne avec une fleur d'hibiscus derrière l'oreille. Monty Clift, mal remis d'un accident de voiture, fonctionne au mélange orange-vodka-valium. Paula Strasberg lit un bouquin intitulé *Comment et pourquoi certains gagnent au craps*. Marilyn explique à un reporter que Lee Strasberg lui a enseigné que la logique n'a rien à voir avec la comédie :

– Deux plus deux ne font pas quatre. Deux pommes et deux poires font une salade de fruits. Deux lapins et deux lapins font quatre-vingt-dix lapins.

Le journaliste note.

Quelques jours plus tard, Marilyn est découverte, inconsciente, sur le sol de sa chambre. Overdose de médicaments, une fois de plus. Rapatriée à Los Angeles, elle est prise en main par le Jésus des psys, Ralph Greenson. Lavage d'estomac, quelques jours de repos et, enfin, la dernière réplique des *Misfits* : « Comment trouve-t-on son chemin dans le noir ? » demande-t-elle à Clark Gable, qui n'en peut plus, exaspéré, vidé. L'équipe fait les bagages, pour fuir cette actrice qui ne se soucie de rien ni de personne. Même les femmes de ménage de l'hôtel sont rebutées : Marilyn ne se lave pas, et mange couchée, laissant les assiettes sous les draps de son lit. Elle s'endort avec les restes de ses repas. Elle se sent détestée, et peut-être l'est-elle. La joie de vivre a disparu, pétrie par la haine la plus ordinaire.

Gable meurt le 16 novembre 1960, une semaine après la fin du tournage des *Misfits*.

C'est le dernier film de Marilyn, qui perd son chemin dans le noir.

Quatre jours plus tard, au lieu d'aller voter pour JFK, elle s'en va au Mexique. Quand elle revient, elle a trouvé un nouveau petit nom pour Kennedy.

Désormais, il est « The Prez ».

DEUXIÈME PARTIE

L'ascension de JFK

« La vraie Sainte Trinité de Camelot, c'était Sois beau, Fous la merde et Baise. Jack Kennedy a été le leader mythique d'un morceau de notre histoire. Il causait bien et avait une coupe de cheveux classieuse. Il a été descendu au moment optimum pour la canonisation. Sa flamme éternelle est toujours alimentée par des mensonges. Il est temps de démythifier cette ère et de bâtir un nouveau mythe, depuis le caniveau jusqu'aux cieux. »

James Ellroy,
American Tabloid

CHAPITRE 11

Parfum de femme

Frank Sinatra est en colère. Il neige sur Washington. En quelques heures, les rues ont disparu. À Georgetown, les voitures sont enfouies sous deux mètres d'une poudre de conte de fées. Toute la ville est transformée en Disneyland, chaque maison scintille, la circulation est nulle, quelques feux rouges clignotent dans ce désert gai, et les invités sont en retard. Frankie Blue Eyes redoute le chaos. Depuis deux mois, il travaille avec Peter Lawford pour ce show extraordinaire qui précède la prestation de serment du nouveau Président – que Sinatra s'entête à surnommer « Chickie baby ». Pour lui, c'est un terme d'affection, de camaraderie. Pour JFK, c'est insignifiant. Pour Jackie, c'est insupportable. D'ailleurs, elle ne tolère pas ce chanteur vulgaire et macho, qu'elle soupçonne de partager des filles avec son mari. Dean Martin a bien senti le vent. Ce n'est pas un truc pour nous, les ritals, dit-il. Il a pris le large. Faire la fête avec des politiciens, décidément non.

Dans l'immense salle du Washington Armory, qui tient de l'arène, du stade, du terrain de corrida et du corral de rodéo, les invités arrivent au compte-gouttes. Joey Bishop, le cinquième partenaire du Rat Pack, fait remarquer, en montrant la neige :

– Les républicains sont mauvais perdants !

Lawford affronte la grogne de Sinatra, grillant cigarette sur cigarette. Il se sent sur un siège éjectable. D'autant plus que sa mère, lady May, cliniquement démente et sujette à de violentes illusions de grandeur, vomit les Kennedy, qu'elle les considère comme des roturiers infréquentables. Ainsi, pendant la campagne électorale, elle a loué un éléphant et l'a fait parader sur Wilshire Boulevard à L.A., affublé d'une immense pancarte « Votez Nixon ». De toute façon, elle pense que son fils est gay et le clame à tous vents. C'est faux : Peter Lawford préfère être attaché et fouetté par des prostituées noires.

Les artistes attendus par Sinatra sont tous éparpillés dans la ville, coincés dans leurs voitures. Les services de la voirie tentent de nettoyer les grandes artères au lance-flammes. Quel symbole ! Washington au lance-flammes !

Leonard Bernstein, le compositeur de *West Side Story*, est assis dans une limousine avec Bette Davis : les pneus patinent. Ella Fitzgerald a perdu sa tenue de scène. Ethel Kennedy, l'épousc acerbe de Robert, est à la recherche de sa robe, restée dans un véhicule désormais enfoui. La logistique de la soirée, qui a été entièrement prise en charge par Sinatra, a été cauchemardesque : comment transporter, loger, assurer la sécurité de toutes ces stars ? Tony Curtis, Janet Leigh, Shirley MacLaine, Harry Belafonte, Milton Berle, Nat King Cole, Mahalia Jackson, Gene Kelly, Louis Prima, Anthony Quinn, Laurence Olivier. Certains arrivent d'Australie, d'autres d'Europe ;

deux shows à Broadway ont fait relâche pour ne pas jeter d'ombre sur la soirée JFK. Et les problèmes ont commencé : Sammy Davis, qui vient de se marier avec Maj Britt, une ravissante Suédoise, a été prié par deux types à oreilles en feuilles de chou de ne pas venir chanter. Un Black avec une Blanche, mauvais exemple. Les visiteurs ont simplement dit à Davis :

– Ça te dirait de perdre un autre œil ?

Or Sammy Davis est borgne. Il a saisi le message.

Sinatra a fait réserver tout un étage de l'hôtel Statler Hilton, a fait placer des vigiles devant les ascenseurs, a convoqué son ami William Asher (réalisateur de *Ma sorcière bien-aimée*) pour filmer l'événement, a demandé à son orchestre de répéter avec les artistes. Les soixante-douze loges à dix mille dollars la place ont été louées dès le 7 décembre, dix-huit jours plus tôt. Le reste du public, soit douze mille spectateurs, a eu droit au tarif normal : cent dollars. Mais Sinatra a une autre raison d'être agité : la veille, il a reçu dans sa chambre d'hôtel une tête de mouton, servie sur un plat en argent. Un petit message de Mooney Giancana, pour rappeler au chanteur de calmer le nouveau ministre de la Justice, Robert Kennedy, dans sa croisade anti-voyou, anti-Hoffa, anti-Cosa Nostra. RFK vient d'ailleurs de publier un livre sur le sujet, intitulé : *The Enemy Within* (*L'Ennemi intérieur*). Malheureusement pour Hoffa et Giancana, c'est un best-seller.

Les flics du Secret Service tentent de suivre le nouveau Président qui n'arrête pas de s'échapper pour serrer des mains ou bavarder avec des amis. Les Men in Black sont éparpillés dans la ville, aux basques des membres de la famille Kennedy. Ils ont réquisitionné des véhicules militaires pour déblayer les rues devant les voitures officielles, et, chemin faisant, récupèrent Leonard Bernstein et Bette Davis. Celle-ci est en tailleur de ville.

– Tant pis, on y va ! dit-elle.

À la radio, on entend les Beach Boys, et un nouveau *songwriter*, Bob Dylan, qui chante *The Times They Are A-Changin*. Les temps changent, c'est sûr.

À 22 h 45, soit avec deux heures de retard, le couple présidentiel arrive. Jackie, épuisée, se remet mal de sa césarienne subie six semaines plus tôt. Gavée de Dexédrine, elle fait de son mieux. Elle descend de la voiture, se cramponne au bras de Sinatra pour ne pas glisser. Celui-ci accompagne la First Lady vers la loge présidentielle. Les photographes se précipitent, et le crooner tente de faire la conversation avec Jackie. Elle se penche vers lui et murmure en sifflant :

– Écoutez, Frank : souriez. C'est tout ce que vous avez à faire, ok ?

Échaudé, Sinatra sourit en serrant les dents. Quand Chickie baby arrive dans la salle, un projecteur le suit. Les applaudissements sont assourdissants. Dans l'une des loges de luxe : Robert Maheu, le délégué de la CIA, la cheville ouvrière du complot contre Castro, le complice de Johnny Rosselli. Non loin, Arthur Miller avec sa nouvelle fiancée, Inge Morath, photographe rencontrée sur le plateau des *Misfits*. Sinatra prend le micro et s'adresse au Président :

– Je vous avais bien dit que vous auriez une bonne place !

La foule rugit de plaisir.

Dehors, la neige tombe de plus belle.

Depuis quelques jours, Marilyn est déprimée. Elle a bien essayé de renouer avec Miller, mais celui-ci, amer, ne lui répond même pas. En plus, il a gardé le chien, Hugo. La mort de Clark Gable, provoquée, dit-on, par les retards de Marilyn, pèse sur sa conscience. Elle prend la mesure d'elle-même. Elle a essayé de vivre comme tout le monde, elle a joué le jeu avec trois maris différents, mais son démon intime la pousse à régler ses comptes avec les hommes, et aussi à vouloir tout, tout de suite. Elle est comme une petite fille mal élevée, capricieuse, consciente de son pouvoir. Son métier l'infantilise : on la sert, on la transporte, on la choie, on lui offre des fleurs, on repeint sa loge, on la porte. Elle est prise en charge par les producteurs, les scénaristes, les assistants, par ses psys, par ses proches, par le studio. Elle devient une handicapée, et bâtit des mensonges pour subsister. Depuis des années, maintenant, elle répète que ses parents sont morts, qu'elle ne les a jamais connus, ce qui est faux. Elle amplifie le désastre de sa vie et invite la pitié. Elle se place en position de victime, et pratique un étrange cocktail de mépris, de sensualité et d'égoïsme absolu. Avec JFK, elle est tombée sur son double inversé : Kennedy est enfant riche, arrogant et incapable d'aimer, sauf par brèves bouffées, souvent confondues avec sa concupiscence. Au fond, tous deux sont sans amour : pauvres gens, tristes sires. Ensemble, ils trouvent des miettes de sentiments, comme ces flocons qui tombent gracieusement sur le Capitole, en cette nuit de janvier 1961.

Elle a bien tenté de téléphoner à Yves Montand, vers la fin de l'année, mais celui-ci ne prend plus ses appels. Côté carrière, les choses vont mal : Marilyn vient de recevoir de Zanuck l'ordre de se présenter sur le plateau de *Goodbye Charlie*, film qui sera réalisé par George Cukor. Par contrat, elle est dans l'obligation d'accepter. Elle refuse. Désormais, c'est la guerre ouverte avec la 20th Century Fox. Lee Strasberg, qui, au fond, est un cinéaste frustré, sent qu'il tient l'occasion de mettre en scène quelque chose, avec Marilyn. Il a porté son choix sur *Rain*, une nouvelle de Somerset Maugham. Qui a jadis été adaptée pour Gloria Swanson.

Un soir de décembre, Marilyn a reçu un mot chez elle : « *Best, Joe.* » Il y a un bouquet d'orchidées avec. Elle a appelé DiMaggio. Lui, il a répondu.

– Pourquoi les fleurs, Joe ?

– Je pensais bien que tu allais m'appeler. D'ailleurs, tu n'as personne d'autre, dans ta vic.

Ils ont passé Noël ensemble, la main dans la main, comme deux égarés.

Judy Campbell a trouvé un vague job chez Jerry Lewis, à Hollywood. Elle a reçu une invitation pour venir aux cérémonies d'inauguration, suivie d'un coup de téléphone de Jack. Elle a éludé. Bien lui en a pris, car un journaliste lui a passé un tuyau : une enquête est en cours, où les noms de Jerry Lewis, de Dean Martin, de Frank Sinatra et de John Fitzgerald Kennedy apparaissent. Il s'agit d'un mari mécontent qui cherche à prouver l'infidélité de sa femme, une starlette nommée Judy Meredith. Tous ses anciens amants sont convoqués au tribunal. Mis au courant, Jerry Lewis sort de son rôle comique pour virer tragique : sa vie est brisée, dit-il en se tordant les mains, sa carrière est à l'eau, c'est la fin de tout. Jerry n'a jamais eu le sens de la mesure. D'ailleurs, il se vante d'être « *the Pope of pussy* », le pape du sourire vertical. À égalité, dit-il, avec le « *Kennedy boy* ».

Faire venir le Président des États-Unis au prétoire ? Impensable. Il se trouve que le détective chargé d'établir l'indélicatesse de l'épouse n'est autre que l'inévitable Fred Otash, qui menace de publier le dossier dans *Confidential.* Judy Campbell offre une solution :

– Et si je téléphonais à Sam ?

Jerry Lewis est tout ouïe. Le contact établi, les choses sont rapidement réglées. Johnny Rosselli rend visite au détective des stars, l'autre aboie, raf, raf, puis aboie moins fort, raf, puis n'aboie plus du tout. Les preuves sont détruites séance tenante.

Une fois de plus, JFK est passé près d'un scandale.

Giancana, lui, n'a aucun intérêt à ce que ses munitions soient brûlées. Quelques jours plus tard, il téléphone au technicien favori d'Otash, Bernie Spindel. Celui-ci est un homme discret, un courant d'air. Avec les micros et les magnétophones, c'est un génie. Sa première communication, il l'a interceptée à douze ans. Il est capable de capter le bourdonnement d'une mouche à deux cents mètres. Il a inventé des micros-canons qui peuvent cibler une conversation à plusieurs centaines de mètres et peut dissimuler un récepteur dans une tomate cerise. Tout ça avant l'ère des puces informatiques.

Spindel porte toujours une cravate, ne se distingue jamais par un détail particulier, et fait son travail avec une passion contenue. Il est l'homme de l'ombre, le mercenaire aux doigts de fée. Il a été arrêté et inculpé deux cent sept fois. Jamais condamné.

Giancana lui donne une instruction précise : placer des micros dans tous les endroits où les Kennedy, JFK et RFK, ont leurs habitudes. Chez Lawford, à l'hôtel, au restaurant. Giancana somme Spindel de passer par son contact habituel, Robert Maheu. Celui-ci, évidemment, en douce, fait tout remonter à la maison mère, la CIA, dont il est un employé *cutout*, c'est-à-dire en roue libre. S'il se fait prendre, la CIA ne le connaît pas, comme dans les films. Au cas où ses ordres n'auraient pas été clairs, Giancana précise :

– Je veux savoir où sont les Kennedy, vingt-quatre heures sur vingt-quatre. Je veux savoir quand ils boivent un coup. Je veux savoir quand ils vont pisser…

Et il ajoute :

– Je ne leur ferai jamais confiance. Jamais.

Mahalia Jackson entonne l'hymne national américain. Une Noire ! Dans le Deep South, les couteaux s'affûtent. Sinatra enchaîne avec l'un de ses tubes, *That Old Black*

Magic, relooké en *That Old Jack Magic*. Blue Eyes fait le courtisan. Eleanor Roosevelt, la veuve de Franklin Delano, lit un texte, accompagnée par Fredric March, l'acteur de *Mort d'un commis-voyageur* d'Arthur Miller. Contrairement aux inquiétudes de Sinatra, tout se déroule à la perfection. Trois heures plus tard, la foule se disperse, après avoir regardé danser Gene Kelly, écouté Nat King Cole et ri avec les comiques de service. Joe Kennedy est content. Au moins, on a évité que Sammy Davis, ce Noir juif, soit là. Il y a bien eu Harry Belafonte et Ella Fitzgerald, mais eux, ce sont des « nègres nègres », qui restent à leur place. Tandis que Sammy Davis, avec « sa pute suédoise »…

La soirée terminée, Jackie rentre chez elle, épuisée. C'est sa dernière nuit hors de la Maison Blanche. Son mari, lui, se rend dans un restaurant où Joe Kennedy a organisé une petite fête entre intimes. Dorothy Kilgallen, qui tient là un beau sujet de reportage, observe qu'« il est mignon, à la télé, notre Président, n'est-ce pas ? », avant de s'écrouler ivre morte et d'être embarquée par son chauffeur dans sa Rolls Silver Wraith. Ethel Kennedy s'occupe d'Angie Dickinson, en beauté, qui est venue avec une « fausse barbe », un ami de Jack, Red Fay. Pendant la soirée, le Président s'éclipse avec l'actrice.

Leur absence dure quarante secondes.

Puis JFK rentre chez lui. Le Secret Service pointe son arrivée à 3 h 28 du matin.

Les Soviétiques attaquent Marilyn. *Nediela*, le journal du dimanche, dirigé par le beau-fils du premier secrétaire Nikita Khrouchtchev, critique l'actrice : « C'est une femme dure qui a sacrifié tous ses maris à sa célébrité et à sa réussite. » Pourquoi s'en prendre à Marilyn ? Il y a une signification subliminale : les Russes font savoir à JFK qu'ils sont au courant de sa liaison, qu'ils s'en serviront si besoin. Le message passe au-dessus de la tête de tous les fêtards de la Maison Blanche.

C'est une erreur. Car une jeune femme vient de pénétrer sur le territoire des États-Unis. Elle se nomme Ellen Rometsch, elle est ravissante, mariée avec un sergent de l'armée de la République fédérale d'Allemagne, qui vient d'être nommé à Washington. Ellen Rometsch ressemble un peu à Liz Taylor et, grâce à sa beauté, fait la connaissance de Bill Thompson, l'homme qui distribuait les enveloppes pendant la campagne. Or celui-ci est client du très élitiste Quorum Club, fréquenté par les sénateurs, les députés, les hommes d'affaires. La belle Ellen commence à travailler là. Son job : *play girl*. Sa mission : écouter. Sa deuxième mission : compromettre.

Elle a été envoyée par le KGB.

Très vite, elle va faire la connaissance de JFK. Connaissance toute biblique, évidemment.

Une autre affaire se profile, outre-Atlantique : John Profumo, le secrétaire d'État à la Guerre, dans le gouvernement de Sa Majesté, commence une liaison avec une ravissante maîtresse de dix-neuf ans, Christine Keeler. Celle-ci couche aussi avec le capitaine Evgueni Ivanov, officier dans le corps d'élite du renseignement soviétique, le GRU. Parmi les filles qui gravitent autour de Profumo, il y a une Asiatique, Suzy Chang. JFK l'aime bien. Bibliquement aussi, *of course.*

Là où le renseignement soviétique s'infiltre, il y a deux chiens truffiers qui montent la garde : Kim Philby, chef du contre-espionnage britannique, et James J. Angleton, chef du contre-espionnage à la CIA. Tous deux sont amis. Ils échangent des tuyaux, des recettes, des soupçons, des dossiers, et sont conscients des dangers qu'encourt – par pure imprudence – JFK. Angleton renifle « l'odeur de trahison » autour du nouveau Président. L'ennui, c'est qu'il ne renifle pas son alter ego, son frère, son double, Philby. Qui, dans le secret le plus total, est colonel du KGB.

Marilyn a laissé Joe DiMaggio s'installer dans sa vie. Le Yankee Slugger est toujours aussi peu causant, toujours aussi morose. Mais lui, au moins, il est là. Elle lui achète du lait, pour son ulcère. Il traîne un peu, puis repart pour la Californie. Un jour, alors que Marilyn est seule, sa femme de ménage, Lena Pepitone, la surprend penchée à la fenêtre. L'appartement se trouve au treizième étage. Lena Pepitone se précipite, agrippe sa patronne, tente de la dissuader. Marilyn, en larmes, se laisse aller à sa dépression. Tentative de suicide ? Peut-être. Mais tentative de comédienne : avec un public. Seule, jamais.

Sur les conseils de sa nouvelle attachée de presse, Pat Newcomb, Marilyn choisit de déposer sa demande de divorce le 20 janvier, jour de la prestation de serment du nouveau Président et de la passation de pouvoir. Les deux femmes prennent l'avion pour El Paso, Texas, et franchissent la frontière mexicaine en voiture, accompagnées d'un avocat. Les formalités accomplies – au motif d'« incompatibilité de caractère » avec Arthur Miller –, Marilyn revient aux États-Unis. Miller ne réclame rien : les biens du ménage sont répartis avec équité. Marilyn garde l'appartement de New York, son ex-mari se contente de la ferme de Roxbury, où il a plaisir à écrire.

Marilyn est en mauvais état. Elle a recommencé à prendre des pilules en gros. Pour dormir, pour se réveiller, pour maigrir, pour oublier, pour se souvenir. Elle passe de nombreux coups de téléphone à Ralph Greenson à Los Angeles, et s'allonge sur le divan de sa psy new-yorkaise, Marianne Kris. Paula Strasberg, qui habite le même immeuble, surveille Marilyn du coin de l'œil. L'approche de la première des *Misfits* jette l'actrice dans une période d'angoisse terrible. Elle est irascible, elle a des moments d'absence. Quand elle reçoit un journaliste anglais, celui-ci est frappé par sa mollesse. Conversation décousue, mais avec quelques pépites :

– Le Président fera tout ce qu'il a promis, vous verrez. Attendez. Vous allez être surpris, dit-elle.

Dès qu'on mentionne le nom de Kennedy, ses yeux s'allument.

Curieusement, Pat Newcomb porte un jugement :

– Elle est forte, Marilyn, plus forte que la plupart d'entre nous. Elle donne l'impression d'être vulnérable, mais…

Mais les faits contredisent Pat Newcomb. Marilyn

s'enferme, ne sort plus, passe des disques de blues, ne mange plus, boit. Champagne-pilules, rien de tel.

Le premier Président des États-Unis né au XXe siècle prête serment, dans un froid polaire. La main tendue sur la vieille bible de la famille Kennedy, il jure obéissance à la Constitution, serre la main d'Eisenhower, puis prononce un discours éblouissant – « Ne demandez pas ce que votre pays peut faire pour vous, mais ce que vous pouvez faire pour votre pays ». La veille, quarante-cinq personnes sont mortes de froid. Le cardinal Cushing, qui est le premier prélat catholique à bénir le Président, prononce une homélie interminable qui frigorifie tout le monde, y compris Ben Bradlee, pourtant soigneusement emmitouflé. Puis on écoute un poème de Robert Frost, présent malgré ses quatre-vingt-six ans. Un peu plus loin, John Steinbeck. Hemingway a décliné. La parade qui suit achève de congeler les spectateurs. JFK lève son chapeau en passant devant son père, il n'a pas un regard, pas un mot pour sa mère, Rose. Et il évitera le traditionnel baiser à l'épouse. Dans la cosmogonie des Kennedy, les femmes ne comptent pas. Jackie entend un journaliste demander à RFK :

– Comment faut-il vous appeler, maintenant ? Bobby ou Ministre ou Monsieur ?

Le frère de JFK répond :

– Dites fils de pute, parce que c'est comme ça qu'on va parler de moi !

Des cinq – cinq ! – bals prévus dans la soirée, Jackie n'en choisira que deux. Le premier, au Statler Hilton, est immédiatement mis à profit par le Président pour disparaître dans les appartements de Frank Sinatra. Là, Angie Dickinson retrouve son amant-minute, qui reparaît un peu plus tard dans la salle principale, avec un journal sous le bras. Comme s'il était allé acheter la gazette du jour. Jackie ne s'y trompe pas.

Une autre actrice, sublime blonde, se trouve là : Kim Novak. Celle-ci a jeté son dévolu sur Bobby, sous le regard glacial d'Ethel, visiblement mécontente. Mais comment résister à l'une des plus belles femmes du monde, l'actrice de *Sueurs froides*, quand on est marié avec... Ethel, petite femme qui sent la sacristie et le bourbon ?

Jackie, fatiguée, rentre pour sa première nuit à la Maison Blanche, que des journalistes désignent désormais sous le nom de « Camelot », du nom de la cour du roi Arthur. Peter Lawford teste les lits en bondissant, les sœurs Kennedy visitent, mais JFK continue la tournée. Son père a pris la précaution de faire venir trois cents *show girls* de Las Vegas, qui ont pour mission d'agrémenter les bals. Elles agrémentent donc. Au petit matin, JFK arrive chez son voisin Joe Alsop. Chroniqueur politique, celui-ci a de l'influence et de l'esprit. Pris en flagrant délit d'homosexualité à Moscou, il a été victime d'une tentative de chantage de la part du KGB, quatre ans auparavant. Il s'en est tiré en avouant tout à l'un de ses amis de la CIA, Cord Meyer. Qui a aplani les choses. Quelques photos compromettantes ont circulé, dûment archivées par J. Edgar Hoover qui, depuis 1941, a un service consacré aux « déviants sexuels ».

Mais chez Alsop, place au fun, véritablement. Peter Lawford demande à six jeunes beautés de se mettre en ligne devant le visiteur. Elles ont été spécialement choisies parmi les filles d'un réseau de call-girls. JFK en désigne deux et monte dans l'une des chambres de la maison d'Alsop. Bobby Kennedy, lui, a droit au deuxième choix.

La présidence commence dans les draps froissés et le parfum de femme.

En revenant du Mexique, Marilyn s'est arrêtée pour une nuit en chemin. À l'hôtel, elle regarde la télé et, admirant The Prez dans sa queue-de-pie, elle se tourne vers Pat Newcomb :

– Je ne ferais pas une belle First Lady ?

Envapée, elle contemple les images qui clignotent.

Elle est à Dallas, Texas.

CHAPITRE 12

Une folle différente

La pièce est nue. La porte, dont la vitre est grillagée, n'a pas de poignée. La fenêtre est munie de barreaux ; le lit, assujetti au sol. Les murs sont d'un blanc que le temps a grisé. Marilyn, assise, se laisse aller au désespoir. Elle est internée à la Payne Whitney Clinic, un établissement psychiatrique de renom, situé dans le Upper East Side de New York. C'est ici que le poète Robert Lowell et la romancière Mary McCarthy ont été eux-mêmes soignés. L'endroit est réfrigérant : briques, silence, antidépresseurs. Impossible de sortir, de téléphoner, de recevoir, de regarder la télé. On peut éventuellement, à heures fixes, tricoter avec les autres malades, faire des puzzles ou colorier des dessins. Peut-être jouer aux dominos. Interdit de changer d'étage – il y en a huit. Interdit de fumer. Interdit de boire du Dom Pérignon. Interdit de tenir des propos agressifs. Interdit d'avoir des rapports sexuels. Interdit d'être Marilyn. La tête penchée, les mains jointes, la patiente blonde sombre dans son obscurité intérieure.

Le docteur Marianne Kris, la psychanalyste de Marilyn, a jugé l'état de sa cliente alarmant. Depuis le divorce avec

Arthur Miller, Miss Monroe se laisse aller à une sombre dépression. Elle ne sort plus de chez elle, maigrit en ne se nourrissant que de pilules bariolées, refuse de se montrer. Les cheveux sales, les ongles malpropres, elle traîne dans son appartement, sous le regard affligé de sa secrétaire, Marjorie Stengel, qui vient parfois prendre dictée d'une lettre, apporter des scénarios ou, simplement, lire le courrier. À chacune de ses visites, Marjorie Stengel est stupéfiée. Des journaux froissés traînent par terre, des flacons de Nembutal vides sont éparpillés, des crottes de chien souillent la moquette. Le petit caniche que Frank Sinatra a offert à Marilyn – Maf, diminutif de Mafia – fait ses besoins dans tous les coins. Des boîtes de caviar débordent sur le lit, des bouteilles de champagne achèvent de tiédir, des ordonnances médicales s'empilent sur la table de nuit. Marilyn traîne dans un vieux peignoir en tissu éponge. Elle sent mauvais.

Marjorie Stengel, qui a travaillé avec d'autres stars, qui a vu toutes les pathologies du succès, aura le mot cruel, incisif, exact, sur sa patronne du moment :

– C'est l'être le plus vide que j'aie jamais vu de ma vie.

Marianne Kris est une psy de la vieille école. Elle a été formée par Freud, qui la considérait comme une fille adoptive, puis a fui l'Autriche nazie en compagnie de son mari, expert en antiquités. Elle s'est forgé une belle réputation aux États-Unis. En relation avec Greenson à Los Angeles, elle tente de pénétrer dans le labyrinthe psychique de Norma Jeane. Pour elle, cette femme est dans un état paranoïaque grave. Il y a Marilyn l'éclatante et il y a Marilyn la perdue ; il y a Norma Jeane la petite fille, il y a Norma Jeane la manipulatrice cynique. Marianne Kris sait que Marilyn abuse de médicaments, qu'elle offre à ses visiteurs comme si elle proposait des bonbons. Parfois, elle disparaît dans sa salle de bains et se passe compulsivement de l'eau sur le visage. Pendant deux heures.

Marilyn a aussi subi une opération de la vésicule biliaire, rien de méchant. Mais la petite incision doit être soignée. Marilyn change parfois les pansements ensanglantés, les jette dans la poubelle, les abandonne là. L'odeur incommode les voisins. Le caviar et le sang se décomposent dans cet appartement à vau-l'eau.

Marilyn pourrit tout, autour d'elle, en cercles.

Les instructions de Marianne Kris sont fermes : la malade doit être isolée. Pour garantir son anonymat, elle a été enregistrée le 7 février 1961 sous une fausse identité : Faye Miller. Marilyn a été menée à cette chambre, débarrassée de ses vêtements et de son sac à main, puis laissée à elle-même. Peu à peu, ses pires craintes sont revenues : sa mère folle, sa grand-mère démente, d'autres membres de la famille atteints de maladie mentale. Cette ombre qui plane sur son hérédité va-t-elle l'engloutir à son tour ? Une terreur sans nom monte en elle.

Folle. Folle.

Elle se lève, saisit une chaise, la jette contre la petite fenêtre qui la sépare de la salle de bains. Les infirmiers font irruption. Elle menace de se couper les veines du poignet, en un geste théâtral que la Duse n'aurait pas renié. C'est la grande scène du deux. Un interne lui demande :

– Qu'est-ce qui ne va pas ?

– C'est à vous de me le dire ! hurle Marilyn, déchaînée.

Quatre infirmiers la soulèvent, face au sol, vers l'ascenseur. Elle monte d'un étage. Là, elle est placée dans une cellule capitonnée, dans le secteur des violents.

Elle hurle, mais personne ne l'entend.

JFK aime la piscine de la Maison Blanche. Il a très vite pris ses habitudes. Entouré de ses amis de nouba habituels, tous nommés à des postes importants, il traite les dossiers urgents puis, après une brève sieste dans l'après-midi, s'y rend en fin de journée pour faire quelques brasses, exercice qui soulage son dos. Joe Kennedy a tenu à marquer le territoire de son fils en lui faisant cadeau d'une fresque qui orne les abords immédiats de la piscine : un coucher de soleil sur Sainte-Croix, une île des Caraïbes.

L'endroit est calme, facile d'accès – et un casse-tête pour les agents du Secret Service. Là, tous les jours, le Président reçoit ses « petites alliées », les pieds dans l'eau. C'est un défilé constant de starlettes, de secrétaires, d'attachées de presse, de visiteuses diverses. Elles se déshabillent, entrent dans la piscine, se livrent à des jeux érotiques avec le Président, puis font l'amour à la Kennedy, vite, très vite ou X-vite. Les gardes du corps ne savent pas qui sont ces femmes, d'où elles sortent, n'ont jamais le temps de faire des vérifications, et, inquiets, regardent ces passages avec incertitude. Difficile de dire non au Président, quand même. Mais le danger est constant : si l'une de ces filles était malintentionnée ? Ou armée ? Le Secret Service laisse faire. Seul risque : Jackie.

Jackie, par chance, est souvent absente : elle passe ses journées à faire du cheval à Glen Ora, la nouvelle résidence de campagne des Kennedy. Elle se sent seule. Elle l'est. Parfois, elle rend visite, en coup de vent : les agents postés en haut des escaliers de la piscine sonnent l'alarme. Immédiatement, c'est la panique. Une porte, au fond, permet aux filles de disparaître. Mais Jackie peut voir les empreintes de pieds mouillés sur le sol.

Deux favorites chapeautent le sérail : ce sont des employées de la Maison Blanche, que tout le monde désigne sous les sobriquets de « Fiddle » et « Faddle », c'est-à-dire « Tic » et « Tac ». Elles ne se quittent jamais. Dans ces moments-là, la piscine est inaccessible, même en cas de guerre atomique. Il y a des généraux, des amiraux qui en ont fait l'expérience, contraints de patienter dans l'odeur de chlore. Jill Cowan, dite « Tic », passe avant les réunions au sommet ; Patricia Weir, dite « Tac », avant les crises mondiales. Tic-Tac, couple prioritaire.

Quand le Président part en voyage, il y a des filles. Quand il sort le soir, il y a des filles. Quand il est invité en week-end… L'atmosphère de la Maison Blanche change du tout au tout. On est passé de l'ère Eisenhower – soirées mortelles avec jus de fruits – aux nuits électriques des années Kennedy – twist et Johnnie Walker Black Label. La mode surannée des Présidents précédents, le côté guindé des rapports, la dignité de la fonction, tout s'efface. Les assistants, les conseillers, les adjoints et même certains gardes du corps commencent à imiter le boss. Pourquoi se priver ? Le nombre de divorces va augmenter de façon spectaculaire, à la Maison Blanche, pendant les années Kennedy. Il y aura même des soirées *free love*, avec partenaires multiples et ambiance échangiste.

Le virus K. est contagieux, très contagieux. Il se dissémine.

Pendant ce temps, le monde tourne, et tourne mal.

Soixante-dix-sept jours après sa prise de fonction, JFK est confronté à sa première crise grave : la baie des Cochons.

C'est pire qu'un échec. Une humiliation.

Marilyn pleure. La nuit tombe. Nue, elle marche, touche le mur capitonné, revient sur ses pas. Quelle heure est-il ? Impossible de savoir. Une clarté laiteuse, venue de nulle part, baigne la cellule. Marianne Kris parle de « comportement suicidaire ». Marilyn sent son angoisse l'envahir. Dépouillée de tout, incapable de mettre en scène ses caprices, isolée, elle n'est plus rien, plus personne. Sur le tournage des *Misfits*, elle exigeait que sa limousine personnelle demeure à portée du plateau, pour qu'elle puisse s'enfuir, au besoin. Ici, c'est une sorte d'espace sidéral, un non-lieu.

Les infirmiers, les internes, les médecins, défilent. Ils regardent par la lucarne grillagée : Marilyn Monroe, le sex-symbol le plus désiré du monde, la femme qui incarne la sensualité, est là, comme dans une attraction, un strip-tease de foire. On peut voir ses seins qui ont fait rêver des millions de spectateurs, et, au creux du ventre, la toison blondie, la peau brûlée par les applications d'eau oxygénée. Curieusement, Marilyn n'a qu'une pensée : « Que ferait Marlon Brando, à ma place ? »

Une infirmière lui tend un papier et un crayon. Marilyn écrit à Lee Strasberg et à Paula : « Je suis enfermée avec les pauvres fous. Aidez-moi. » Pas de réponse. Ni des Strasberg ni des pauvres fous. Une autre nuit, une autre journée, encore une nuit, encore une journée. Seuls les repas rythment le temps. Un pyjama sans boutons lui est fourni.

La première des *Misfits*, une semaine plus tôt, a été une catastrophe. Le film n'a pas été apprécié, la critique a été mauvaise, la 20th Century Fox a manifesté le désir de remettre la star au travail. Le tournage de *Goodbye, Charlie* a été annulé. Mais, visiblement, les producteurs veulent capitaliser sur le renom de Marilyn : ils cherchent un scénario, frénétiquement. De plus, la Fox vient de s'engager dans le film le plus coûteux de son histoire, celui qui va provoquer son naufrage : *Cléopâtre*, avec Liz Taylor. Une rumeur court : Arthur Miller écrit une pièce pour Jackie Kennedy, rumeur qui a le don de faire enrager Marilyn.

Elle crie : « Libérez-moi ! Libérez-moi ! » Elle frappe la porte, à coups de poings. Les infirmiers arrivent, lui passent la camisole de force. Elle reste ainsi, attachée, pendant des heures.

Le lendemain, elle est détachée. Une infirmière, prise de pitié, l'accompagne vers un poste téléphonique. Marilyn passe un coup de fil au seul ami sûr dont elle puisse se prévaloir : Joe DiMaggio.

Il est en Californie. Le lendemain matin, il est à la

clinique. Les médecins lui expliquent qu'il n'a pas le droit de faire sortir la blonde. Il n'est investi d'aucune autorité. Il dit :

– Je veux ma femme.

Les médecins hochent la tête : non. Joe DiMaggio se redresse, blême, et, d'une voix qui ne laisse aucune place au doute, annonce :

– Si vous ne la libérez pas, je vais démolir le bâtiment, brique par brique.

Une heure plus tard, Faye Miller est dehors.

Les manigances de Sam Giancana, les complots de Johnny Rosselli, les idioties de la CIA n'ont pas porté leurs fruits : Fidel Castro est toujours vivant, bien vivant. Allen Dulles, le boss de la Central Intelligence Agency, prépare l'invasion de La Havane depuis des mois. Le 17 avril, les troupes de *Cubaños* expatriés se lancent à la conquête de Cuba : mille quatre cents hommes débarquent sur une plage qui débouche sur des marais, à la baie des Cochons, sur la côte sud. Les conseillers de Kennedy lui ont assuré que la révolte populaire, évidente, ferait tomber le régime. Les généraux américains, qui poussent à la confrontation, sont prêts à envoyer des avions, des bateaux, des missiles, des tanks, tout ce qu'on veut. Ils ont envie d'avoir leur guerre. Ils l'auront, mais pas là.

Kennedy assiste à la déroute : cent quatorze hommes sont tués, mille deux cents capturés. Le soulèvement populaire ? Il a lieu, mais contre les *Yanquis*. Castro fait un discours de quatre heures – une bande-annonce, pour lui – et admoneste le capitalisme finissant. Pendant ce temps, JFK est au plus mal : il souffre d'une crise vénérienne, reçoit six cent mille unités de pénicilline en injections. L'affaire cubaine s'achève dans une amertume terrible : le Président des États-Unis a l'impression qu'on lui force la main, qu'il a hérité d'un conflit qui n'est pas le sien, et il annule le soutien aérien. Il s'attire ainsi la haine des militaires, la haine des *Cubaños* de Miami, la haine de la droite américaine, la haine de Castro, la haine de la CIA. JFK apparaît à la télévision : « Je suis le seul responsable », dit-il, et les sondages remontent. Dans l'intimité, il dit le contraire : les responsables, ce sont les autres.

La vérité, c'est que Castro savait tout. Les lieux, les ordres, l'heure, la date de l'attaque, peut-être la marque des chaussures. C'était l'opération secrète la moins secrète du monde. Depuis qu'on a essayé de lui faire parvenir des cigares empoisonnés, des stylos botuliques, des casquettes mortelles, des pilules foudroyantes, Castro se méfie. Maheu, Rosselli et Giancana lui ont expédié une espionne, Marita Lorenz. Le *lider maximo* partage avec JFK le goût des femmes : il couche avec tout ce qui passe à portée de main. Marita Lorenz se retrouve dans son lit. Mais le *barbudo* a des arguments convaincants : l'infiltrée préfère l'amour au poison, elle bascule, change de camp. Robert Kennedy prend les choses en main. Son frère, ivre de colère d'avoir été manipulé par les militaires et les espions, promet qu'il va « éparpiller la CIA aux quatre vents ».

Reste une question : comment Castro a-t-il su ?

James J. Angleton, toujours à l'affût d'une pénétration, d'une fuite, d'une trahison, renifle. Il taille ses orchidées, reçoit ses conseillers proches, dont Cord Meyer, émet des idées. Son visage christique est taillé dans le buis. Quand il se penche sur une fleur carnivore, il donne l'impression d'être en possession d'un secret que personne ne peut partager, sauf la mouche qui vient de s'enliser dans la glu sucrée sécrétée par la plante. Allen Dulles va être démis, mais pas Angleton. La CIA va être secouée « aux quatre vents », mais pas Angleton. Toutes les certitudes vont s'envoler, sauf celle de Mother. D'une certaine façon, il n'a pas tort : le monde est un vaste complot. Dieu est un conspirateur. Judas est partout.

Angleton pense que The Prez a bavardé sur l'oreiller avec l'une de ses conquêtes. Discrètement, il enquête. Il est persuadé que Marilyn Monroe a un carnet où elle note ses impressions. Un journal intime. Ou qu'elle dit des choses sur le canapé du psy.

Il cherche le calepin, qui n'existe que dans ses rêves.

En fait-il, seulement, des rêves ?

Marilyn change d'établissement. Elle a passé quatre jours et quatre nuits à la Payne Whitney Clinic, elle est prise en charge par le Columbia Presbyterian Hospital. Dans la voiture, où l'attendent Joe DiMaggio et Marianne Kris, elle se déchaîne. La psy est sous le feu :

– Comment avez-vous pu me mettre là ? Comment ?

Marilyn tempête, crie, se mue en harpie. Marianne

Kris se rencogne. Elle est révoquée. Jamais elle ne reverra sa patiente. Elle se contente de murmurer :

– J'ai fait une chose terrible. Je n'ai pas fait exprès…

Pas fait exprès ? Un médecin qualifié ? Diplômé ? Bardé de licences ? Bordé de certificats ? Bien sûr, elle l'a fait exprès. Et peut-être avait-elle raison : la suite le prouvera.

Pendant trois semaines, Marilyn reste à l'hôpital. Elle a besoin de se désintoxiquer. Tous les jours, Joe DiMaggio vient la visiter. Il apporte immanquablement un bouquet de roses rouges. Son ex-femme lit la correspondance de Freud, écrit des lettres à Ralph Greenson : « Je ne serai jamais heureuse », estime-t-elle. Elle raconte des souvenirs. Elle ne dort pas. Elle se confie : « À l'autre hôpital, on m'a demandé si je me sentais différente des autres patients. Je me suis dit que s'ils étaient assez stupides pour me poser la question, je ferais mieux de leur donner une réponse très simple. J'ai donc dit : "Oui, parce que je le suis." »

La 20th Century Fox, qui traverse un moment difficile, attend sa star de pied ferme. Il faut la faire travailler. Tandis que les conflits internes font rage à la Fox entre Spyros Skouras, le patron new-yorkais, et Darryl Zanuck, le chef de la production à Hollywood, Marilyn se plaint des « docteurs idiots ». Durant vingt-trois jours, ceux-ci surveillent Miss Monroe. Son état semble s'améliorer. Elle se purge de tous les produits chimiques accumulés dans son système.

Quand elle sort, c'est avec six gardes du corps, face à une nuée de photographes et de fans. Elle est souriante, amincie, et Pat Newcomb est venue l'accueillir. Élégante dans un tailleur crème, Marilyn semble, une minute, heureuse. Joe DiMaggio a décidé de l'emmener en Floride où elle pourra se reposer, se promener, respirer, regarder la mer, qui guérit toutes les blessures. Joe, au fond, reste amoureux de cette femme. Il le dit :

– Nous ne pouvons pas vivre ensemble, mais nous sommes faits pour être ensemble.

John Huston propose à Marilyn de tourner dans *Freud, passions secrètes*, dont le scénario est rédigé par Jean-Paul Sartre. Tous les matins, dans le manoir de Huston, en Irlande, le philosophe arrive, cravaté et digne, pour écrire avec le réalisateur. Pour faciliter son inspiration, sans doute, il gobe des pilules. Marilyn a envie d'avoir le rôle de Mme Freud, mais elle a le tort de consulter Greenson. Lequel en réfère à Anna Freud, la fille de Sigmund. Réponse : c'est une mauvaise idée, pas question que Marilyn joue ma mère. Le scénario de l'existentialiste finit à la poubelle. Le film sera tourné, mais sans Sartre, sans Marilyn. Celle-ci tente de reprendre les fils épars de sa vie.

Elle téléphone à la Maison Blanche, sous le pseudonyme de « Miss Green ». Le standard a des ordres. Baie des Cochons ou pas, rencontre avec Khrouchtchev ou pas, visite à de Gaulle ou pas, les instructions sont claires : les appels de Miss Green sont prioritaires pour The Prez.

Tandis que Marilyn décide de quitter New York, où elle habite depuis six ans, pour revenir en Californie, la Maison Blanche vit des heures tendues. Le désastre de la baie des Cochons a laissé des traces. Visiblement, les Soviétiques en ont conclu qu'ils ont affaire à un Président faible et indécis, et ils haussent le ton. La première confrontation importante se prépare à Berlin, ville divisée, ville écartelée. Elle aura lieu en août, et le monde va passer à un millimètre de la guerre. Mais pour l'instant, en mars 1961, le président doit se battre sur une multitude de fronts, le moindre n'étant pas le front intérieur. Les gradés américains sont survoltés et se comportent comme des francs-tireurs, certains sont membres du Ku Klux Klan ou d'organisations clairement séditieuses. L'administration héritée d'Eisenhower fait de la résistance : elle n'est pas habituée au mode de fonctionnement des Kennedy Bros, qui se comportent comme s'ils avaient le droit de mettre la main où ils veulent. JFK et RFK brûlent les échelons intermédiaires, carbonisent les liens officiels entre divers services, font main basse sur la diplomatie, la justice, et tout le saint-frusquin. Ils passent par-dessus les maillons, sautent les obstacles, ne pensent jamais à soigner les *middlemen*. Ils frappent d'inutilité des pans entiers de la machine d'État. De plus, leur style irrite. Quand Bobby pointe le nez hors du bureau de son frère, avec son gros terre-neuve Brumus, et fait signe que le prochain convoqué – Robert Lovett, un diplomate chevronné et respecté, ex-ministre de la Défense sous Truman – peut entrer, il se contente de pointer le doigt et de faire :

– Hep là ! Vous !

Lovett, étonné, regarde autour de lui. Bobby K. répète :

– Ouais, là, vous ! Ici !

Les bonnes manières, chez les Kennedy, on ne connaît pas. Le clan (irlandais) passe d'abord. Le reste est réduit à ce « Hep là ! Vous ! », tandis que Brumus se vautre sur la moquette.

L'univers glisse peut-être vers la guerre atomique – dans les années soixante, c'est une évidence quotidienne et les ventes d'abris nucléaires s'envolent –, JFK ne renonce pas à ses plaisirs. Il y tient. Il estime que, face à ces crises qui l'attendent, il n'y a aucune raison de se priver. Le public adore ce Président bronzé et souriant, qui devient, peu à peu, une star. Le mythe de Camelot – lieu de la légende historique – se met en place.

En mars 1961, donc, grand dîner. Quatre-vingts personnes sont invitées. Jackie n'est pas là. Elle s'est retirée à la campagne, avec ses deux enfants. Elle est fatiguée, elle ne supporte plus la cavalcade sans fin de son mari, cette façon arrogante et brutale de séduire toutes les femmes, d'humilier publiquement son épouse. Elle sait que l'atmosphère de la Maison Blanche est celle d'un sérail : les favorites tiennent les comptes, savent qui a couché avec le Président, quelles sont les nouvelles venues, et quand une récente conquête se vante d'avoir eu droit aux attentions du maître, la réponse habituelle est cynique : « Bienvenue dans l'armée mexicaine ! »

Jackie se sent mieux au loin. Sa sœur, Lee, remariée avec Stanislas Radziwill, prince polonais désargenté immédiatement cocufié, insiste pour qu'elle revienne à la Maison Blanche. En réalité, Lee est jalouse, affreusement jalouse, de sa petite sœur. Elle n'aura de cesse que de lui souffler sa place. Elle y arrivera, dans l'intimité.

Mais, en ce début du mois de mars, le Président a invité Ben Bradlee, qui est devenu son journaliste favori. Bradlee est venu avec sa femme, Tony Pinchot, laquelle a pensé à convier sa sœur, Mary. Il y a là Helen Husted, l'une des femmes en vue de Georgetown, et plusieurs amis, dont les Graham, Kay et Philip, qu'on classe parmi les *opinion makers* les plus influents de Washington, grâce à leur journal, le *Washington Post*.

Mary, placée à la gauche de l'hôte, est une ravissante blonde de quarante ans qui ne ressemble en rien aux habituelles bimbos de l'entourage de JFK. Elle est peintre, expose des œuvres dans les galeries, fréquente des artistes de renom, comme Lichtenstein, Oldenburg, Rauschenberg ou Jasper Johns. Soit l'élite de la peinture américaine. Elle est libre – divorcée de son mari, Cord Meyer, il y a peu – et remuante. Les conventions ne la brident guère, les idées politiquement correctes non plus. Elle affiche des opinions de gauche, aime s'amuser et tient bien la boisson. Elle est l'enfant des sixties : nonchalante, rieuse, prête à tout. Ce soir-là, elle danse le twist – quelle décadence ! – à la Maison Blanche, avec Phil Graham, qui est un séducteur-né un peu fou. Graham, en se déhanchant sauvagement, réussit à fendre son pantalon. Le Président est mort de rire. Graham a un regard étrange, et Mary Pinchot Meyer allume une cigarette.

Jack Kennedy observe cette nouvelle venue qu'il a déjà croisée quand il était étudiant.

Quelques jours plus tard, il reçoit Judy Campbell à la

Maison Blanche. En tête à tête. En mai et juin, ils se verront dix fois. En août, quinze fois. En septembre, autant. Giancana est tenu au courant. Hoover aussi.

Jackie, de son côté, fréquente Giovanni Agnelli, le condottiere italien, patron de Fiat, séducteur notoire, élégant et racé. Ils se sont rencontrés en Italie.

Un calepin ? Peut-être que Marilyn en a eu un, à certains moments. Mais que pouvait-elle noter ? Dans la mythologie de la star, ce fameux calepin est une sorte de Graal introuvable, un document que l'extrême droite américaine élèvera au statut des *Pentagon Papers*, qui ont fait chuter Nixon. Mais Marilyn n'est pas, ne sera jamais, en état de poursuivre une idée, de se plier à la discipline d'un journal intime. Elle est déstructurée, vide, intérieurement amorphe. Elle a autant de rigueur qu'une méduse. La seule chose qui l'intéresse, c'est elle-même, Marilyn, sa séduction, son aura de star, son pouvoir de diva. Elle est comme un champ de nuages par une brise d'été : ses pensées flottent, ses humeurs varient, sa concentration est nulle. Peut-être griffonne-t-elle un peu. Mais voilà une femme qui perd ses ordonnances, égare ses papiers, oublie où elle a garé sa voiture, est incapable de mémoriser une réplique sur un plateau, ne meuble pas ses appartements, ne possède rien, ne se passionne pour rien, ne connaît pas l'état de ses finances, et jette tout sur la banquette arrière de sa décapotable. Elle ne sait même pas qui elle est, ou combien de pilules elle vient d'avaler. Un journal intime ? Vous plaisantez.

Angleton, lui, ne plaisante jamais. C'est dommage : il aurait découvert des choses. Mais personne n'a jamais vu rire Mother. Jamais.

Entre ses séances chez Greenson et ses nuits sous tranquillisants, Marilyn dérive. Elle est décidée à ne rien accepter de la Fox, sauf un film « sérieux ». Le projet de Lee Strasberg tombe à l'eau : aucun producteur ne fait confiance à ce gourou autoproclamé, créateur d'un système qui fait plaisir aux acteurs, mais qui met les réalisateurs sur les nerfs, quand ce n'est pas sur les dents.

Marilyn revient chez Peter Lawford. C'est le personnage le plus faible et le moins odieux de Camelot : sa carrière se délite, son mariage est mort, son rôle est celui du bouffon de cour, et il ne prétend à rien d'autre. Il sait chanter, danser, raconter des histoires, mais, au fond de lui-même, il n'ignore pas qu'il est un raté. Il se contente d'être l'ombre de l'ombre de ses amis, parfois le paillasson. Il existe, mais si peu... Il se contente des paillettes qui retombent. Il est le seul à ne pas être animé par la rapacité. Les autres, tous les autres, Marilyn, JFK, Joe K., Sinatra, Hoover, Jackie, Giancana, Otash, Greenson, sont des vautours aux serres acérées. Ils veulent tous leur livre de chair. Pas Lawford. Il n'est pas armé pour la guerre.

Chez lui, lors de soirées bien arrosées, la vie reprend pour Marilyn, dans une succession de nuits floues, de couchers de soleil sur le Pacifique, d'invités qui passent, fantomatiques. Marilyn laisse le réel couler à côté d'elle, comme l'eau sur la coque d'un navire. Quand Peter Lawford rejoint ses potes à Las Vegas, elle est du voyage.

Frank Sinatra est sur scène au Sands, et Marilyn, dans la salle, capte tous les regards. Dans une robe moulante, elle oscille, elle tangue, debout près d'une table, le regard fixé sur une image que personne ne voit, dévorée par un rêve intérieur. Elle s'avance vers la scène, en se déhanchant, devant mille personnes. Quand elle se retourne, son décolleté bâille, un sein jaillit. Elle enflamme tous les hommes, tous. Elle est belle, si belle…

Mais si saoule, aussi.

Un mois plus tard, elle est avec Sinatra, sur son yacht, en croisière. Frankie Blue Eyes s'agace parfois de ses retards, de son indécision, mais il tolère. Le docteur Greenson, de son côté, essaie de détacher sa patiente de Sinatra. Il considère que cette liaison est « destructrice ». De quoi se mêle-t-il ? Depuis quand un psychanalyste intervient-il dans la vie privée de ses analysés ? Greenson brise toutes les règles de la psychanalyse, qu'il a lui-même contribué à codifier. Une seule transgression, et il pourrait – il devrait ! – être disqualifié, rayé, brûlé. Or, il les accumule : il enregistre – c'est interdit. Il reçoit la patiente dans sa famille – interdit. Il a des relations personnelles avec elle – interdit. Il s'immisce dans la vie de sa cliente – interdit. Il agit auprès de la Fox pour « contrôler » l'actrice – interdit. Son beau-frère Mickey Rudin est le manager de Marilyn – interdit. Couche-t-il avec elle ? Mieux : Greenson est amoureux. Marilyn a tourné la tête du grand sorcier du surmoi. Dans le secret de son cabinet, il est séduit, flatté, content de lui-même. Greenson est un psy dévoyé. Il mériterait d'être torturé pour l'éternité, condamné à lire les vingt-quatre volumes des œuvres complètes de Freud, par exemple. Il est de la pire race des guérisseurs : ceux qui se croient justifiés, qui pensent détenir la vérité.

Greenson est jaloux de Sinatra. Il n'y a pas de quoi : très vite, Blue Eyes se lasse de cette passade. Il n'aime pas le laisser-aller de Marilyn. Il préférerait qu'elle se lave, qu'elle se brosse les dents, qu'elle ne laisse pas Maf, le caniche qu'il lui a offert, faire ses besoins sur le deck de son bateau. Il s'éloigne, et cultive sa relation avec Chickie baby. Reçu à Hyannisport, dans la résidence des Kennedy, Frank ne se sent plus. Il est aux anges : le vieux Joe K. lui a réservé un week-end d'enfer. L'alcool coule à flots, les filles arrivent en bataillons serrés, Peter Lawford est de la fête, et JFK a invité l'une de ses maîtresses, Helen Chavchavadze. Un chauffeur remarque que Joe K. pelote toutes les filles de ses grosses mains aux poils roux, avec un sourire satisfait.

À Hollywood, dans son brouillard, Marilyn se confie à des journalistes qu'elle considère comme des amis : Sidney Skolsky, un nain joyeux, camé aux amphétamines, et James Bacon, un *stringer* d'Associated Press. Celui-ci est étonné : Marilyn ne fait pas mystère de ses rapports avec le Président. Elle a beau ne pas l'avoir vu depuis plusieurs mois, peu importe. Elle fait comme si l'affaire était de notoriété publique, elle en parle comme d'une chose acquise. Marilyn n'est plus dans l'ombre, désormais. Tout le monde, dans le métier, est au courant.

James Bacon est certain que l'actrice est amoureuse, « très amoureuse », dit-il.

Mais les rendez-vous avec le Président sont de plus en plus rares. Il est occupé. Fin 1961, il autorise l'envoi de deux mille deux cents conseillers américains au Vietnam.

Marilyn et JFK ne se reverront qu'en novembre.

Un mois plus tôt, Marilyn a rencontré un autre Kennedy : Bobby.

CHAPITRE 13

Tempête à Washington

Comme d'habitude, l'alcool coule à flots. Peter Lawford, imbibé de whisky, raconte ses souvenirs : à ses débuts, en 1944, il a joué dans *Les Blanches Falaises de Douvres* avec Irene Dunne. Curieusement, fait-il remarquer, il campait un baronnet anglais fiancé avec une jeune Américaine, et se faisait tuer par les Allemands. Or, c'est précisément ce qui est arrivé à la famille Kennedy, quand Kathleen a épousé le marquis de Hartington. La fiction, donc, précède la réalité ? C'est à cette occasion que Peter Lawford a donné sa première interview à Dorothy Kilgallen. Celle-ci en a gardé une sorte de tendresse pour l'acteur…

Marilyn, nonchalante, est arrivée presque – presque ! – à l'heure. Elle a passé une partie de la journée chez Ralph Greenson, qui voit sa patiente se désintégrer. Elle a repris ses sales habitudes : les soirées, les pilules, les nuits. Compagnons de passage, rencontres de hasard, amants entre deux portes. À chaque fois qu'elle s'offre, c'est la même réaction : elle voit, dans les yeux de sa proie, un regard affolé. Une sorte de S.O.S. qui affiche : « Mille sabords !

Je vais me taper MARILYN ! » Souvent, l'effet est dévastateur, voire terminal.

Elle compense avec des antalgiques, des narcotiques, des sédatifs, des soporifiques, tout ce qu'elle trouve en drugstore. Elle ne distingue plus midi de minuit, son pied droit de son pied gauche. Prise entre les conseils de Lee Strasberg, avec lequel elle confère au téléphone, et les indications de Ralph Greenson, qui l'écoute se plaindre de ne jamais avoir éprouvé un orgasme, elle oscille. Ce dernier pense qu'elle a besoin d'une présence, d'une aide, de quelqu'un qui gère sa vie. De plus, il est obligatoire que Marilyn tienne sa langue : Greenson est marié. Il a donc envie de lui imposer une surveillance. Ce psy est un Big Brother freudien.

Ce soir d'octobre, le temps est clément. Lawford vient de tourner *Le Jour le plus long*, la saga de Zanuck, sur les plages de Normandie, et s'apprête à tenir un petit rôle dans *Tempête à Washington*, curieux drame politique d'Otto Preminger, réalisateur cassant, névrotique, totalement chauve et complètement teutonique dans son comportement. Marilyn a jadis tourné sous sa direction *La Rivière sans retour*, mauvais souvenir. Elle avait un blue-jean appétissant.

Là, elle porte une robe dont le décolleté est particulièrement étudié. Pas de bretelles, mais un tissu spécialement choisi pour mettre en valeur les aréoles de ses seins. L'idée, a-t-elle expliqué à son tailleur, c'est qu'en jouant négligemment avec une boucle de ses cheveux, à table, elle fera monter ou descendre la ligne de flottaison de son décolleté. L'effet est calculé au centième de millimètre. Marilyn a beau être embrumée, elle sait susciter le désir, c'est son métier, sa passion, sa raison d'être, sa mission dans la vie. Or, ce soir, il y a un invité d'honneur : Robert Francis Kennedy, le petit frère.

Celui-ci, tout-puissant ministre de la Justice, nommé sur l'ordre impératif de Joe K., est aussi le bouledogue de la présidence. Il protège son frère avec une détermination d'enfer, et traque les méchants avec un dévouement qui fera dire à Oleg Cassini, le couturier de Jackie, que « dans les conditions de l'Allemagne nazie, Robert aurait travaillé pour la Gestapo. Et il l'aurait fait avec sincérité ». RFK est à la fois l'exécuteur des hautes œuvres, le premier flic du pays, le conseiller occulte pour les affaires étrangères, le protecteur en cas de chantage, le subordonné vigilant. Ce vizir n'a aucune générosité, que des buts.

RFK est à Los Angeles pour une conférence avec les forces de l'ordre. Il a délivré son message : pas de pitié pour les délinquants. Chez son beau-frère Lawford, il décompresse. Et, comme son frère, il est ravi d'être à Hollywood. Tandis que la soirée s'avance, que les questions politiques sont écartées, que les invités s'asseyent autour de la piscine avec un verre, face au Pacifique qui disparaît dans la nuit, Marilyn boit. Son regard se brouille, son rire se brise, sa diction s'empâte. Des bateaux, au loin, se dirigent lentement vers Catalina Island, où, jadis, elle attendait son premier mari, Jim Dougherty.

Constatant l'état de l'actrice, RFK prend les devants, et propose de la raccompagner. Il se ravise : le ministre de la Justice ne peut pas partir seul avec Marilyn. Marcher sur les brisées de son frère ? Peu importe. Entre

Kennedy boys, c'est habituel. Mais là, Bobby préfère éloigner tout soupçon. Il demande à Edwin Guthman, son attaché de presse, de venir. Ensemble, ils déposent Marilyn chez elle, la bordent dans une affreuse couverture synthétique bleue, et attendent qu'elle s'endorme.

Plus tard, Bobby Kennedy se souviendra de la tristesse qui planait autour de cette femme, et de cette douce odeur de mort.

Les deux hommes repartent.

J. Edgar Hoover se prépare pour une guerre sanglante. Patron du FBI depuis un demi-siècle, il n'admet pas qu'on lui dicte sa conduite. Or, RFK, désormais, est son boss. Ce freluquet ! Hoover ne supporte pas. Il tolère d'autant moins que les propos des Kennedy Bros lui reviennent aux oreilles : ceux-ci ont juré d'avoir la tête de J. Edgar. Lequel est bien décidé à ne pas se laisser faire. À côté de lui, Gengis Khan est un amuseur de foire. Là où J. Edgar passe, les ennemis ne reviennent pas.

La vérité, c'est que Hoover est dingue. Totalement.

D'ailleurs, son père est mort dans un asile psychiatrique.

Né en 1895 dans une famille très pieuse, Hoover est un homme amidonné par le pouvoir, rigide au dernier degré. Franc-maçon (rite écossais, 33e degré), protestant, il a une silhouette de personnage de dessin animé : grosse tête de chien mafflu, corps épais, bedaine de prélat, costumes soignés, petites chaussures cirées, chevalière en or, gourmette précieuse, parfum entêtant de tubéreuse, mouchoir en dentelle. Les agents du FBI, qu'il choisit lui-même, doivent répondre à des critères stricts : pas de chemise colorée, pas de paumes moites, pas de cravate rouge, pas de coupe de cheveux fantaisiste, pas de juifs, pas de Noirs, pas d'Asiatiques, pas de regards fuyants. Hoover se déplace en voiture blindée et interdit à son chauffeur les virages à gauche, ce qui ne facilite pas la tâche du malheureux. Les G Men, quand ils se déplacent, ont le devoir de coucher dans des hôtels personnellement approuvés par le boss, qui inspecte en priorité les latrines. Il est obsédé par la propreté, les microbes, les mouches et la lutte anticommuniste. Ainsi, à New York, le FBI a quatre cents agents pour surveiller les « indésirables » léninistes, staliniens ou trotskistes, et dix pour lutter contre le crime. D'ailleurs, Hoover répète que la Mafia n'existe pas. Certes, il y a des collections de voyous, des grumeaux de racaille, ici et là, à Philadelphie ou à Chicago, mais la Mafia ? Pure invention.

Hoover a fait déporter Emma Goldman, a supervisé le mitraillage de Dillinger, imposé un fichier d'empreintes au niveau national. Il a toujours soigné sa publicité, et caché sa vie secrète. La vérité, c'est qu'il a des rapports précis avec la Mafia, et qu'il est rétribué par les grands voyous, qui lui font parvenir de l'argent aux courses. Car Hoover est un aficionado du tiercé. Il aime les chevaux, fréquente assidûment les champs de courses, avec son ami et assistant, Clyde Tolson, un type aussi gai qu'un requiem sous la pluie. Meyer Lansky, Lucky Luciano, Sam Giancana, les *capi di capi*, gonflent les gains de

Hoover au PMU. Le moyen est sûr : impossible de contrôler quoi que ce soit.

Dans le secret de son bureau, Hoover a une passion : il constitue des dossiers. Ceux-ci ne sont pas transmis aux archives centrales du FBI, mais conservés dans un système personnel. Députés véreux, sénateurs corrompus, élus pédophiles, maires homosexuels, gouverneurs fétichistes, toute la crasse du monde est là, indexée, rangée, accessible. Au lieu de faire plonger tout ce beau monde à la Bastille, Hoover préfère garder les malfaisants à sa botte, en maître chanteur aguerri. Ainsi, le dossier Joe K. est épais. Le dossier JFK, à jour. Le dossier Marilyn, nourri. D'autres individus sont surveillés : Thomas Mann, Henry Miller, Eleanor Roosevelt, Arthur Miller, Elvis Presley, Edward G. Robinson, Fredric March. Non, la Mafia n'existe pas. Mais les rouges, eux, existent bel et bien. Et les « déviants sexuels » aussi. Ce dossier-là, Hoover le garde pour lui. Il a deux placards : l'un pour les *Sex Offenders in Foreign Intelligence* et l'autre pour les *Sex Perverts in Government Service.*

Revues pornographiques, films salaces, images cochonnes, enregistrements de soupirs amoureux, Hoover embouteille tout dans une cave discrète. Souvent, il invite Clyde Tolson – visage de cheval, regard d'épagneul – à visionner le « matériel illicite » avec lui. Il y a là des photos de Marilyn nue, très appréciées par les deux hommes. Qui, dit-on, entretiennent des rapports de couple depuis les années trente. Hoover a un côté efféminé qui fait demander à RFK s'« il s'accroupit pour pisser ». Tolson est soumis comme un basset artésien.

Si la Mafia n'existe pas, c'est que Hoover a une bonne raison de nier sa réalité : une photo. Celle-ci est détenue par Meyer Lansky : on y voit le patron du FBI faisant une fellation à son boy-friend, paraît-il.

L'ennui, c'est qu'il y a un autre heureux possesseur de ce cliché : Mother.

Angleton et Hoover ont un intérêt commun pour les orchidées. Mais c'est bien le seul. Ils se haïssent.

JFK gère la crise de Berlin, avec intelligence. Il analyse la confrontation avec l'URSS en termes réalistes : si Khrouchtchev construit le Mur de Berlin, c'est qu'il veut éviter la guerre, mais qu'il a besoin, pour calmer ses opposants ou ses adversaires du Politburo, de montrer sa détermination.

Tandis que le Président américain trouve ses marques en politique internationale et qu'il cherche à imposer l'intégration des Noirs dans le Sud, il devient le chouchou des médias : JFK a un charisme rare. L'homme de la rue l'adore, les femmes l'adulent. La mythologie de Camelot, avec ses courtisans irlandais, ses fastes de princes, sa reine élégante, son château entièrement redécoré, ses invités de marque, sa roseraie somptueuse, ses soirées raffinées, cette mythologie se vend, s'exporte, s'impose. Même de Gaulle y est sensible. Dans l'intimité, le monarque Jack Ier n'a plus de limites : il n'a que des appétits. Il a une liaison avec la plus pulpeuse des blondes, Jayne Mansfield, qu'il emmène à Palm Springs. Elle fait savoir qu'elle apprécie « Mr. K. », bien qu'elle soit enceinte. Il voit souvent Leslie

Devereux, une call-girl de haute volée qui, elle, est plus réservée : elle décrit un homme « mécanique et froid », qui couche avec elle au Carlyle à New York avec « des yeux durs et un sourire dominateur ». Kennedy continue à fréquenter Judy Campbell, à laquelle il ouvre souvent les portes de la Maison Blanche, entièrement remodelée par Jackie.

Un jour, une femme de ménage trouve une petite culotte noire dans le lit du Président. Elle la restitue à la First Lady. Jackie va voir son mari, lui tend la dentelle, et se contente de dire :

– Pas ma taille.

Franchement, il y a quelque chose de pourri à Camelot.

Marilyn est dans le brouillard. Mais la Fox, elle, est dans le trou. Les pertes financières s'accumulent. Les actions chutent. Les conflits intérieurs s'enveniment. Le tournage de *Cléopâtre*, à Londres puis à Rome, est un gouffre. Les caméras ont commencé à ronronner environnées de pluie, en Angleterre, sous la direction de Rouben Mamoulian. Liz Taylor est tombée malade. Peter Finch, qui joue César, est viré. Le nouveau réalisateur, Joseph Mankiewicz, se bat pour engager Rex Harrison et Richard Burton, acteurs qu'il a vus dans une comédie musicale intitulée… *Camelot*. Des actionnaires de la Fox insistent pour que Liz Taylor soit remplacée par Marilyn Monroe, que Mankiewicz n'aime guère. L'argent s'évapore : à Rome, les Italiens se servent. Ainsi, dans les premières semaines, on constate la disparition de huit cents lances et de mille quatre cents glaives romains. Zanuck, qui ne travaille plus à la Fox, fait passer ses notes de blanchisserie sur le compte de la production. Les acteurs couchent avec les figurantes, les figurantes se font pincer les fesses par les techniciens romains, les techniciens romains se plaignent du soleil. Il y a des chats qui cavalent dans les décors. C'est le souk.

De loin, Marilyn suit les événements. Elle est *la* star de la Fox, pas Liz Taylor, qui est en train de lui ravir le titre. Il faut qu'elle retrouve son statut. Elle veut un film. Immense. Sérieux. Génial. Cosmique. Plus colossal que *Cléopâtre*. La 20th Century Fox propose *Something's Got to Give*, initiales *SGTG*. C'est une petite comédie charmante, déjà tournée en 1939 sous le titre *Mon épouse favorite*. Cary Grant y retrouvait sa femme, Irene Dunne, qu'il avait crue morte. Or elle a survécu sur une île après un naufrage. L'ennui, c'est que l'épouse a passé sept ans sous les cocotiers en compagnie d'un beau garçon, joué par Randolph Scott. Chassés-croisés, quatuor d'amour, jalousie, adultères distingués. Bien dans l'esprit des années trente.

SGTG est donc un remake. Sympathique, mais fade. De plus, le rôle principal est masculin, et il y a deux rôles féminins, à parts égales. Marilyn se voit diminuée. Par la voix de son manager, Mickey Rudin, le beau-frère de Greenson, Marilyn fait connaître sa position : elle veut – elle exige ! – une hausse de salaire et le droit de regard sur le scénario. Les producteurs sont irrités par cette diva qui ne tourne pas. Ils lui envoient le scénario de *SGTG*. Elle ne le lit pas. Ils lui font porter le scénario retouché. Elle n'accuse pas réception. Elle laisse le temps passer.

Chaque jour, elle se promène dans sa voiture, elle va chez Greenson, elle se rend chez Lawford. Parfois, elle passe devant la maison de Charlie Feldman, qu'elle n'a pas revu. Elle ne lit même pas les lettres comminatoires de la Fox. Elle attend. Elle attend quoi ?

Jack. The Prez.

À la Maison-Blanche, il y a une vibration, une sorte d'électricité. Ce jour de septembre, toute l'équipe de *Tempête à Washington* est invitée à déjeuner avec le Président. Grâce à Peter Lawford, la production a eu accès à certaines parties de la résidence officielle. Il est vrai que le tournage amuse JFK. D'abord parce qu'il y a Gene Tierney. Celle-ci, à quarante et un ans, n'est plus que l'ombre de la beauté qu'elle a été. Divorcée d'Oleg Cassini, compagne momentanée d'Ali Khan, elle fait désormais une carrière de deuxième rang : ses plus belles années, ses plus beaux films (*Laura*, *Shanghai Gesture*, *Le Fantôme de Mme Muir*) sont derrière elle. Internée pendant deux ans dans un asile psychiatrique, brisée par la maladie de sa petite fille mongolienne, Gene Tierney est une femme charmante : autrefois, elle a eu une liaison passionnée avec Jack. Celui-ci est ému. Si, si. Ému.

Le reste de la troupe, Henry Fonda, Charles Laughton, Lew Ayres, Burgess Meredith, Otto Preminger et Peter Lawford, s'installe autour de la table. Un des acteurs principaux, Walter Pidgeon, apporte une touche de distinction : il a de l'allure et de bonnes manières. D'autres invités complètent le tableau : Helen Chavchavadze, que le Président aime beaucoup, Nan McEvoy, une jolie héritière, Eunice Kennedy, la sœur de Jack, Ethel Kennedy, l'épouse de RFK, et Mary Pinchot Meyer, venue sur la suggestion de Jackie. Hélas, il y a aussi Frank Sinatra, que la fréquentation du pouvoir rend fou. Jackie le hait, de plus en plus. Tandis que JFK travaille – le secrétaire général de l'ONU, Dag Hammarskjold, vient de mourir –, Jackie, jusqu'au dernier moment, tente d'éviter le fâcheux. Mais quand Sinatra arrive et lance, devant tout le monde : « Salut, Chickie baby ! », la coupe est pleine. Jackie se tient à quatre pour ne pas virer le malotru. Par chance, Max Jacobson, le docteur « Feelgood », rebouteux de service et médecin marron, est passé ce matin même pour faire ses injections magiques au couple présidentiel. Bourrés d'amphétamines à leur insu, Jack et Jackie font bonne figure.

Jackie se concentre sur le chanteur, qu'elle éloigne de son mari pendant le repas. Du coup, elle ne voit pas ce qui se passe. Elle ne décrypte pas le regard de JFK. Celui-ci est exclusivement dirigé sur Mary Pinchot Meyer.

Le tournage de *Tempête à Washington* s'achève dans une certaine amertume : Jackie, agacée par Sinatra, fait dire à Peter Lawford que la production n'a plus le droit de tourner à la Maison Blanche. Messager malheureux, l'acteur transmet à Preminger. Lequel entre dans une violente colère. Et, pour se venger, coupe le rôle de Lawford au montage, le réduisant à zéro. En revanche, Preminger a remarqué la beauté sereine de Mary Pinchot Meyer. Il lui propose de faire un peu de figuration dans son film, façon de dire qu'il la désire.

Trop tard. JFK a déjà invité la jeune femme, en secret, à déjeuner en tête à tête avec lui la semaine prochaine.

RFK a fait installer une sonnette dans le bureau de J. Edgar Hoover. L'affront est violent. Habitué à fonctionner en toute impunité, en toute liberté, le directeur aime qu'on lui marque du respect, voire de l'obséquiosité. Aucun ministre de la Justice n'a jamais convoqué Hoover, surtout par un coup de sonnette. Habituellement, on vient le voir dans son bureau, on lui parle en contemplant la photo de Spee de Bozo, son toutou défunt, en faisant des ronds de jambe. De plus, quand J. Edgar se rend dans le bureau de RFK, celui-ci est débraillé : en manches de chemise, il lance des fléchettes sur le mur et, en douce, incite son chien Brumus à aller déposer un étron sur le paillasson du G Man. Hoover sent sa tension monter de quelques points.

RFK ne peut pas démettre Hoover, qui détient trop de secrets et qui est au courant de la liaison du ministre avec Lee Remick, l'actrice d'*Un homme dans la foule*, de Kazan. Mais il peut tenter de le contrôler et, surtout, l'énerver. C'est le défaut de Bobby : il pratique son métier de ministre sans expérience de la justice, sans pratique du barreau, sans réelle dimension. Il est animé par un sentiment de compétition, vivement encouragé par son père. Or, dans ses fonctions, cette attitude est contre-productive. Ainsi, il arrête le *capo* de La Nouvelle-Orléans, Carlos Marcello, le fait flanquer dans un avion et déporter au Guatemala. Le procédé est illégal et stupide : lâché au milieu de la jungle en chaussures de crocodile et en costume de shantung, le quinquagénaire Marcello devra marcher pendant vingt kilomètres avant de trouver un village. Évidemment, il n'est pas mis hors d'état de nuire. Car, deux mois plus tard, il est de retour en Louisiane, la rage au cœur. Il a été humilié et n'est pas homme à laisser passer l'affront. La déportation n'a été qu'une exhibition, une façon pour RFK de dire : « Je crache plus loin que toi. »

Bobby Kennedy se comporte en gamin qui jette des boules puantes dans la cour des grands, pas en homme politique. Il institue un groupe de traqueurs, au-dessus de la police, à côté du FBI, ne dépendant que de lui : le Get Hoffa Squad. Ces hommes, avocats, enquêteurs, spécialistes, passent au-dessus de toutes les organisations d'État : ils ont pour fonction de harceler Hoffa, auquel RFK voue une haine irrépressible. Il place des hommes à lui à l'IRS (le Trésor), au FBN (Federal Bureau of Narcotics) et dans les autres agences. Il crée ainsi des conflits terribles, à l'intérieur de l'administration. Quand il expédie ses chiens de chasse à Las Vegas, il ignore que le FBI a déjà des enquêtes en cours. Les résultats seront désastreux : la cour annulera tous les éléments. Quant à Hoffa, sous le coup d'un nombre incroyable de poursuites, il écume. RFK lui pourrit la vie.

Pour Robert Kennedy, tout est un jeu. Un jeu sérieux, mais un jeu : il s'agit de gagner. Ainsi, pendant la crise de Cuba, tandis qu'il se charge de la planification de l'opération Mongoose – tuer Castro –, il fait l'espion. Il rencontre, à plusieurs reprises, l'éminence grise du KGB à

Washington, Bolchakov. Il court-circuite la diplomatie et les militaires. À bon escient, cette fois-ci. Car les messages à Khrouchtchev arriveront à destination et seront pris en considération.

Hoover, lui, se bat pied à pied contre cet adversaire qu'il méprise. Il a des armes lourdes : il a les preuves que Joe K., quand il était ambassadeur à Londres, a secrètement rencontré Goering à Vichy. Il sait que JFK a été marié, autrefois, mariage qui a été annulé et dont tous les papiers ont été détruits par Johnny Rosselli. Il n'ignore pas qu'en privé, RFK le traite de *cocksucker*. Il surveille Judy Campbell, Jayne Mansfield, Tic et Tac, toutes les prostituées que le Président fréquente. Il a des photos, des enregistrements, des films, des témoignages, des dépositions, des relevés téléphoniques, des transcriptions d'écoutes. Et il a quatre agents qui s'occupent du cas Marilyn Monroe.

Le mieux, c'est qu'il a fait installer des micros dans le bureau de RFK.

Mais il ignore que RFK a fait installer des micros dans le sien.

En décembre, JFK fait route pour la Floride. Une étape est prévue à New York. Peter Lawford, toujours diligent, a planifié les choses : après la soirée que JFK doit passer à la National Football Association, il y a une party dans la résidence d'un banquier important. Marilyn est invitée. En retard, elle rejoint The Prez au Carlyle, où JFK est entouré d'agents du Secret Service, de policiers, d'agents du FBI. La sécurité du Président est assurée. La discrétion, beaucoup moins. Marilyn passe devant les gardes du corps, affublée de sa perruque noire, tandis que Peter Lawford annonce :

– La secrétaire privée du Président !

Les flics répriment un petit sourire. Nul n'est dupe.

Le 18 novembre, JFK est au Hollywood Palladium, pour faire un discours enflammé contre l'extrême droite. Devant deux mille cinq cents démocrates, il dénonce les agissements de la John Birch Society, l'organisation fasciste à laquelle certains généraux du Pentagone appartiennent. À côté, le KKK est un club de macramé. JFK voue aux gémonies les racistes, les illuminés, les délirants en chemise noire. Il démonte les agités du prétendu « complot communiste ». Frank Sinatra et Nat King Cole, dans la salle, applaudissent. Le Président est en forme : il a passé la nuit précédente chez Judy Campbell, dans son appartement à Palm Beach. Avec une fierté évidente, elle lui a fait visiter les lieux et, devant le lit géant, il a feint la surprise :

– C'est quoi, ça ?

– Sire, c'est un lit présidentiel, époque 1961, un objet étrange conçu pour les plaisirs du monarque. Ne vous asseyez pas dessus, sire, car un esprit malin vous incitera à des actes que la morale réprouve.

JFK s'assied.

À la réception privée, après le discours du Hollywood Palladium, le Président boit un verre avec ses amis politiques, dans l'une des suites du Bervely Hills Hilton. Il serre des mains, sourit, échange quelques mots. Le County Assessor (une sorte de sous-préfet), le trésorier de la campagne électorale des démocrates, les attachés de presse sont là. Personne ne manifeste d'étonnement à la vue de Marilyn, qui suit le Président. Vêtue d'une robe blanche, soigneusement coiffée, elle est éclatante. Il s'éclipse avec elle.

Le lendemain, JFK décide de consacrer son dimanche au repos. Soumis à une très forte pression de la part des extrémistes de droite, qui le menacent physiquement et incitent l'establishment militaire à prendre le pouvoir, il se dirige vers la maison de Peter Lawford. En chemin, il est hué. Il se fait déposer par le cortège officiel, et passe la soirée avec Marilyn. Pat Kennedy, la sœur du Président, prépare les cocktails. Tandis que les intimes bavardent autour de la piscine, Jack et la blonde disparaissent. Dans la salle de bains en onyx et marbre qui lui est réservée, JFK se plonge dans la baignoire. Il a enlevé le corset qui maintient son dos, et se laisse glisser dans l'eau tiède. C'est l'un de ses moments favoris : Marilyn l'enjambe. Il passe là une ombre des jours anciens, lorsque le sort du monde n'était pas en jeu.

Peter Lawford entrouvre la porte : Jack et Marilyn rient, s'amusent, éclaboussent tout. Lawford fait plusieurs photos : Kennedy aime. Marilyn fait des grimaces et, nue, porte des toasts à la santé de Noureev, de Nabokov, de Khrouchtchev. Le Dom Pérignon pétille. Puis, dans le silence de la chambre à coucher, le Président parle de ses enfants. Il invente des contes pour Caroline, dit-il. Il est marié, certes, mais...

Les hommes de Hoover écoutent en mangeant de la pizza. Leurs micros ne captent pas ce que Marilyn et JFK se disent, plus tard, en se promenant sur la plage. Marilyn, emmitouflée dans son pull blanc, et Jack, en blue-jean, regardent la mer. Les magnétos enregistrent quelques syllabes, avant que les paroles des amants ne soient englouties par le bruit soyeux des vagues. On entend mal : Marilyn a-t-elle dit « *love* » ?

Un autre indiscret écoute : John Danoff, détective privé. Pour qui travaille-t-il ?

Pour Mr. raf, raf.

CHAPITRE 14

Mother s'en mêle

Giancana a son air des jours mauvais. Il a été doublé par les Kennedy, il en est certain. Son organisation a besoin d'être reprise en main : c'est précisément ce qu'il est en train de faire. Il avance dans le hangar à viande, un vaste dépôt réfrigéré, où un homme est suspendu. Giancana enlève ses lunettes, et fait signe à Fifi Buccieri de continuer à faire des photos. Flash ! Flash ! Sam se tourne vers Tony « The Ant » Spilotro, qui est son bras droit pour les affaires à Las Vegas. Tony est une brute sans état d'âme. Soutenant le regard de Giancana, il dit :

– *Tutto va bene, padrone.*

Tout va bien. Les pieds du suspendu, William « Action » Jackson, sont à un mètre du sol. Colosse de cent soixante-dix kilos, celui-ci a été empalé sur un croc de boucher dans le rectum, et les hommes de Tony lui ont fracassé les genoux à coups de batte de base-ball. Le type est encore vivant. Le sang coule en longues rigoles sur le béton, et se fige. La respiration laborieuse de Jackson laisse supposer une fin rapide. Giancana intervient :

– Non, non, il faut qu'il vive. Deux jours, au moins.

– *Bene.*

William Action Jackson est un prêteur sur gages connu, à Chicago. Réputé pour ses méthodes expéditives – il est spécialisé dans le traitement des globes oculaires au chalumeau –, il a construit un petit empire sous la tutelle de Sam DiStefano, un allié de Mooney Giancana. Généralement, il commence par pénétrer chez son débiteur fautif et viole l'épouse. Puis il passe à d'autres méthodes, telles que l'arrachage des dents, le découpage de certains muscles, l'écrasement des articulations à coups de masse. Parfois, il va jusqu'à gifler le récalcitrant. Rien de définitif : il faut que l'emprunteur puisse payer, même légèrement handicapé. Action Jackson est un bon soldat de Cosa Nostra. Malheureusement, il a été vu dans un restaurant du Milwaukee en compagnie de gars du FBI. Le patron du bistro, Louis Fazio, a fait passer le message : Action Jackson est une balance.

Giancana a décidé de délivrer un signal à sa manière : silence. Omertà. Les photos, c'est pour l'exemple. Depuis le matin, les gars de Spilotro et de Buccieri ont utilisé toute la boîte à outils : les pics à glace, les tournevis, les pinces, et même, pendant un instant, le joujou favori de Jackson, le chalumeau. L'autre râle toujours, et ses soupirs font des petits nuages de buée, dans l'air froid.

Mooney réfléchit : Judy Campbell continue à voir JFK, mais la relation s'amenuise. J. Edgar Hoover a fait savoir à RFK que le FBI est au courant des fréquentations douteuses du Président. La menace est à peine voilée : Hoover tient à rester en place et, malgré l'âge de la retraite, ne consentira jamais à céder son fauteuil. Il emploie, à Los Angeles, des indépendants comme Fred Otash ou John Danoff pour poser des écoutes téléphoniques, après avoir circonvenu le Congrès qui a autorisé ces procédés illégaux – dans certaines circonstances. Or, les circonstances sont ce que Hoover veut qu'elles soient : il fait immédiatement ouvrir vingt-cinq lignes téléphoniques à Las Vegas, dissémine des micros à Chicago, dans les restaurants, chez les tailleurs, dans les bureaux et même les cuisines des truands. Les résultats sont excellents. RFK comprend que son frère est en danger. Judy Campbell doit s'inscrire aux abonnés absents. Mais, pour Giancana, c'est un moyen de communication avec la présidence qui va disparaître, avec cette répudiation. *Che peccato !* Quel dommage, en effet.

Autre souci : Joe K., le patriarche de la famille Kennedy, l'associé des truands, l'ambassadeur profiteur de guerre, le tripoteur de toutes les sales affaires, a été frappé d'une terrible attaque cérébrale, le 19 novembre 1961, pendant une partie de golf. Terrassé, paralysé, incapable de parler, il a frôlé la mort. Apprenant la nouvelle, sa femme Rose n'est même pas rentrée à la maison : elle est simplement allée nager à la piscine, puis faire ses courses, inscrites sur les petits papiers épinglés sur sa robe, puis elle est revenue pour dîner. En gros, son attitude est simple : elle n'en a cure. Joe K. transformé en légume ? *So what* ?

Mais du coup, Giancana perd un allié fidèle, celui qui aurait peut-être pu contrôler RFK, le roquet à ses basques. Car celui-ci est complètement lâché. Il harcèle les voyous, leur tourne autour, lance des assignations, dérange l'ordre des bas-fonds. À tel point que Santo Trafficante, le *don* de

Miami, habituellement silencieux, a chuchoté à l'un de ses amis cubains, José Aleman :

– Souviens-toi de ce que je te dis. Kennedy va avoir des ennuis, on va lui rendre la monnaie de sa pièce. Un de ces jours, il va être tué.

La déportation de Carlos Marcello a été le signe le plus fou de la trahison des Kennedy. La collaboration avec la CIA contre Castro ne sert donc à rien ? Non. La Mafia et la CIA ont désormais des ennemis communs, les deux K. Il est clair qu'il va falloir se débarrasser de l'un pour éloigner l'autre. Mais dans quel sens ? Faut-il couper la queue du scorpion, qui vous menace directement, ou la tête, qui immobilisera la queue ?

Dernier agacement : Mooney a une nouvelle girl-friend, Phyllis McGuire, la troisième sœur des McGuire Sisters, le trio qui a connu le succès avec des chansons comme *Blue Skies*, *Banana Split* et *Santa Claus Is Coming To Town*. Celle-ci est ravissante, et elle a été jadis mariée – mariage de pure façade – avec Rock Hudson. Le divorce a été arrangé par l'inévitable Fred Otash. Phyllis McGuire, repérée par le FBI, est littéralement espionnée. William Roemer, l'agent en charge, a décidé de mettre la pression sur Mooney. Il a enregistré des conversations qui prouvent que Sinatra est bien l'envoyé des voyous :

Johnny Rosselli : – Sinatra s'est mis dans la tête que les Kennedy vont tenir leur parole…

Mooney Giancana : – En d'autres termes, la contribution qui a été faite…

Rosselli : – C'est ce dont je parle.

Giancana : – En d'autres termes, si jamais j'ai une

contravention pour excès de vitesse, il n'y a pas un de ces connards qui va intervenir ?

Rosselli : – Exactement, mon pote.

Tout ça sent mauvais. Par chance, Bernie Spindel a rapporté des enregistrements excellents des nuits d'amour entre Marilyn Monroe et JFK.

Giancana fait signe à Spilotro de continuer son travail. L'autre prend un seau d'eau, inonde Action Jackson, qui grogne faiblement. On descend le crochet, de telle façon que le pendu ait la pointe des pieds au ras du sol, et puisse prendre appui, brièvement. Buccieri prend un aiguillon électrique pour le bétail. La séance continue. Flash ! Flash !

Jackson survivra deux jours, comme convenu.

Giancana ignore que Spindel, prudent, travaille aussi pour RFK. L'Attorney General a tenu à rencontrer le *wireman* dans la voiture de ce dernier. Il a insisté pour que la conversation se passe sur la route de l'aéroport. Pendant que Spindel conduit, les mains bien visibles sur le volant, RFK lui dit de dénicher « quelque chose, n'importe quoi » contre Hoffa. Et il lui demande :

– Vous serez témoin à charge, n'est-ce pas ?

– Non.

– Qu'est-ce que vous voulez, en échange ?

Spindel, par jeu, demande 850 000 dollars. RFK accepte. Quand le ministre de la Justice descend de la voiture pour prendre son avion – « N'importe quoi sur Hoffa, souvenez-vous ! » –, il est certain d'avoir enrôlé Spindel dans son camp. C'est mal connaître le bonhomme, qui navigue avec finesse entre ses divers clients, aux frontières de la loi. Spindel, silencieusement, s'est prémuni contre les errements de RFK.

Il a enregistré la conversation dans la voiture.

Marilyn danse. Chez elle, sur une musique latino, elle met à profit les leçons de son chorégraphe Jack Cole, pendant le tournage du *Milliardaire*. Elle a naguère répété pendant des semaines des ondulations, des mouvements d'épaules, des déhanchements qu'elle devait exécuter pour Yves Montand, et qui lui reviennent naturellement. Devant son amie, Jeanne Carmen, une petite comédienne de dixième zone, Marilyn semble faire la fête. Elle monte sur les fauteuils, se laisse aller à une danse du ventre et, en rythme, scande :

– First Lady ! First Lady !

Il y a quelque chose de pathétique et de touchant dans cette rumba solitaire, dans cette joie fabriquée. Marilyn pense-t-elle réellement prendre la place de Jackie Kennedy ? Jeanne Carmen est témoin de cette illusion : Marilyn a de moins en moins de contact avec la réalité. Elle est dans le monde des fantasmes, des demi-rêves. Elle a vaguement conscience de l'impossibilité des souhaits, mais elle connaît aussi la puissance du désir qu'elle suscite. Pour elle, rien n'est inaccessible. Rien. Elle est Marilyn !

Elle sent, confusément, qu'elle glisse. Le haut point de sa carrière est passé, elle a trente-cinq ans, il ne lui reste plus qu'à attendre la quarantaine, seuil fatal, en ces années-là, pour une actrice. Rares sont celles qui dépassent cette limite, sauf pour jouer des rôles de méchantes, de femmes trompées, de harpies, de séductrices à gigolos. Marilyn ne veut pas être Bette Davis.

Elle veut être First Lady, voilà. Parader au côté du Président. Agiter le bras devant des rangées de cadets alignés en grand uniforme. Entrer à la Maison Blanche devant les appariteurs au garde-à-vous.

L'ennui, c'est que Kennedy commence à être sensible aux rumeurs qui courent : Marilyn est incontrôlable, *borderline* schizophrène, selon Greenson. Pour l'instant, elle est de compagnie agréable, mais qui sait ? Le moment venu, il faudra agir avec tact, pour annoncer la séparation. Marilyn a tendance à téléphoner un peu trop souvent, à faire comme si la liaison allait de soi. Elle envoie des poèmes d'amour à la Maison Blanche, elle a même eu, une fois, Jackie en ligne. Elle a raccroché après s'être excusée. Jackie, qui a reconnu la voix, ce ton de petite fille balbutiante, est furieuse. Elle le fait savoir. Son mari comprend : Marilyn tente de se couler dans le rôle qu'elle aime le plus, celui de la gamine victime. Sous ce masque, JFK le sait bien, il peut y avoir une femme dure et hargneuse. JFK n'a pas l'habitude. Quand il quitte une fille, il ne la regarde simplement plus. Elle devient transparente. Dans le cas de Miss Monroe, c'est difficile.

Marilyn danse et, autour d'elle, il y a quinze flacons de pilules éparpillés sur la moquette.

Le tournage de *Something's Got to Give* est décidé pour le 9 avril. Mais tout va mal : George Cukor, le réalisateur, horrifié d'avoir à travailler une fois encore avec Marilyn, traîne les pieds. Il sait qu'il va au-devant des ennuis, et hait le désordre qu'elle crée, les difficultés qu'elle suscite, le manque de respect qu'elle manifeste pour toute l'équipe. Il veut avoir un scénario à peu près cohérent et demande des retouches. La Fox, de son côté, est entièrement mobilisée par le désastre de *Cléopâtre*. Les décors s'écroulent, les scandales se succèdent, Liz Taylor est opérée, Liz Taylor est convalescente, Liz Taylor est amoureuse, Liz Taylor quitte son mari Eddie Fisher... À Los Angeles, les informations vont bon train, les équipes de retour de Rome racontent. Marilyn est à l'écoute. JFK, qui adore les potins, aussi. La nouvelle la plus juteuse n'est guère possible à publier. Elle concerne Richard Burton, que Marilyn a vu faire la fête, chez Charlie Feldman, autrefois.

À Cinecitta, Burton, légèrement éméché, annonce fièrement :

– J'ai enfin baisé Elizabeth Taylor sur le siège arrière de ma Cadillac.

La 20th Century Fox réclame Marilyn. Le ton monte. Les producteurs enragent. La date de tournage est encore reculée. L'acteur principal, Dean Martin, tente de prendre son mal en patience. Cyd Charisse, la sublime actrice de *La Belle de Moscou*, qui a le second rôle, fait des essais de costumes. Marilyn intervient : pas question que cette rivale soit plus sexy qu'elle. Les robes devront être strictes. Mais Marilyn a-t-elle envie, réellement, de faire ce film ?

Elle s'échappe.

D'abord la Floride, où Joe DiMaggio suit l'entraînement de son équipe favorite, les New York Yankees. Puis elle rend visite à Isadore Miller, le père d'Arthur, un vieil homme avec lequel elle a établi des liens d'affection.

Le 6 février, Marilyn arrive à Miami, et se rend au Fontainebleau Hotel, le palace des hommes politiques, du show-biz et des truands. Là, dans une suite au dernier étage, vue sur la mer, l'attend The Prez.

Elle lui tombe dans les bras.

Dans sa tête : « First Lady ! First Lady ! » sur un rythme de rumba.

« *Sheila Lee Taylor, agissant en qualité de souteneuse pour ***, a envoyé des prostituées à ***. Taylor estime que ceci s'est produit la veille de l'ouverture de la convention démocrate à Los Angeles en 1960. Taylor affirme que des sommes de 200 ou 300 dollars ont été reçues par les filles envoyées à ***. Taylor se souvient que lorsque Robert Kennedy et sa femme se sont installés au Park Wilshire, *** et son équipe se sont installés au Biltmore Hotel, d'autres filles ont été convoquées par ***. Après avoir couché avec leurs clients, les filles sont revenues au Park Wilshire. Par la suite, des filles ont été sollicitées pour d'autres réceptions où John F. Kennedy était supposé être présent...* » (rapport du 7 février 1962, bureau de Los Angeles, destiné au directeur du FBI).

J. Edgar Hoover sort les munitions. Voici deux mois qu'il envoie des renseignements à son ministre de tutelle, Bobby Kennedy. Des choses simples, destinées à faire comprendre que rien ne passe inaperçu. Le chef de la majorité républicaine au Sénat a une vie secrète ? Hoover le fait savoir. Des prostituées reçoivent des députés au Carousel Motel à Ocean City ? Hoover communique l'info à RFK. Un ambassadeur a été pris en flagrant délit, et s'est enfui la culotte à la main ? Hoover fait suivre le dossier en haut lieu et Kenny O'Donnell, compagnon de bamboche de JFK et conseiller de la présidence, rit de ces aventures :

– La prochaine fois, on engagera un ambassadeur qui court plus vite.

La signification de ces ragots est souterraine. Hoover veut faire comprendre à RFK qu'il le tient. Peu à peu, il augmente la pression. Ainsi, il se rend à une invitation à déjeuner avec RFK. Les échanges sont barbelés, les sous-entendus fielleux, les regards glaciaux. Le directeur du FBI manifeste une sollicitude louche : il y a, dit-il, des malintentionnés qui font courir le bruit que le Président a jadis été marié à une dénommée Durie Malcolm. Personne n'est à l'abri d'une erreur de jeunesse, dit-il, mais c'est certainement une rumeur toxique. Hoover sait bien que Joe K. a fait détruire tous les documents par son vieil allié, Johnny Rosselli. Mais c'est sa manière de faire patte de velours.

Dans le silence de son bureau, après le dessert, Hoover dicte à sa secrétaire une note : « Le ministre a manifesté de la gratitude pour ma sollicitude. Je lui ai répondu que je voulais simplement servir. » Hoover a un vocabulaire d'employé de maison. C'est un laquais avec un complexe de supériorité.

Quelques mois plus tard, le Président lui-même reçoit le vieux bureaucrate (soixante-sept ans) à la Maison

Blanche. Le dialogue est encore plus délicat, il relève de l'équilibrisme.

– Je tenais à vous voir, monsieur le Président, car une affaire a attiré mon attention…

L'affaire, c'est la liaison avec Judy Campbell.

– Elle passe des nuits avec Sam Giancana, monsieur le Président.

Évidemment, Kennedy est au courant. L'autre continue : Giancana est au service de la CIA, qui veut éliminer Castro. JFK s'étonne. Les plats passent, les rancunes se forgent, les sourires pâlissent. Quand Hoover fait allusion au récent voyage de Marilyn Monroe en Floride, au Fontainebleau, puis au Mexique, où elle a été reçue par Fred Vanderbilt Field, héritier désargenté et révolutionnaire convaincu, le Président tire ses propres conclusions. Hoover est un retors, avec lequel il convient de jouer serré. On ne peut tout de même pas le pendre à un croc de boucher. Il est obligatoire de le soigner, de le caresser dans le sens du poil. JFK fait l'éloge du directeur – la patrie reconnaissante, la puissante vision, la nécessité de l'ordre et de la loi, la contribution inestimable, etc. Une petite médaille du Congrès, qu'en diriez-vous, mon cher J. Edgar ?

Déjà, Kennedy pense aux prochaines élections, en 1964.

Le café passe mal. Un peu âcres, peut-être, les Montecristo fumés par les deux hommes. Ils viennent de Cuba.

Marilyn est revenue du Mexique avec un nouvel amant, un bellâtre vaguement scénariste, José Bolaños. Profil de toréador, cheveux calamistrés, mine de macho en goguette, caricatural. Il suit la *señora* Monroe comme un toutou. Marilyn a commandé du carrelage multicolore, à Mexico City, s'est promenée sur les marchés à Cuernavaca, Toluca, Taxco, Acapulco, et a donné une conférence de presse émouvante, où la presse latino a pu constater de visu que Marilyn ne portait pas de culotte. Les photographes ont immortalisé l'instant, qui n'est certainement pas dû à une maladresse.

De retour à Los Angeles, Marilyn est mal à l'aise : elle voudrait du calme, mais aussi de la lumière. Elle accorde des séances photo à quelques artistes choisis. Le reste du temps, elle a besoin de solitude. Or, le seul endroit où elle pense être seule, tranquille, c'est chez Greenson, son Roméo, son Jésus. Là, dans le calme du cabinet, le psy continue d'écouter la star allongée sur le divan, tout en enregistrant. La liaison avec JFK est décortiquée. La relation qui s'annonce avec RFK est soupesée. Les rapports à épisodes avec Sinatra, non, mauvais, mauvais. Discrètement, la Fox garde le contact avec Greenson : il faut domestiquer la folle, la rendre apte à travailler. Le docteur s'y engage. Il va devenir le gardien, le surveillant, le conseiller, l'ami, le confesseur, l'amant. Il est, à coup sûr, le fourbe.

Pour affermir son contrôle, il impose une gardienne. Celle-ci se nomme Eunice Murray. C'est une femme d'un certain âge, aussi souriante qu'un parpaing. Elle a les cheveux gris, des lunettes d'institutrice, et elle a été élevée à la campagne, dans l'Ohio, parmi les Témoins de Jéhovah. Malade dans sa jeunesse, elle a été soignée par un médecin, contre l'avis de ses parents qui l'ont instantanément répudiée et ne l'ont jamais revue. Mariée en 1924 à un charpentier affilié à une secte, Eunice Murray a suivi toute sa vie les principes d'Emanuel Swedenborg, philosophe suédois végétarien surnommé « le Bouddha du Nord ». Le couple a eu trois filles : Jacquelyn, Patricia et… Marilyn. En 1946, délaissée par son mari, Eunice Murray a vendu la maison de famille à Los Angeles, sur Franklin Street. L'acheteur : Romeo Greenschpoon, dit Ralph Greenson. Très vite, celui-ci s'est mis à l'employer comme « infirmière ». Chargée de travailler chez les patients les plus étranges, les plus atteints, Eunice Murray s'est acquittée avec minutie de sa tâche : espionner les clients pour Greenson. Elle est devenue la taupe du freudien.

Quand elle arrive chez Marilyn Monroe, en qualité de gouvernante, de chauffeur, d'infirmière, de femme de ménage, de régisseuse, de rapporteuse, de maîtresse de maison, de surveillante infiltrée, elle pose un regard froid sur sa patronne : pour elle, l'actrice est une enfant un peu bornée. Elle se met à la conseiller, à la tancer gentiment, à lui suggérer une conduite. Marilyn obéit. Elle dit « madame Murray ». L'autre lui répond « Marilyn ». Le rapport est inversé. Devant les visiteurs, Eunice Murray s'éclipse, mais reste dans un coin. Elle lave, fait la cuisine, donne son avis en changeant les draps. Elle ne rit jamais. En revanche, elle n'a qu'une seule façon de communiquer : le chuchotement. Sans fin, elle susurre des choses à Marilyn. On dirait qu'elle complote.

L'ambiance est plombée.

Le climat est à la délation.

La soirée est une *diner-dance*. Jackie aime bien ces raouts où une centaine de personnes se croisent, échangent des vues sur le monde et sur Georgetown, et où les problèmes politiques sont noyés dans des bavardages amusés. JFK est préoccupé par un incident international qui risque de lui coûter des voix aux élections : le pilote Gary Powers, abattu en 1960 alors qu'il volait à haute altitude dans l'avion-espion U2, est en train d'être échangé contre le colonel du KGB Rudolf Abel, en ce mois de février 1962. Les Soviétiques ont fait une bonne affaire : Abel n'a rien révélé, alors que Powers a été contraint de livrer une partie des secrets de l'U2. La CIA est mécontente. Le KGB, ravi. L'échange est en train d'avoir lieu, sur le pont Glienicker, entre les deux Allemagne.

Pour changer les idées de son mari, Jackie a dressé une liste d'invités impressionnante. Évidemment, il y a là Lem Billings, l'ami d'enfance de Jack, le dépositaire de tous ses secrets, ainsi que les Spalding, les Bradlee, les Harriman, tous très proches de Jack. Des ambassadeurs, des financiers, des artistes – dont Mary Pinchot Meyer – viennent compléter le tableau. Après le champagne et les canapés au caviar, place à la musique : Jackie donne l'exemple en dansant le twist avec le ministre de la Défense, Robert

McNamara. Exemple parfait de la rectitude morale et de la froideur bureaucratique, celui-ci est un cadre supérieur issu de l'industrie. Il gère le ministère comme une entreprise. Il n'est pas militaire. Il est détesté par les galonnés, ce qui est plutôt à son crédit. Il a du charme, et Jackie n'y est pas insensible. Elle y est même très sensible.

Le Président, en habit de soirée, va d'un invité à l'autre, échange des plaisanteries, murmure des ragots. Quand il aborde Ben Bradlee, il lui demande, mezzo voce, s'il y a encore de la place dans son magazine pour une information importante – il la donnera plus tard, elle concerne Gary Powers. Puis JFK disparaît, pour écouter ses conseillers qui le tiennent au courant de l'échange de l'otage de la CIA et de l'otage du KGB. Un espion contre l'autre : le symbole atteint un degré risible dans l'absurde. Mais pour les deux K., John et Nikita, les enjeux sont élevés. Sitôt briefé sur les derniers développements – le pont en fer, le brouillard, les voitures militaires, le froid, l'ambiance plombée, les gardes armés, le décor à la John Le Carré –, le Président revient. Mais il ne danse pas le twist, lui. Il joue une sacrée partie de poker. Pas à Berlin. Ici même, à la Maison Blanche.

Betty, l'épouse rieuse de Chuck Spalding, le conseiller et le complice de JFK, se repose au troisième étage. Elle s'est fracturé une cheville au ski. Au bout d'un moment, délassée, elle décide de rejoindre les invités. Elle sort de la chambre d'amis, passe en boitant devant la nursery de Caroline, cinq ans, qui dort ailleurs. En arrivant à l'escalier central, elle voit deux silhouettes se diriger vers elle : Jack Kennedy et Mary Pinchot Meyer. Elle comprend instantanément : « Ils cherchent un endroit pour s'amuser. » Le Président, sans perdre un instant contenance, salue Betty, et le couple entre dans la nursery, comme si de rien n'était.

La famille Pinchot a un pedigree d'enfer. Elle remonte aux premiers temps de la colonisation de l'Amérique et a compté un gouverneur dans ses rangs, sans parler de nombreux financiers qui ont amassé de jolies fortunes. Amos Pinchot, le père de Mary, a jadis fondé l'American Civil Liberties Union ; son épouse a longtemps été une rebelle, une suffragette de gauche, avant de devenir une vieille dame confite en certitudes ultraconservatrices. Dans les cercles politiques, Mary est donc à sa place : elle connaît les arcanes du pouvoir, s'intéresse passionnément aux idées à la mode, épouse les mouvements libertaires de la jeunesse américaine, est prête à tenter le diable. Elle est distinguée et casse-cou, totalement indifférente à l'opinion des autres. Jackie est son amie ? Qu'importe. Mary Pinchot aime choquer, afficher une vie agitée, et revendique sa liberté de femme. Les Kennedy et les Pinchot fréquentent les mêmes amis : Joe Alsop, Arthur Krock, l'ambassadeur Chester Bowles, Kay et Philip Graham, James J. Angleton. Récemment, Mary Pinchot Meyer a exposé ses toiles à la Washington Gallery of Modern Art, avec Lichtenstein, Jasper Johns et Oldenburg. C'est à cette occasion que Warhol a créé la sensation : huit portraits de deux icônes du XXe siècle. La première icône, c'est la Campbell Soup.

La seconde ? Marilyn Monroe.

Quand JFK revient, on lui donne les nouvelles d'Allemagne.

L'échange a été couronné de succès.
Précisément.

Le scénario de *Something's Got to Give* a été réécrit. Le tournage commence. Le premier jour, tandis que plus de cent techniciens aux ordres de George Cukor attendent sur le plateau 14 du studio Fox, Marilyn fait savoir qu'elle est malade. Personne n'y croit. Chacun est convaincu que la diva fait un caprice, dès l'entrée en matière, histoire de bien poser les règles du jeu. Cukor essaie de maîtriser sa colère. Paula Strasberg, accourue de New York, fait ce qu'elle sait faire : dire des âneries avec conviction à Marilyn. Greenson, qui est désormais stipendié par la Fox, assure qu'il va remettre sa patiente sur les rails. À Rome, des sommes folles sont dilapidées en pure perte.

La paranoïa de Marilyn contamine le studio. Les producteurs suspectent un sabotage de la part de l'actrice. Le metteur en scène est persuadé qu'elle a décidé de le couler, lui, personnellement. Eunice Murray observe, et fait ses rapports quotidiens. Pat Newcomb, en bonne attachée de presse, tente d'endiguer les journalistes.

En fait, Marilyn est au centre d'une toile d'araignée incroyable : Jimmy Hoffa la fait écouter, Giancana la fait écouter, la Fox la fait suivre, et ce n'est pas tout. Fred Otash, qui vient d'être recontacté par Joe DiMaggio, fait un petit survol de ce qui se passe dans la maison de Marilyn : il sait que l'actrice est sur écoute, puisqu'il l'a placée lui-même sur la liste. Mais, à tout hasard, il vérifie. Il se rend dans la nouvelle maison de Marilyn, et examine les murs. Surprise : il y a deux ou trois jeux de micros, déjà. Les hypothèses s'accumulent : le premier circuit a-t-il été mis en place par Howard Hughes, le milliardaire cinglé, qui cherche à nuire aux Kennedy en faveur de Nixon, et qui surveille toutes les starlettes de Hollywood ? Le deuxième par Hoover pour suivre les « réseaux communistes » qu'Arthur Miller, pense-t-il, fréquente ? En plus, sur la suggestion de Greenson, Marilyn s'est acheté un magnétophone portable et, tout en roulant en voiture, elle se livre à des « associations libres », bref, elle raconte ce qui lui passe par la tête.

Otash prend contact avec Spindel, et reconstitue le club de curieux : Hoover, la CIA, Hoffa, Carlos Marcello, Sam Giancana, RFK. Tout le monde et son frère. Jamais un être humain n'a suscité pareille débauche de bandes magnétiques. C'est proprement hallucinant. Marilyn ne peut pas éternuer, s'asseoir ou réfléchir un peu fort sans que dix personnes ne l'entendent. Ce n'est plus de l'espionnage, c'est un examen au microscope électronique.

Ce n'est pas fini.

Il y a mieux.

Car, en supplément, Marilyn téléphone à Otash, et lui demande de placer des micros chez elle : elle a peur d'être surveillée, dit-elle. Le détective trouve l'idée excellente, évidemment : tout est déjà en place. En guise de paiement, Mr. raf, raf couche avec l'actrice. Donc, il s'enregistre lui-même.

En attendant, Greenson est parti en voyage. D'abord en Israël, puis en Suisse, puis en Allemagne. Drôle de psy, vraiment : il s'éclipse quand on a besoin de lui, et va dans le pays où les hommes de l'ombre sont si nombreux qu'ils semblent habiter un palais de miroirs. Reflets de reflets, illusions d'illusions, mirages de mirages… Certains affirment que Romeo Greenschpoon, avec ses enregistrements, va même faire un petit saut en Allemagne de l'Est, chez les amis du colonel Rudolf Abel.

Mais là, c'est de la conjecture. Car, dans ce cas, on serait dans une histoire d'espionnage.

Ce qui, évidemment, n'est pas le cas.

James J. Angleton aurait envie de se confier à son ami, Kim Philby. Mais celui-ci a été expédié à Beyrouth comme journaliste pour *The Economist*, où il passe des journées à boire des *pink gins*, sa boisson favorite, et à ouvrir les oreilles. Officiellement, il est rendu à la vie civile. Officieusement, il travaille toujours pour le service de renseignement britannique. Au Liban il est sur le territoire de son père, Saint John Philby, lui-même espion flamboyant dans l'entre-deux-guerres.

Le problème qui tracasse Angleton est précis : faut-il dire à Cord Meyer, son second, son ami, son compagnon d'armes, son confident, avec lequel il déjeune tous les jours, que Mary, son ex-femme, est désormais la maîtresse de JFK, un homme que Cord Meyer déteste ? Car, étrangement, depuis quelque temps, Meyer entend des rumeurs qui le concernent : le Président, note-t-il dans son journal intime (un journal intime ? tenu par un espion ?), « a une curiosité à mon égard que je trouve inexplicable. Au point de demander des détails sur un bikini qui m'est parvenu anonymement, et que mon correspondant attribuait par erreur à Mary... ». Pour un barbouze rompu aux moindres retournements de situation, Cord Meyer n'est pas très lucide. C'est bien le point délicat. Mother tergiverse.

Cord Meyer est un espion dévoué. Son ambition, au début, était d'être poète. Fasciné par T. S. Eliot et R. W. Emerson, il se préparait à écrire des vers immortels quand la guerre fit voler en éclats ce beau projet. Jeté sur les plages de Guam, blessé par une grenade, éborgné, Cord Meyer vit son frère mourir à Okinawa. Désormais transformé par le feu et par le sang, l'étudiant Meyer se jeta corps et âme dans le combat pour la paix dans le monde, avec des camarades de gauche.

En 1951, retournement spectaculaire, volte-face totale, incompréhensible : Meyer s'engage dans la CIA. Devenu chef du département des « Black Ops », les opérations noires, il met toute son énergie à noyauter les mouvements étudiants en Europe et aux États-Unis, finançant les syndicats, les groupes d'écrivains, les journaux littéraires, les comités de jeunesse, des associations chrétiennes ou communistes. Ainsi, la plupart des organisations de gauche, en France, sont discrètement subventionnées par Meyer. Très vite repéré et recruté par Angleton pour subvertir toutes les menées d'infiltration communistes, Cord Meyer est tombé sous le charme hypnotique d'Angleton. Celui-ci l'a adoubé, en lui vendant son idée maîtresse : le monde est régi par deux forces, le Bien et le Mal. Le Bien, c'est nous ; le Mal essaie de fracturer le Bien, toujours. Et les communistes sont le Mal incarné, le rouge est la couleur du démon, la faucille et le marteau sont les armes de Satan.

En 1953, sous la pression de McCarthy, Cord Meyer a été soupçonné d'être une taupe. Incarcéré, interrogé, il a trouvé la force de résister dans un livre, *Le Procès*, de Kafka. Blanchi, endurci, Meyer est devenu le maître des « arts noirs », selon l'expression d'Angleton.

Finalement, Mother révèle tout à son ami. Oui, Mary Pinchot couche avec JFK. Oui, ils se voient souvent. Oui, ils fument de la marijuana ensemble. Meyer réagit avec une jalousie insensée. Kennedy est de la race des seconds couteaux, pense-t-il, un arriviste sans mérite et sans talent. Il hait JFK, Dieu qu'il le hait !

Ce qu'Angleton ne dit pas à son protégé, devant le dry Martini qu'ils partagent au Rive Gauche, le restaurant chic de Georgetown, c'est qu'il a placé des micros chez Mary Pinchot Meyer. Il a mis une écoute sur sa ligne téléphonique aussi. Pourquoi ? Par jeu ? Par voyeurisme ? Par fidélité à son ami ? Ou pour d'autres raisons ? Ce n'est pas tout, Angleton est allé plus loin : dans le restaurant La Salle du Bois, sur M Street, il a fait dissimuler des micros dans la table favorite de Jackie Kennedy.

La toile d'araignée s'étend.

Elle s'étend plus loin qu'Angleton ne pense. Car Cord Meyer, de son côté, couche avec l'une des femmes les plus proches de JFK.

Jill Cowan, dite « Tic ».

Pendant ce temps, où est le Président ?

À Palm Springs, pour un week-end d'amour avec Marilyn.

CHAPITRE 15

Marilyn s'évade

Frankie Blue Eyes est survolté. Le Président lui a promis de venir passer le week-end à Palm Springs, dans sa propriété. Il y aura une réception semi-officielle, avec des sénateurs, des financiers, des amis politiques, suivie d'une party intime. L'affaire a été arrangée par Peter Lawford, qui s'est dépensé sans compter. Sinatra aussi. Il est prêt à tout : changer la moquette, paysager le désert, dissiper le malentendu avec Hoffa, repeindre le ciel. Pour le chanteur, c'est une consécration : il vient d'enregistrer l'un de ses plus beaux albums, *Sinatra-Basie*, et de tourner un film formidable, *The Manchurian Candidate*, de John Frankenheimer. Pour couronner le tout, la venue du Président des États-Unis, chez lui, serait le moment de grâce. La maison Sinatra deviendrait ainsi une sorte de Maison Blanche bis, une ambassade ouest de Camelot. Il y va de la crédibilité de Sinatra : avec le Président chez lui, Sam Giancana, Meyer Lansky, Carlos Marcello, Santo Trafficante, ses parrains, seront bien obligés de voir en Frankie *il messagiero*, le messager entre les hauts et les bas-fonds.

Depuis des semaines, Sinatra surveille les travaux : il a

fait agrandir la résidence principale, à laquelle ont été ajoutés une salle de banquet et un salon entièrement consacré à JFK, où photos, dédicaces, lettres sont exposées dans des vitrines, comme autant d'objets de culte. Deux bungalows ont été construits pour loger les hommes du Secret Service, un centre de télécommunications a vu le jour et un héliport a été coulé dans le béton. Dans la chambre à coucher du Président, une plaque de cuivre a été apposée : « John F. Kennedy a dormi ici les 6 et 7 novembre 1962. » Erreur : Kennedy est venu une fois, mais en 1959. Sinatra se sent au cœur du pouvoir, il passe son temps à faire et défaire les listes d'invités, il commande du champagne de France, du caviar d'Iran, des huîtres de Newport, du homard du Maine. Il touche les lits. Il savoure. Il va être le nonce du Président, oint d'un rai de lumière sur le front.

Et puis…

Et puis, il y a ce coup de téléphone.

Peter Lawford, à Los Angeles, regarde sa montre. Il attend Marilyn, qui n'en finit pas de s'habiller, sous l'œil réprobateur d'Eunice Murray. Dans sa maison de Brentwood, sur Helena Drive, Marilyn fait refaire la salle de bains. De discrets plombiers travaillent dans un coin, et l'actrice a dû aller se laver les cheveux, de bon matin, chez les Greenson. Lawford s'impatiente. Il sort, fait quelques pas dehors, revient et, finalement, Marilyn – miracle ! – est prête. Elle monte dans la voiture, pour aller rejoindre JFK à Palm Springs. Curieusement, Peter Lawford n'est guère souriant.

Il a ses raisons. Deux jours plus tôt, le 22 mars, il a

reçu l'ordre de dire à Sinatra que le week-end est annulé. Le Président ne viendra pas. La décision a été simple à prendre : RFK a fait comprendre à son frère qu'il ne pouvait pas se trouver dans un lit où Sam Giancana avait déjà dormi. Autrement dit : en période d'élections, la fréquentation d'un ami de la Mafia comme Sinatra ne peut être qu'une occasion de perdre des voix (mais coucher avec la maîtresse d'un mafieux ne compte pas). JFK a obtempéré, sans considérer un instant les dégâts diplomatiques, ou les sentiments personnels. Ceux-ci, en ce qui le concerne, n'existent pas. Sinatra, Lawford ? Poussière.

Lawford a attendu le plus longtemps possible pour téléphoner à son ami. Quand celui-ci a décroché, Lawford a tenté d'expliquer, de faire comprendre à demi mot, de s'en sortir. Mais la colère de Sinatra a été terrible, épouvantable. Il a commencé par une litanie d'insultes contre RFK, a vomi un flot d'insanités, puis a arraché le téléphone du mur.

Quand il a rappelé Lawford, la rage dans la voix, il a demandé :

– Y a-t-il quelque chose que je puisse faire pour rattraper le coup ?

– Non. Le Président a déjà choisi un autre endroit.

Là, les choses sont devenues atroces. Car « l'autre endroit », c'est la propriété de Bing Crosby, le vieux crooner rival de Sinatra. Un brave type, qui chante de la guimauve, passe sa vie sur les greens de golf et ne fait guère parler de lui, mais… républicain ! Partisan déclaré d'Eisenhower et de Nixon ! Un ennemi, *per la Madonna !*

Sinatra est au bord de l'apoplexie. Il laisse tomber le nouvel appareil téléphonique sur le sol et sort. Là, il regarde le désert, immobile. Il a été trahi. Il revient sur ses pas et commence le carnage. Il vide les placards de Peter Lawford, déchire les vestes, déchiquette les chemises, méthodiquement. Les flacons de parfum de Pat Kennedy Lawford éclatent contre le mur. Chaque photo, chaque lettre personnelle, chaque autographe de JFK, tout est broyé. Parvenu devant la plaque en cuivre, il s'arrête et murmure :

– Maintenant, je sais ce qu'une pute peut ressentir.

Humilié, Sinatra ne verra plus jamais Chickie baby. Il ne parlera plus jamais à Peter Lawford. Il ne sera plus jamais du côté des démocrates. Désormais, il sera un réac pur et dur. Il ira chanter pour Nixon. Eddie Fisher, le mari de Liz Taylor, dit :

– Il aurait mieux fait de mettre une plaque marquée : « JFK a *presque* dormi ici. »

Le bon mot fait le tour de Hollywood.

Le soir du 24 mars 1962, Sinatra prend une masse et tente de détruire la dalle de béton de l'héliport. Il hurle des imprécations, dans le silence du désert Mojave.

La première réception a été très amicale. Il fait doux : le printemps californien est plaisant. Parfois, dans la nuit, on entend un coyote. Au début, les gars du Secret Service étaient inquiets mais, depuis des mois, ils se sont habitués aux parties du Président. Et aux coyotes. Ils ont l'impression qu'il n'y a aucun danger, que la bonne humeur et les rires protègent JFK de tout. Quand Marilyn arrive, resplendissante, ils admirent. Au fond, ils sont un peu complices.

Pour la deuxième partie de la soirée, JFK a passé un léger pull à col roulé, et circule avec Marilyn à son bras. Le couple ne se dissimule pas du tout. D'ailleurs, Jackie est en visite officielle en Inde, chez Nehru, comment pourrait-elle savoir ? La veille, tandis que Jackie visitait le Taj Mahal, JFK a reçu Mary Pinchot Meyer à la Maison Blanche. Quant à Judy Campbell, cette fois-ci, ça y est, ils ne se reverront plus. Hoover a pointé le fait que celle-ci avait téléphoné soixante-dix fois – *soixante-dix fois !* – directement au Bureau ovale, et que chacun de ces coups de fil était répertorié dans les logs officiels.

Tandis que Jack et Marilyn échangent quelques plaisanteries avec les invités, ils se dirigent vers la piscine ; celle-ci est un endroit idyllique, avec des bougainvillées, des roses, une eau bleue éclairée par le fond. Marilyn titube. Ils s'installent à une table, avec Peter Lawford. JFK déchiffre la sombre mine de son beau-frère :

– J'arrangerai ça, avec Sinatra, dit-il.

Vaine promesse : il ne le fera jamais.

Pour Lawford, la descente aux enfers est amorcée. Il ne se remettra jamais de cette amitié sectionnée net. Il ne fait plus partie du Rat Pack. Il passe du rang de deuxième couteau à celui d'anonyme. Il est fini.

Marilyn et JFK disparaissent vers le bungalow qui leur a été réservé, d'où on peut voir, là-bas, les montagnes sèches d'Apache Peak.

Le lendemain matin, dimanche, Marilyn, nue, décroche le téléphone. En souriant à Jack, elle compose le numéro de son masseur, Ralph Roberts. Depuis longtemps, Marilyn est sa cliente. En gloussant comme une petite fille, elle demande :

– J'ai besoin de conseils pour… pour un ami.

– Des conseils comment ?

– Des conseils de massage.

Elle explique. Son ami a mal au dos, il reste souvent allongé ainsi et il a du mal à se mouvoir. Y a-t-il moyen de remédier à cet état de fait ? De masser certains muscles précis ? Elle dit :

– Je vais vous passer mon ami.

Le masseur entend une voix qu'il reconnaît instantanément : haut perchée, accent bostonien. L'ami ne se présente pas, mais bavarde une minute, remercie et raccroche. Marilyn reprend :

– Ralph est meilleur masseur que moi.

JFK regarde la blonde la plus célèbre de l'univers et rétorque :

– Ça n'est pas pareil, pas vrai ?

– Je voudrais être jouée par Marilyn Monroe, lance Ethel Kennedy.

Le livre de son mari, *The Enemy Within*, va être porté à l'écran. Best-seller relatant le combat acharné de RFK contre Hoffa, ce récit a été adapté pour le cinéma par Budd Schulberg, l'auteur de *Sur les quais*. Il est question que le rôle de l'Attorney General soit joué par Paul

Newman. La ressemblance entre RFK et Newman est mince ? Peu importe. Quant à la ressemblance entre Ethel et Marilyn, n'en parlons pas. C'est comme si on comparait un Courbet à un tag. Mais Ethel est ravie. Menton pointu, bouche pincée, éternellement survoltée, elle donne des leçons à tout le monde, agitant sans fin un doigt accusateur devant ses interlocuteurs. Totalement aveuglée par la mythologie de Camelot, elle est plus Kennedy que les Kennedy. Jackie la fuit, Peter Lawford la déteste et Rose la supporte tout juste. Devant Ethel, il est impossible d'évoquer les écarts de conduite du Président : c'est un saint.

Juste avant de partir pour un voyage officiel au Japon, RFK et Ethel font une escale à Los Angeles. Lawford a lancé des invitations, et tout le gratin de Hollywood se presse. Les Cadillac, les Rolls, les Bentley s'alignent devant la maison, le long de la plage, et la star de la soirée, évidemment, c'est Marilyn. Quand elle arrive, très en retard, les photographes se précipitent. Elle gare sa petite voiture – une coccinelle Volkswagen – et sort en robe de soirée noire, une étole de vison sur les épaules. Qui est donc son cavalier ? lui demande-t-on.

– Un matelot rencontré par hasard, dit-elle avec un clin d'œil.

En fait, c'est son maquilleur, Whitey Snyder.

Pat Kennedy Lawford la reçoit, très souriante. Elle explique :

– Nous n'étions pas sûrs que vous viendriez, Marilyn, avec cette foule…

– Vous plaisantez ? Je meurs d'envie…

Tout le monde passe à table. RFK est placé à côté de Marilyn. Mais le brouhaha est tel que la conversation est inaudible. Marilyn sort son rouge à lèvres et écrit : « Qu'est-ce qu'un ministre de la Justice fait, au juste ? » Ethel regarde la scène, un sourire figé sur les lèvres.

Le lendemain, Bobby et sa femme s'envolent pour Honolulu, première étape de leur voyage vers l'Orient. Tandis qu'ils survolent le Pacifique, J. Edgar Hoover se frotte les mains. La transcription de la conversation entre Marilyn et RFK lui donne de bonnes raisons d'être satisfait. Quand la star a demandé à Bobby si les rumeurs sur l'éviction du vieux directeur du FBI étaient vraies, le ministre a répondu :

– Ce n'est pas à l'ordre du jour.

Le chantage a payé.

De plus, Hoover vient de recevoir le compte rendu d'une réunion de la famille Genovese, à New York. L'un des boss, Michelino « Mike » Clemente, a mis tout le monde en garde :

– Bob Kennedy ne s'arrêtera pas tant qu'il ne nous aura pas tous mis en prison. À partir de maintenant, faites attention. Ne dites rien. Sinon, il y a toujours une gonzesse pour bavarder, et après, c'est dans les journaux.

Il ajoute :

– Nous devons résister.

Bizarre, quand même, s'étonne l'un des *capi* :

– On dirait que les flics savent tout sur nous.

Et, sur la bande magnétique, on entend Peter Magaddino dire :

– On devrait flinguer toute la famille K. Le père et la mère aussi.

Quand Robert Kennedy revient de voyage, un mois plus tard, il téléphone à Marilyn. Ils se voient. Marilyn écrit une lettre à Joe DiMaggio Jr, le fils de son ex-mari, décrivant Bobby : « Il n'est pas mauvais danseur... Il apporte les réponses aux questions que la jeunesse se pose. » De son côté, RFK confie à un ami d'enfance, George Terrien :

– Tu tomberais à la renverse si tu savais avec qui je...

L'autre rigole.

L'URSS vient de concéder un prêt de 750 millions de dollars à Cuba. Les tests nucléaires américains, à Christmas Island, reprennent. Le Président est occupé à se battre contre les barons de l'acier, qui se sont mis d'accord sur des prix élevés, suscitant ainsi une inflation indésirable. Pour les mettre à genoux, JFK a recours à la bonne vieille tactique de J. Edgar Hoover :

– Trouvez-moi tout ce que vous pouvez sur ces messieurs. On va leur faire ce qu'ils font au pays.

Quand les principaux dirigeants des sociétés métallurgiques arrivent à la table des débats, JFK, en solo, fait savoir à chacun que telle maîtresse, tel giton est dans le collimateur. Menacés de voir leurs vies privées étalées sur la place publique, les patrons de la US Steel Corporation reculent, et vivement.

Ce qui n'empêche pas le Président de vivre sa vie. Désormais, Mary Pinchot Meyer est une invitée permanente, à la Maison Blanche. Jackie est absente la plupart du temps, en voyage ou à la campagne. Les habitudes sont prises : Mary Pinchot Meyer arrive généralement à 19 h 30 dans une limousine de la flotte présidentielle, et un dîner en tête à tête l'attend. D'autres invités, des intimes, se joignent parfois et terminent la soirée en chantant des airs irlandais. Inévitablement, la conversation se fixe sur les potins, les ragots, les dernières rumeurs. Jamais sur les secrets d'État.

La différence avec les autres amourettes du Président, c'est que Mary Pinchot Meyer n'est pas traitée comme une gourgandine. Elle n'entre pas par la porte de derrière, inscrit son nom dans les logs des visiteurs, et ne rase pas les murs. Tout se fait sans aucune dissimulation. Ainsi, en mars 1962, après une conférence de presse sur les envois d'armes américaines au Laos, JFK fait tout simplement demander une limousine pour raccompagner Mrs Meyer chez elle. L'heure, 23 h 50, est dûment consignée.

Est-elle en train de tomber amoureuse ? Le Président la voit plus souvent que Jackie.

Le tournage de *Someting's Got to Give* est arrêté. Décidément, Marilyn n'a pas envie de faire ce satané film. Dean Martin, qui sait que Marilyn est malade, qu'elle relève de la psychiatrie, ne lui en veut pas. L'actrice se livre à une tactique de sniper : elle disparaît, tombe malade, s'évanouit, repart chez elle. Comment travailler, dans ces conditions ? Les patrons de la 20th Century Fox envisagent, désormais, une action judiciaire. Marilyn quitte Los Angeles.

Dîner habillé à New York : la soirée est très, très chic. Peter Lawford et son manager, Milt Ebbins, sont de service. Ce dernier est chargé d'amener Marilyn à 20 heures, moment fatidique où tout le monde est censé passer à table. À 20 h 10, le téléphone sonne. Ebbins décroche. C'est Lawford, tout excité :

– Milt, elle est où ? Le Président attend.

Marilyn n'est pas loin : devant son miroir. Le temps passe. Les coups de téléphone se succèdent. À 21 h 30, Ebbins entre dans la chambre de Marilyn. Il la trouve nue, assise devant sa coiffeuse. Comme si de rien n'était, l'air rêveur, elle dit :

– Ah, Milt ! Heureusement que tu es là ! Aide-moi à passer ma robe !

Quand elle fait son entrée, elle est sensationnelle. Voilà deux, trois heures que les invités sirotent des cocktails en l'attendant. Elle se dirige en ondulant vers JFK et dit :

– Hello, Prez.

Le Président la prend par le bras et, en souriant, répond :

– Allons voir les invités.

Marilyn se retourne et fait un clin d'œil à Milt Ebbins. Ce soir-là, personne ne se met à table. Les plats sont froids, mais la soirée continue, les convives sont tous ivres.

Marilyn, une fois de plus, a réussi son entrée.

Quelques jours plus tard, on retrouve Marilyn chez

elle, dans le coma, son caniche près d'elle. Nembutal, Demerol, hydrate de chloral, Librium.

Overdose.

José Bolaños, l'amant tout neuf, a quitté le Mexique dans le sillage de sa nouvelle conquête. Lorsque Marilyn rentre aux États-Unis, après avoir accepté l'hospitalité de Fred Vanderbilt Field, elle sait que la Fox l'attend de pied ferme. Le reste ne l'intéresse guère. Bien sûr, Fred est un homme de gauche, ouvertement communiste, et qui collabore à des revues marxistes. Marilyn ignore, en revanche, que la CIA surveille étroitement ce « rouge » et que le FBI a ouvert un dossier à son sujet. L'époque est à la paranoïa : à Cuba, les Russes commencent à installer des missiles balistiques et partout dans le monde, la guerre froide n'en finit pas de devenir chaude. Vanderbilt Field travaille-t-il pour les Soviétiques ? Quand il vient s'installer dans l'appartement de Marilyn, à New York, pour quelques jours, James J. Angleton fait poser des micros, à tout hasard.

Hoover, de son côté, suit Marilyn avec intérêt. Sa soirée avec RFK a été décrite, écoutée, archivée par les agents du FBI. Son rendez-vous intime avec le ministre a été disséqué, enregistré, décrypté. Quand Fred Vanderbilt Field a mis Marilyn en garde contre José Bolaños qui, dit-il, « affiche de prétendues opinions de gauche », la remarque a été dûment répertoriée dans le dossier Monroe. Pourquoi cet intérêt pour un amant de passage, un de plus ?

C'est simple. Bolaños est un indic du FBI.

Partout des yeux, partout des oreilles.

Marilyn est cernée.

Plus qu'on ne le pense. Car son attachée de presse, Pat Newcomb, a été discrètement recrutée par RFK. Désormais, elle est agent double.

Le tournage a débuté il y a trois semaines, mais Marilyn n'a travaillé qu'un jour. Les producteurs s'arrachent les cheveux. Et ce satané docteur Greenson qui n'est même pas là ! Les actions de la Fox ont chuté de 39 à 20 dollars en un mois. Depuis quelques jours, elles perdent 6 cents par jour. Les actionnaires sont véhéments. Les deux films en production, *Cléopâtre* et *Something's Got to Give*, n'augurent rien de bon. Le département juridique de la Fox commence à envoyer des lettres recommandées à Marilyn. Le mot « licenciement » est prononcé. S'il est mis à exécution, les suites vont être terribles, car, devant l'incapacité de Marilyn, les assurances refuseront de garantir tout film où elle apparaîtra. Donc ni les banques ni les studios ne financeront plus rien. Marilyn ne pourra plus tourner.

Elle ne sera plus personne…

… sauf si elle est First Lady.

Comme d'habitude, Marilyn laisse filer. Elle n'a qu'une seule préoccupation : être présente pour le gala en l'honneur de JFK, à New York, pour son anniversaire, quarante-cinq ans. Marilyn a commandé une robe, et quelle robe ! Dessinée et coupée par Jean-Louis, le magicien français qui a naguère inventé l'extraordinaire silhouette de

Rita Hayworth dans *Gilda*. Marilyn ne lui a donné qu'une seule instruction :

– Faites-moi une robe que seule Marilyn oserait porter.

Le créateur a esquissé un rêve : une robe faite d'un tissu si léger qu'il semble transparent, un nuage de soie. Le tissu a été spécialement conçu pour l'occasion, et, en drapant Marilyn, Jean-Louis a demandé :

– Vous serez nue, j'imagine, Miss Monroe ?

– Entièrement !

Il a fallu superposer vingt couches de soie sur les seins et l'entrejambe, pour éviter la transparence, et six mille pierres du Rhin ont été semées un peu partout, scintillantes sur le fourreau. Dix-huit couturières ont travaillé sept jours de suite : la robe ne peut être enfilée. Elle devra être cousue sur la star. Disons : coulée sur Marilyn.

– Ça devrait les réveiller, non ? dit-elle en gloussant.

Jean-Louis a un petit sourire.

La robe a coûté 12 000 dollars, soit huit fois plus en dollars du XXIe siècle. En 1999, vendue aux enchères chez Christie's, elle atteindra la cote d'un million de dollars.

Depuis quelques jours, Marilyn sait qu'elle va chanter pour l'anniversaire du Président. Elle entrera en scène à la fin d'un show extraordinaire, et elle a conscience de l'enjeu : elle est *le* cadeau de JFK. L'anti-Jackie. Elle va donc tout faire pour être ce que la Première Dame n'est pas : provocante, sexy, amusante. Richard Adler, l'organisateur de la soirée, a demandé à Marilyn de répéter une petite chanson, un *Happy Birthday* amusant. Elle a commencé à travailler avec Hank Jones, un pianiste réputé. Lequel a fait venir Adler. Quand ils ont entendu la version de *Joyeux anniversaire* de Marilyn, les deux hommes ont été effondrés. C'est purement et simplement une chanson de strip, une incitation à la débauche, une mélodie lascive pour le Crazy Horse Saloon.

Adler, qui ignore la liaison entre le Président et la star, téléphone à JFK, directement :

– On va à la catastrophe, monsieur le Président.

– Ne vous inquiétez pas.

Mais Adler a déjà prévu un remplacement. Shirley MacLaine est prête, mais réticente :

– Laissez faire Marilyn. Tout se passera bien.

Le Président est aussi de cet avis. D'ailleurs, il veut Marilyn, c'est décidé.

L'ennui, c'est que la Fox la veut aussi. Il n'est pas question qu'elle se rende à New York en plein tournage. Milton S. Gould, le président du conseil d'administration de la Fox, sonne l'alarme. La Fox est prête à dégainer l'arme nucléaire – la rupture de contrat. Marilyn téléphone à RFK. Celui-ci prend les choses en main. Quand il a Gould au bout du fil, RFK prend son ton habituel, celui du proviseur méprisant. Gould est l'un des hommes les plus puissants d'Amérique : son cabinet d'avocats a des clients prestigieux comme Onassis, Gucci, Ariel Sharon, et, plus tard, Donald Trump. Il est très engagé dans la défense des intérêts de la communauté juive. Quand il entend l'Attorney General, Gould demande :

– Que puis-je faire pour vous, monsieur le ministre ?

– Libérez Marilyn pour deux jours. Sa présence est d'une importance vitale pour une affaire d'État.

– Son absence nous coûtera des millions de dollars, désolé, mais c'est non.

– Faites un effort. Vous avez affaire à la première famille des États-Unis !

– Franchement, c'est non.

RFK, de rage, raccroche. Puis rappelle Gould :

– Tu vas le regretter, salaud de juif !

Plus tard, Milton S. Gould se souviendra de l'incident en termes choisis :

– Franchement, je n'ai pas beaucoup apprécié.

De son côté, Jackie a été mise au courant de l'affaire. Être bafouée par Marilyn devant quinze mille spectateurs ? Pas question. Elle se confie à son ombre, son ami, l'agent Clint Hill, affecté à sa surveillance :

– Ils sont devenus fous, avec cette histoire de Marilyn, dit-elle.

Elle choisit sa stratégie : pas de polémique, pas de confrontation avec son mari. Elle sera absente. Avec ses enfants, elle prend le chemin de Glen Ora, la résidence de campagne, pour participer à un concours d'équitation. Mais RFK aura droit à un coup de fil rageur : les mains tremblantes, la bouche mauvaise, elle accuse son beau-frère de se livrer à un « jeu tordu ».

Le 17 mai, alors que le tournage de *Something's Got to Give* vient de s'arrêter pour la pause déjeuner, un hélicoptère se pose sur le plateau. Peter Lawford en jaillit, se précipite vers Marilyn, qui le suit avec Pat Newcomb et, quelques mètres derrière, Paula Strasberg. Tandis qu'elles montent dans l'hélico prêté par Howard Hughes, George

Cukor, les mains sur les hanches, regarde avec incrédulité. Elle a osé !

Vingt minutes plus tard, Marilyn est à bord d'un avion. Elle fredonne : « *Happy Birthday…* », un verre de champagne à la main. Elle est un peu saoule.

L'altitude, sans doute.

CHAPITRE 16

Cadeau d'anniversaire

« Quel cul ! Quel cul ! » s'écrie le Président. L'attente a été longue, mais elle valait la peine. Le Madison Square Garden, rempli à ras bord de démocrates en fièvre, retentit d'une ovation extraordinaire. Voici deux heures que le maître de cérémonie, Peter Lawford, s'époumone à présenter Marilyn, mais, à chaque fois, c'est une autre star qui entre en scène : la Callas, puis Ella Fitzgerald, puis Peggy Lee, puis Bobby Darin, puis Harry Belafonte, puis Jack Benny... Ils sont venus faire leurs numéros, chanter leurs chansons, jouer leurs sketches, proposer leurs compliments entre deux lâchers de ballons rouges, blancs ou bleus. L'atmosphère est à la kermesse de patronage et à l'après-banquet de notables. Les stars de la politique et du show-biz au coude à coude rugissent en lançant des serpentins et en agitant des langues de belles-mères.

Aujourd'hui, tout le monde les a oubliés. Il ne reste, dans la mythologie des sixties, que cette image : celle d'une blonde blondissime, dans une robe faite d'un millimètre de barbe à papa, fantôme crayeux titubant devant un pupitre. Elle chante *Happy Birthday* d'une voix de gorge, d'une voix de sexe, elle promet de l'amour, de la peau et un plaisir infini. Elle se caresse les seins, elle passe la langue sur ses lèvres, elle touche son ventre. Marilyn lévite.

Elle invente l'érotisme. Elle est la damnation de tous les hommes.

Quand elle est arrivée au Madison Square Garden, la veille, Marilyn s'est jointe aux répétitions des autres artistes. Tandis qu'Ella accordait sa voix à la tonalité de l'orchestre, que Maria Callas reprenait la partition de *Casta Diva*, Marilyn s'est contentée de regarder la disposition des projecteurs, l'arrangement de la salle, la position de la loge présidentielle. Puis, refusant de répéter comme les autres, elle a tourné les talons et est partie. Elle est différente, c'est tout.

Le lendemain, Marilyn est arrivée en avance, puis s'est enfermée dans sa loge. Immédiatement, son nouveau coiffeur, Mickey Song, et ses couturières se sont mis à l'ouvrage. Tandis que l'un donnait un mouvement inédit aux cheveux de sa cliente, les autres préparaient la robe, la fameuse robe. Puis, debout sur un tabouret, Marilyn a laissé les piqueuses la mouler dans la gaze. Devant la loge, Robert Kennedy, impatient, piétinait sur place. Finalement, il est entré. Le coiffeur et les petites mains sont sortis, sur sa demande. Un quart d'heure plus tard, Marilyn, ébouriffée, a simplement dit à Mickey Song :

– Aidez-moi à me refaire une beauté.

Portée par des gros bras, incapable de marcher dans sa robe ultra-serrée, Marilyn a été déposée dans la coulisse, comme un paquet fragile. Peter Lawford, Monsieur Loyal exaspéré, répétait pour la vingtième fois :

– Et maintenant, monsieur le Président, mesdames et messieurs... Marilyn !!!

Rien ne s'est passé.

Car, derrière les rideaux, la robe avait craqué. « Tout le monde pouvait voir qu'elle n'avait rien dessous », se souvient l'un des acteurs présents, avec une pointe de mépris. Retour à la loge, donc. Réparations. Champagne. Pilules. Impatience. Peter Lawford :

– Et maintenant...

Rien. Le spectacle continue, les fausses entrées de Marilyn en font partie.

Pour le grand final, Lawford lance :

– Monsieur le Président, dans l'histoire du show-business, aucune femme n'a jamais eu autant d'importance, n'a fait plus... Monsieur le Président, voici la blonde à retardement, Marilyn Monroe !

Un projecteur unique prend Marilyn dans son pinceau. La salle explose. À pas minuscules, comme une geisha, souriante, dans un état second, la star avance. Parvenue devant le micro, elle se débarrasse de son étole d'hermine et, seule, se lance dans l'immortelle version de *Happy Birthday*, dans un silence religieux. Les quinze mille démocrates sont frappés de stupeur. Dorothy Kilgallen expliquera, dans sa chronique : « C'est comme si elle faisait l'amour avec le Président devant quarante millions de téléspectateurs. »

Elle ne croit pas si bien dire. Car, pendant que Marilyn susurre « *Happy Birthday, Mister President...* », prise dans le pinceau lumineux d'un projecteur, les accessoiristes et les artistes en coulisse voient… la robe craquer. La couture, racommodée à la va-vite, n'a pas tenu. Une fente apparaît, s'élargit, et les fesses de Marilyn apparaissent, côté jardin. Mike Nichols, qui n'est pas encore le metteur en scène du *Lauréat*, mais un comique renommé, se souvient : « Nous étions tous pétrifiés. Elle ne portait rien dessous… » Quand le projecteur s'éteint, Marilyn s'éclipse dans le noir.

Les pieds sur le rail, le cigare entre les doigts, JFK applaudit à tout rompre. La solennité de sa fonction, le regard des téléspectateurs, l'opinion de l'univers, plus rien n'existe. Il ne reste que cette expression de pure admiration, de désir survolté : « Quel cul ! Quel cul ! »

Ces sept minutes passent instantanément dans l'histoire pop du XXe siècle.

Une réception est organisée pour clore la soirée. Elle a lieu chez Arthur Krim, trésorier du Parti démocrate, et aussi producteur de *The Manchurian Candidate*, curieux film où Sinatra prévient une tentative d'assassinat contre le Président des États-Unis ourdi par… Mother. Marilyn est venue avec un cavalier inattendu : Isadore Miller, le père d'Arthur. Le vieux monsieur est ravi. Marilyn, resplendissante, attire tous les regards. Adlaï Stevenson, l'excandidat à la présidentielle, est subjugué. Il tente de danser avec elle, mais Robert Kennedy monte la garde, « comme un papillon autour d'une flamme ». Ethel Kennedy, délaissée, pince les lèvres. Lyndon Johnson, le vice-président, saoul, s'ennuie : personne ne note sa présence. Il se contente d'attirer à lui Susan, la fille de Lee Strasberg, qui fait ses débuts comme actrice, en lui murmurant :

– Viens t'asseoir sur mes genoux, *little girl.*

La nuit a englouti Manhattan. Par les baies de la résidence d'Arthur Krim, au dernier étage des Four Seasons, les lumières de la ville scintillent. Des policiers ont été placés sur les toits. Après avoir dansé avec Bobby, Marilyn bavarde avec JFK. Elle vacille légèrement, et garde un œil sur Isadore Miller qui, dans un fauteuil, une assiette sur les genoux, apprécie la vue. Devant la bibliothèque, le Président est rejoint par son frère. Flash ! Flash ! Un photographe immortalise l'instant. Puis, alors que JFK est sollicité par son hôte, Marilyn est abordée par un journaliste, Merriman Smith. Celui-ci lui pose quelques questions, et prend note. Puis Marilyn se dirige vers Bobby, et tous deux s'amusent.

Vers quatre heures du matin, tandis que la plupart des invités sont partis, Marilyn disparaît dans une pièce vide. Et là, dans une demi-obscurité, elle danse, lentement, les bras levés, les cheveux sur ses épaules nues, devant la fenêtre, sous le regard des policiers, là-bas, sur les toits. Elle est bien une flamme, une femme, seule dans la nuit, embrasée par le désir des hommes.

Hoffa a été arrêté la veille. Jackie dévoile sa dernière création, la White House Library. George Cukor déclare :

– Marilyn est en train de devenir folle

Un homme revient d'URSS : Lee Harvey Oswald débarque à New York, avec Marina, son épouse russe. J. Edgar Hoover reçoit un rapport d'écoutes, sur une conversation que Johnny Rosselli et Sam Giancana ont eue, à propos de Marilyn Monroe : ils envisagent de faire monter la pression. James J. Angleton, de son côté, débriefe Youri Nosenko, lieutenant-colonel du deuxième directoire du KGB. Nosenko est-il un vrai traître, ou une taupe ? Fait-il de la désinformation en affirmant qu'il est l'officier traitant de Lee Harvey Oswald ? Angleton soigne ses fleurs et réfléchit, dans l'air moite de sa verrière, où, répète-t-il, « s'enrhument mes orchidées ».

Marilyn fait des « associations libres » et s'enregistre. Elle raconte même de « faux souvenirs », comme elle le confie à son masseur, Ralph Roberts.

– Pour faire plaisir à Greenson, dit-elle.

Marilyn passe le reste de la nuit avec The Prez au Carlyle. Ensemble, ils regardent l'aube se lever sur Manhattan, l'East River et les quais se couvrir d'une lumière orange. De petits nuages échappés des bouches d'égout parsèment les rues. Le souffle empoisonné de la ville ponctue ainsi les matins magiques.

Ils ne se reverront jamais.

Jackie a donné un ultimatum à son mari : la Monroe, *out*. Toute la comédie du Madison Square Garden, relayée par les télés, décrite dans les journaux, commentée par les échotiers, Dorothy Kilgallen, Hedda Hopper, Walter Winchell ou Louella Parsons, rend malade Jackie.

Son humiliation est publique. Désormais, si The Prez veut se présenter aux élections, il faudra qu'il fasse profil bas. Pour faire bonne mesure, Jackie incite Jack à se débarrasser du cadeau de Frank Sinatra : un rocking-chair gravé, orné, sculpté, épouvantable. Un hôpital voisin en hérite. Le staff du Président se met en alerte : silence radio, dans les médias, sur Marilyn.

Au petit matin, des agents du Secret Service entrent en force chez Merriman Smith, le journaliste qui a interviewé Marilyn. Bien qu'il ne soit qu'un reporter économique qui se documente sur l'état financier de la Fox, toutes ses notes sont saisies. Au même moment, le département photo de *Time* reçoit la visite des Men in Black. Tous les clichés de la soirée compromettante sont saisis. Sauf un – sur la couverture de ce livre – que le photographe a gardé. La machine à mensonge est en route. La brutalité des Kennedy fait surface, héritée de Joe K., la canaille en col blanc.

Bourrée d'amphétamines, Marilyn se présente le 21 mai 1962 sur le plateau de *Something's Got to Give*. Impossible de tourner des gros plans : elle a des cernes, le regard flou, elle est fatiguée. Elle fonctionne au champagne, et, visiblement, le week-end l'a survoltée, intensifiant son épuisement. Elle a retrouvé son public, qu'elle n'avait pas affronté *live* depuis son tour de chant en Corée, pendant son mariage avec Joe DiMaggio. C'est une décharge pure d'adrénaline, un *shoot* de plaisir. Droguée au succès… Cukor la regarde et la jauge. Elle est, dit-il, comme un cristal fêlé sur le point de s'émietter. L'acteur Tom Tryon, qui doit donner la réplique à Marilyn, observe qu'elle ne peut pas dire son texte, une seule phrase de deux mots : « *Nick, darling.* » Elle essaie, elle reprend, elle s'emmêle, elle se noie. Tryon a pitié d'elle.

Le 24 mai, elle reçoit un coup de fil de Peter Lawford :

– C'est fini. Marilyn, tu ne dois plus essayer de contacter le Président, tu ne dois plus le revoir ni lui téléphoner.

Elle bégaie, elle insiste, elle se débat. Pat Newcomb est prête à intervenir, elle a des sédatifs dans la main. Lawford brise net :

– Marilyn, tu n'as été qu'un coup pour Jack.

Six jours plus tard, c'est l'anniversaire de Marilyn. Trente-six ans. Il fait un froid inhabituel pour la saison, en Californie. Le tournage se déroule à peu près bien. En fin de journée, Pat Newcomb sable le champagne et un gâteau médiocre est envoyé par la Fox sur le plateau, avec quelques bougies. Marilyn souffle. Rentrée, elle essaie de téléphoner à la Maison Blanche. Rien à faire. Elle téléphone à Lawford. Rien à faire. Elle téléphone au ministère de la Justice.

Elle se sent laide, rejetée, sale. Elle se laisse aller. Elle pleure. Nue, elle se glisse sous un drap, chez elle, et fait le noir. Un disque de Sinatra passe en boucle.

Marilyn fait une nouvelle overdose. La dixième ? La douzième ? Qui sait ? Lavage d'estomac, hôpital. Elle a besoin d'un lavage d'âme.

Dans sa tête : « First Lady ! First Lady ! » sur un air de requiem.

Le Président renouvelle le cheptel : une stagiaire de dix-neuf ans, Marion Beardsley, s'installe dans un vague job à la Maison Blanche et dans le lit de Kennedy. L'actrice Diana De Vegh, qui a intégré l'équipe présidentielle, se livre volontiers aux jeux furtifs qu'aime JFK. Accessoirement, elle a une liaison à épisodes avec Cord Meyer, sans que personne ne s'intéresse à cet étrange agent de la CIA qui continue à fréquenter Tic, la baigneuse du Président.

Reprenons : Mary Pinchot Meyer, ex-épouse du chef des « opérations sales » de la CIA, couche avec Kennedy ; Cord Meyer couche avec deux des femmes les plus proches du Bureau ovale ; et, au-dessus, comme l'œil de Dieu, il y a James J. Angleton, qui surveille toute cette ronde. Comme le dit l'une des amies de Mary Pinchot Meyer :

– Si elle avait été l'un des agents du KGB, elle aurait fait un sacré travail.

Quelque chose se trame, mais quoi ? « Garde tes amis auprès de toi, mais tes ennemis encore plus près », dit le Parrain à son fils, dans le film de Coppola. Judicieux conseil...

Le Président fait installer un système d'enregistrement secret dans son bureau. Ce n'est pas le premier. Déjà, Roosevelt... JFK inaugure la machine en convoquant une réunion de conseillers et réclame des diplomates « qui en ont ». De son côté, Jackie s'éloigne et ne communique plus avec son équipe que par l'intermédiaire d'un magnétophone portable, un Dictabelt, le genre d'appareil que Fred Otash a donné à Peter Lawford.

Mary Pinchot Meyer continue à venir à la Maison Blanche comme une invitée permanente. Un soir, elle est avec Bill Thompson, l'homme aux enveloppes bien garnies ; une autre fois, avec Ben Bradlee, ou avec Joe Alsop. Elle signe le registre des visiteurs et, à sa manière, douce et tranquille, prend ses aises. Elle sait que le Président a d'autres maîtresses, qu'une longue liste de starlettes, de call-girls, de visiteuses dévouées la précède. Elle n'en a cure. Elle a quarante et un ans, elle veut vivre, et, dans l'esprit de l'époque, « vivre sans entraves ». Ses amis admirent ses toiles, violemment abstraites. Elle griffonne sur un petit calepin à couverture rouge : esquisses, ébauches de peintures, réflexions personnelles, remarques du Président, appréciations diverses sur le plaisir, le pouvoir et ses à-côtés... Les idées des sixties – *peace, love, flower power* et tout le monde à San Francisco – lui trottent dans la tête. En quête de nouvelles sensations, elle rend visite à Timothy Leary, le pape du LSD, le gourou du « *Turn on, tune in, drop off* » (Branchez-vous, larguez tout), à Cambridge. Celui-ci écoute cette inconnue charmante lui citer l'un de ses propres slogans :

– Si Khrouchtchev et Kennedy prenaient du LSD ensemble, il n'y aurait plus de guerre froide.

Elle lui demande :

– La paix ne serait-elle pas certaine grâce au LSD ?

L'autre opine, lui vend une pile de livres, et Mary Pinchot repart. Quelques jours plus tard, à la Maison Blanche, elle incite JFK à fumer quelques joints, puis à prendre du LSD, après avoir fait l'amour. Le Président, qui a déjà goûté à d'autres drogues avec Peter Lawford, est amusé. Il se lance. Il dit :

– Et si les Russes lançaient la bombe, maintenant ?

Elle tomberait sur une vision psychédélique, quelque chose comme une pochette géante d'un disque de Jimi Hendrix, voilà tout.

L'ennui, c'est que le lendemain matin, JFK doit affronter le premier secrétaire du Parti communiste soviétique par ambassadeurs interposés. Rien de psychédélique là-dedans. L'enjeu est lourd : il s'agit des couloirs aériens de Berlin.

Petit détail : depuis des années, le LSD est une drogue étudiée, perfectionnée, utilisée, stockée par la CIA, qui en fait une arme de *mind control*, de guerre secrète.

La crise des fusées, à Cuba, va éclater dans quelques jours, et mettre le monde à une nanoseconde de l'anéantissement total.

Marilyn continue à téléphoner. Dépêché à Los Angeles pour atténuer le choc de la rupture avec le Président, Bobby Kennedy dîne avec l'actrice, chez Peter Lawford. Rien d'inattendu : ils passent la nuit ensemble. Igor Cassini constate que, dans l'intimité, RFK est plus attentif que son grand frère : « Il était gentil quand le besoin s'en faisait sentir. » La gentillesse, toute momentanée, paie : Marilyn, gaie, met une perruque noire et Bobby se colle une fausse barbe de carnaval. Puis, ensemble, ils vont se promener sur les plages de Santa Monica. Qui trompent-ils ? Personne, cependant, ne les aborde. Quand ils rentrent, rieurs, fatigués, l'amie de Marilyn, Jeanne Carmen, les surprend dans la maison. Marilyn, enjouée, glisse à sa copine :

– C'est mon petit amour.

Dans les jours qui viennent, Angie Novello, la secrétaire particulière de RFK au ministère, reçoit des coups de téléphone de « Miss Green ». Fréquents.

Bernie Spindel enregistre tout, avec application. Puis il fait suivre les bobines à ses clients : Hoffa, la CIA, Carlos Marcello. Évidemment, il garde des copies pour lui-même. Le moment venu, prudent, il ira enlever ses micros. La moisson est suffisante.

Pat Newcomb veille aux retombées médiatiques des jeux de Marilyn : il n'y en a pas. Pour l'instant. En revanche, côté professionnel, c'est excellent : Marilyn pose nue pour les photographes, dans la piscine de *Something's Got to Give*. Les clichés font le tour du monde. On y voit une femme souriante, mais une mélancolie secrète passe, comme une brume d'automne.

George Cukor, lassé, jette l'éponge. Il a mieux à faire. Audrey Hepburn l'attend pour tourner l'un des plus beaux films de sa vie : *My Fair Lady*. Elle, au moins, sera tous les jours sur le plateau.

Le 8 juin 1962, Marilyn est officiellement licenciée par la 20th Century Fox. Sa carrière est finie.

Le rideau tombe.

Dans sa maison de Miami Beach, Meyer Lansky regarde la mer. L'idée de s'installer en Israël le tente. Depuis que Castro lui a vidé les poches, l'ex-king de Cuba s'applique à mener une vie de retraité. Il rencontre ses amis dans sa voiture, laisse son ami Jimmy Alo agir en son nom, ne téléphone jamais de la même cabine publique, ne possède rien en son nom, fait le papy. De son association avec Bugsy Siegel, il ne reste rien : Meyer Lansky a lui-même donné l'ordre de mettre une balle dans la tête de cet ami encombrant. L'empire fondé à Las Vegas par Siegel est passé entre d'autres mains. Officiellement. Car, en secret, Meyer Lansky reste le parrain de la pègre, le manipulateur génial qu'il a toujours été. Sa fortune cachée, selon le FBI, se monte à 300 millions de dollars. Au minimum.

Depuis la cuisine, Lansky se tourne vers le salon, où sa femme, Teddy, est assise. Il lui fait part d'une information curieuse :

– Il paraît que Bobby Kennedy a une liaison…

– Ah ?

– Oui. Tu imagines ? Bobby ?

– C'est la faute à Sinatra ! Sinatra, c'est un maquereau ! Il n'a jamais été autre chose ! Un maquereau ! C'est lui qui amène les filles….

– Mais non, mais non. Ça commence avec le Président et ça descend…

L'enregistrement, à partir de là, se noie dans un brouhaha indistinct. Il est question du lac Tahoe, de Marilyn. Mais l'agent du FBI qui a décrypté la bande magnétique n'a pas réussi à détacher les mots. La transcription que lit

Hoover, dans le silence de son bureau immaculé, est incomplète.

En revanche, un deuxième rapport est plus précis, et plus concis. Cette fois-ci, c'est Hoffa, qui tient une conversation avec Edward G. Partin, le leader des Teamsters à Baton Rouge, Louisiane :

– Il faut faire quelque chose contre Bobby Kennedy, ce fils de pute. Il faut l'effacer.

S'ensuit alors un véritable plan de bataille : le ministre se déplace en limousine décapotable, il suffirait, n'est-ce pas ?, d'un gars placé sur un building avec un fusil calibre 270 muni d'une visée télescopique. Serait-il préférable de l'assassiner dans le Sud, et de coller l'affaire sur le dos des extrémistes racistes ? Ou de placer une charge explosive sous la voiture ?

En dehors des micros, Hoover a une autre source d'information, pour cette rencontre : Edward G. Partin, depuis quelques semaines, est devenu un informateur du FBI.

Hoover classe les transcriptions dans ses dossiers *« Official and Confidential »*. Sans suite.

– On peut laisser le jeu de croquet. Ils ne peuvent pas le casser.

Jackie est formelle : les autres jouets doivent être remisés. Pas question de laisser les gosses de Pat Kennedy Lawford mettre la main sur les joujoux de Caroline et de John-John. En louant sa petite maison de Hyannisport, Jackie a pris sa décision : d'abord, elle exige de Pat la totalité du loyer pour trois mois, soit 5 400 dollars (40 000 dollars d'aujourd'hui). Ensuite, cet argent ira dans son propre porte-monnaie. Elle a des besoins financiers importants, qui vont en s'accroissant. Son mari est pingre – c'est de nature, chez les Kennedy – et Jackie aime les beaux vêtements, les parures, les meubles, les antiquités, la décoration. Bref, elle vénère l'argent. C'est la seule leçon qu'elle a retenue de sa mère, qui a épousé un millionnaire. De son côté, Jackie a rencontré récemment un nabab : Onassis. Comme l'a dit le général de Gaulle, lors de la visite à Paris :

– Je vois bien Mme Kennedy au bras d'un armateur grec.

Comme d'habitude, le Général a un temps d'avance.

Tout en maugréant, Pat signe le chèque. Elle remarque quand même que Jackie a sorti le vieux service de table, le nouveau ayant été remisé. Tous les vases, chandeliers, lampes, ont été entreposés dans la cave. Il en va de même pour les draps, les taies d'oreillers, les meubles de jardin. Il ne reste pas un cendrier de cristal, pas une petite cuillère d'argent. Pat demande :

– Et l'affaire Marilyn ?

Jackie a pris une décision, en ce qui concerne « l'affaire Marilyn » : elle va prendre de la distance. Elle part en Italie, avec sa sœur Lee Radziwill. Elles vont s'installer pour de longues vacances dans une superbe villa sur les hauteurs du golfe de Salerne. Plage privée, maison isolée entre de hautes falaises, vue spectaculaire. Quand Jackie arrive, Lee voit de loin sa silhouette, qu'elle reconnaît entre toutes. Elle la regarde avec des jumelles :

– Mon Dieu, murmure-t-elle, ma sœur a l'air d'être la femme la plus solitaire du monde. Elle a tout, mais elle n'a rien.

Si : le chèque des Kennedy.

Skinny D'Amato, légendaire *caporegime* d'Atlantic City, homme à tout faire de la Mafia, est en Californie. Ou dans le Nevada ? Un pied dans chaque État, il supervise depuis des mois la rénovation du Cal-Neva, exceptionnel ensemble hôtelier. Les travaux terminés, l'addition est salée : 2,2 millions de dollars. Les flics lui font des ennuis pour six cents malheureux kilos de viande volée et gardent un œil sur les tables de jeux. Immense, sérieux comme un pape, mélancolique et obstiné, Skinny surveille tout. La réouverture du Cal-Neva se fait avec deux artistes à l'affiche : Sinatra, évidemment, et Phyllis McGuire, la girlfriend de Giancana. Lequel est interdit sur le territoire du Nevada : la commission des jeux estime que son dossier judiciaire est trop lourd.

Ce qui n'empêche pas Skinny D'Amato d'avoir mis en place un réseau de call-girls, c'est la moindre des choses. La femme d'un shérif local a eu la mauvaise idée de coucher avec quelques clients, et le mari en a conçu une vive contrariété. Par chance, le shérif a eu un accident de voiture. Mortel.

C'est dans cette atmosphère de suspicion que Skinny voit débarquer Peter Lawford, sa femme Pat et Marilyn Monroe. Il demande des explications. On les lui fournit : Marilyn est devenue incontrôlable. Saoule, gavée de pilules qu'elle avale comme des dragées, elle dit n'importe quoi, parle de JFK, raconte son aventure avec RFK, et elle a même prononcé les mots « conférence de presse ». Alerte rouge, donc. Il a été décidé de la mettre au vert, de lui changer les idées. On la loge dans le bungalow 52, tapissé de moquette rose, avec un lit rond recouvert d'une courtepointe rose. Tandis que Lawford attaque sérieusement les bouteilles de bourbon et disparaît dans un brouillard alcoolisé, Marilyn s'allonge, avale quelques médicaments, et se laisse aller à sa stupeur pharmaceutique. C'est le dernier week-end de juillet, le temps est beau, le lac Tahoe calme, la forêt, alentour, ondule sous la brise. Pat Kennedy Lawford, qui aime bien Marilyn, vient bavarder avec elle. Quand elle s'en va, Marilyn reprend des cachets. Elle joue avec le feu, mais elle ne le sait pas. Son organisme tolère de très hautes doses de ses produits favoris, mais la limite est millimétrique. Un toxico peut prendre vingt-six cachets d'hydrate de chloral sans dégâts irréparables, par exemple, mais s'il en prend vingt-sept, il est mort.

Marilyn, sur le lit rose, papote au téléphone, boit du Dom Pérignon, et s'endort peu à peu, la ligne ouverte. Avec qui parle-t-elle ? Son masseur, Ralph Roberts ? Son psy, Ralph Greenson ? Son ami, Joe DiMaggio ? Sa voix s'affaiblit, sa diction se trouble. C'est comme une hémorragie : la vie fuit, quelque chose est percé. Elle rêve peut-être.

Un groom de l'hôtel s'alarme de ce téléphone qui reste branché en permanence. Il prévient le chef de rang. Lequel prévient Skinny D'Amato et Jimmy Alo, le porte-flingue de Meyer. Jimmy est présent sur les lieux, avec Mooney Giancana. Avec Sinatra, ils ouvrent la porte du 52, et constatent l'évidence : Marilyn a fait une overdose, une de plus. Giancana est dégoûté par cette épave, Sinatra s'énerve et Jimmy Alo dit simplement :

– Faudrait la réveiller et se débarrasser d'elle.

Les deux hommes font boire des litres de café à Marilyn, dans l'espoir, vain, que la caféine annulera les effets des somnifères et des calmants. C'est faux : les produits, au contraire, sont précipités dans le sang encore plus rapidement. Inconsciente, molle, Marilyn gît comme un cadavre. Giancana la regarde avec un mépris insondable, une sorte de répulsion totale. Il décide de l'avilir encore. Il la viole. La fait violer par l'un de ses hommes. Et, pour faire bonne mesure, demande qu'on photographie la scène. Il a l'impression d'humilier RFK, de piétiner le jardin secret de son ennemi juré, l'Attorney General.

L'abjection, c'est dans son ADN, à Giancana.

Le lendemain matin, Marilyn se lève. Elle se sent mal. Quelque chose comme une gueule de bois teintée de malaise existentiel. Elle est encore sous l'empire des drogues. En robe de chambre, titubante, elle s'avance vers la piscine. Pieds nus, frissonnante, elle balance comme un mât au vent. Il n'y a personne. Quelques chaises longues, quelques serviettes de bain… Les lumières du grand bâtiment central, recouvert de fausses bûches, sont éteintes. C'est le moment où la nuit s'échappe, où le lac se couvre d'une brume perlée que le soleil viendra bientôt dissiper. Les montagnes, au loin, se fondent dans leur reflet. Où commence la réalité ? Marilyn regarde l'orée de la forêt, immense pays inconnu rempli de ponderosa, superbes pins bleus. Incrédule, elle voit une silhouette qui se détache à peine sur la ligne des arbres. Elle fronce les yeux, regarde attentivement.

C'est Joe DiMaggio.

Il émerge du brouillard, reste là, comme une statue, longtemps, longtemps. Puis il s'en va, la tête baissée.

Quand elle arrive à Los Angeles avec Peter Lawford, celui-ci s'arrête en chemin et passe un coup de téléphone d'une cabine publique. Il reste dix-huit minutes en ligne. À Hollywood, il est 8 h 40. À Washington, 5 h 40 du matin. Lawford est au rapport.

À la même heure, l'agent Bill Roemer, en place à Chicago, écoute une conversation téléphonique entre Johnny Rosselli et Sam Giancana, qu'il ne comprend pas bien, sur le moment. Johnny dit :

– Tu prends ton pied à te taper la même nana que les Kennedy, hein ?

Quelques jours plus tard, Sinatra regarde les photos. Elles lui soulèvent le cœur. Sur l'une d'entre elles, Giancana est derrière Marilyn, à quatre pattes. Elle vomit.

Sinatra allume son briquet, brûle les clichés.

Le 30 juillet, Marilyn parle pendant huit minutes au téléphone avec Robert Kennedy. Le 3 août, Dorothy Kilgallen est la première journaliste à briser le mur du silence. Elle écrit : « Marilyn Monroe fait très fort, dans le secteur du sex-appeal. Elle semble avoir des attraits pour un homme bien plus célèbre que Joe DiMaggio. Non, Marilyn n'est pas finie. » Le Président n'est pas mentionné, mais maintenant, ce n'est plus qu'une question de jours.

Le 4 août, Marilyn s'endort sur son téléphone. À jamais.

CHAPITRE 17

La grande lessive

Marilyn est morte comme elle a vécu : à la dérive. Nue, l'écouteur sur l'oreiller, ses pilules à portée de main, dans une maison vide, seule dans sa chambre. La nuit s'est refermée sur elle, cette obscurité de jais qui la plongeait, à chaque fois, vers la mort : en dix ans de drogue, dix ans de gavage chimique, combien a-t-elle gobé de cachets multicolores, de gélules brillantes, de poudres à récurer l'esprit ? Librium, Nembutal, hydrate de chloral, Nodular, Phénergan, poudre de perlimpinpin ou molécule à sommeil en kit. Combien d'injections massives de calmants, puis de métamphétamine ou de Benzedrine, comme sur le plateau de *SGTG* ? Elle s'est endormie en travers de son lit, le fil du téléphone comme un goutte-à-goutte, des mots en transfusion... Elle gît, pâle, abandonnée, les ongles sales, les cheveux défaits, il est onze heures du soir, son cœur hoquette, son cœur s'arrête.

Pas de mystère, dans cette mort. Jim Dougherty, le premier mari, devenu inspecteur de police à Los Angeles, sait à quoi s'en tenir :

– Elle a pris la pilule de trop, le verre d'alcool de trop, dit-il.

John Huston :

– Ce sont les médecins qui l'ont tuée.

Suicide ? Non. Marilyn est une actrice : à chaque fois qu'elle a fait une tentative, elle avait un public pour la retenir – ou l'applaudir. Une star ne s'en va pas, abandonnée comme un papier froissé au fil de l'eau. Elle fait une sortie, elle crée un final, elle triomphe dans la mort. Elle cherche l'effet. Et, surtout, surtout, elle se fait belle.

Assassinat ? Dans quel but ? Pour les Kennedy, il aurait été si simple, au besoin, de faire passer la blonde pour une folle furieuse – regardez, elle a été internée, sa mère aussi, sa grand-mère également. Des générations de dingues, les Monroe : la ligne de défense était évidente, pour les attachés de presse de la Maison Blanche. Quant aux voyous, ils se retrouvent avec de la monnaie de singe : à la seconde où Marilyn meurt, les possibilités de chantage disparaissent. Giancana possède désormais des bandes magnétiques inutiles, Hoffa décide de garder les secrets de la morte dans son coffre, et J. Edgar Hoover ne dit rien. Il envoie simplement des hommes pour faire le ménage.

Il n'est pas le seul. Dans la nuit du 4 au 5 août 1962, quel tango ! Robert Kennedy fait donner la garde : des arrangeurs pasteurisent la maison. Peter Lawford fait deux visites la même nuit en compagnie de Fred Otash, la 20th Century Fox expédie une palanquée de gros bras, sans compter Ralph Greenson, qui a passé une partie de l'après-midi avec Marilyn, en tête à tête (à faire quoi ?), et qui revient pour passer l'aspirateur à souvenirs, avec le médecin de Marilyn, Hyman Engelberg. Le cadavre est déplacé, les tiroirs retournés, les micros retirés, les papiers triés, les magnétos démantelés. Un hélicoptère arrive, repart. Des voitures de police se garent. Pat Newcomb organise les allées et venues. Pour un peu, l'endroit serait désossé par les visiteurs nocturnes. Otash ricane – raf ! raf ! – en écoutant l'une des bobines. On y entend RFK chercher les micros de Spindel, quelques jours auparavant :

– Ils sont où ? Putain, ils sont où ?

Il ne les a pas trouvés. Puis Bobby est parti, laissant Lawford et Marilyn avec leur bouteille de Dom Pérignon.

Mais, cette nuit-ci, entre le 4 et le 5 août 1962, les hommes envoyés par Hoover croisent les policiers locaux, les gars du Secret Service piétinent les plates-bandes, Otash ratisse tout, et Lawford lui-même se met à décrocher les vêtements dans les placards. Lettres, papiers, contrats, tout est emporté. Un homme cherche « le petit carnet rouge ». Pas de chance : il n'y en a pas. Visiblement, Angleton est au contact.

Quand le matin se lève, le chaos est total. Les journalistes se précipitent. Hoover, calmement, fait confisquer les relevés téléphoniques. Plus personne n'y aura accès. Dans le souk ambiant, des légendes naissent : Marilyn s'est suicidée. Non : Marilyn a été assassinée. Non : elle a été menacée, puis exécutée. Tout est à vau-l'eau : Eunice Murray, comme si de rien n'était, fait la lessive et met les draps dans lesquels Marilyn est morte dans la machine à laver, devant les policiers. Les objets dans la chambre de la morte sont déplacés. Tout le monde cherche quelque chose, et le cadavre reste là, sans intérêt, replacé dans une position moins indécente.

Le Président, sur son yacht à Hyannisport, apprend la nouvelle. Il ne dit rien. Quelques jours plus tard, la maison de sa cliente soigneusement épluchée, Pat Newcomb va passer quelques jours chez les Kennedy, à Hyannisport, invitée personnellement par RFK. Puis elle est expédiée en Europe, pour des vacances de six mois.

Marilyn gît, sur la table de dissection du coroner, les chairs taillées, les cheveux gras, la peau lâche, les joues affaissées. Thomas Noguchi, le médecin légiste, cherche l'âme de Marilyn, dans les viscères. Il ne trouve rien. Les K. l'ont dérobée.

Phil Graham, le patron du *Washington Post,* entre dans la salle. C'est la star de ce séminaire d'Associated Press, où toutes les signatures les plus connues du journalisme américain sont rassemblées. Dans son hôtel, enfermé avec sa jeune maîtresse, Graham a carburé au champagne : douze bouteilles en deux jours. À Phoenix, Arizona, il n'y a rien d'autre à faire. Ah, si : Graham a aussi fait monter une grande boîte de préservatifs taille 4X.

Tandis que les conférenciers se succèdent, évoquant l'avenir de la presse américaine, Graham s'impatiente. Nerveux, agité, il se lève brusquement et se précipite sur la scène. Il s'installe devant le pupitre, et commence à invectiver la salle. Les journalistes, dit-il, sont des « sales cons inutiles ». Quant aux employés d'Associated Press, ce sont des « parasites sans tripes ». Puis il passe aux attaques personnelles : untel est idiot, tel autre est une flaque. Enfin, il attaque la Maison Blanche. L'œil enflammé et la bouche fielleuse, il balance : « Pourquoi personne n'a jamais fait péter l'info ? JFK passe son temps à baiser ! Pas un qui en parle ! Vous n'avez pas de couilles ! Vous êtes des merdes ! » Il ajoute que le Président – « mon ami ! » – se livre à des orgies dans sa piscine, et « il baise avec une de mes amies, une superbe artiste nommée Mary Pinchot Meyer ». C'est, gueule-t-il, « la nouvelle favorite ».

Dans la salle, silence. Graham continue pendant vingt minutes. On n'interrompt pas le boss du plus puissant journal politique américain. Puis, stupéfaction : il se déshabille. Quand il commence à enlever son pantalon, l'épouse d'un proche se précipite et lui ôte le micro. Ceinturé, ligoté, Philip Graham est mis hors d'état de nuire. Informé, JFK dépêche un avion de la présidence, « Air Force 2 », pour transporter le fou. C'est un signe : le Président sent le vent du boulet. Pris en main par deux psychiatres, enfermé dans un hôpital, Graham revient à un semblant de raison. Joe Alsop et Ben Bradlee, ses deux reporters vedettes, s'interrogent. Vont-ils quitter le journal ?

Trois mois plus tard, revenu chez lui pour un week-end, Phil Graham fait amende honorable auprès de sa femme : « Je me suis mal comporté », dit-il en écoutant un disque de Beethoven. Puis il s'enferme dans la salle de bains, s'assied sur le rebord de la baignoire et se tire dans le menton une cartouche de chasse calibre 28. Soit 205 granules de plomb à faible éventail et à très forte concentration. Sa tête se transforme en brume rouge, et disparaît. Le carrelage de la salle de bains se couvre de sang et de matière cérébrale. Phil Graham n'a pas voulu salir une autre pièce, il a été soigneux.

De son discours de Phoenix, on ne parlera jamais. Les accusations ? Pas une ligne dans la presse. La « nouvelle favorite » ? Silence radio. Les Kennedy n'ont pas besoin de tuer pour faire taire. Il suffit de deux psys et d'un avion. La vie privée du Président, si scandaleuse soit-elle, est *off*.

Une semaine après le coup de folie de Graham, un autre événement passe inaperçu : Kim Philby, le maître espion de l'Intelligence Service, l'ami de Mother, le parrain des deux filles Angleton, fait défection. Il saute dans un cargo bananier russe et réapparaît à Moscou, avec un grade de colonel du KGB. James J. Angleton, le sorcier du contre-espionnage américain, le génie de la partie d'échecs planétaire, le Obi Wan Kenobi du renseignement américain, a été joué comme un enfant. Depuis des années, la taupe était dans sa basse-cour.

Le ménage continue : les enregistrements de Greenson sont effacés, pour la plupart. Les bandes magnétiques dont Marilyn se servait pour elle-même disparaissent. Les documents sonores entre les mains des voyous sont mis au rancart : à quoi bon mettre sur le marché les grincements de sommier d'une morte ? Les transcriptions du FBI sont archivées avec soin dans les dossiers privés de Hoover, c'est-à-dire dans ses tiroirs personnels, non accessibles aux agents, ni même aux supérieurs. L'extrême droite américaine sent une occasion : elle fait une offre élevée, près de 100 000 dollars, pour retrouver quelque chose, n'importe quoi, pour empêcher Bobby Kennedy de prendre la succession de son frère. Rien n'émerge. Parfois, des témoins affirment avoir entendu des « bouts » d'enregistrements, mais les allégations ne sont jamais prouvées. L'un des assistants du District Attorney de Los Angeles, John Miner, prétend détenir une bande magnétique. Il faut payer pour voir. On ne verra jamais. Un journaliste ultra-réac, Fred Cappell, publie un livre reprenant la théorie du complot : Marilyn a été assassinée par les Kennedy. Immédiatement, la thèse trouve preneurs : toute une petite industrie du soupçon se met en place. Rien de plus séduisant, de plus amusant qu'un bon petit complot. Plus RFK s'approche de la présidence, qu'il convoite à la fin des sixties, plus la mort de Marilyn est évoquée. Des escrocs, des illusionnistes, des maniaques paranos, des cinglés de tous bords en rajoutent. Un sataniste réputé, Anton LaVey, affirme avoir « bien connu » Marilyn, qui aurait ainsi été effleurée par l'aile de Belzébuth. Dans les mois qui suivent, toute une foule s'avance : de nouveaux « anciens amis » de Marilyn dont personne n'a jamais entendu parler, des époux secrets qui n'ont pas de certificat de mariage, des cousins éloignés, des voisins collants, des figurants vaniteux. Ils clament leur attachement à la personne de Marilyn qui, chantent-ils tous en chœur, était leur meilleure amie, oui, parfaitement. Décidément, elle n'avait que des copains dévoués, la blonde. Ils publient des livres : sa femme de ménage, sa gouvernante, la fille de Strasberg, un type rencontré sur le plateau de *Niagara*, tout le monde a des bribes de Marilyn à partager. Elle est dépecée. Le seul qui ne parle pas, c'est Joe DiMaggio. À l'enterrement, organisé par ses soins, les pleureuses, les producteurs, les stars et les commères de Hollywood sont frappés d'interdiction. Sinatra est raccompagné à la porte du cimetière. Il n'y a là que le petit peuple des offices et des couloirs : coiffeurs, femmes de ménage, chauffeurs. Le Yankee Slugger, affreusement triste, suit le cercueil en bronze. Il est brisé. Il marmonne : « Je t'aime, je t'aime », comme une litanie sans fin. Son fils, Joe Jr, en grand uniforme de Marine, décoré, médaillé, le regarde mélancoliquement, et voit son père cassé. Joe DiMaggio ne se remettra jamais de la disparition de Marilyn. Joe Jr, lui, mourra junkie.

La machine à effacer est en route. L'appartement de Judy Campbell, surveillé par le FBI, est cambriolé sous les yeux des G Men impassibles, et le journal intime de la belle horizontale disparaît. Le domicile de Bernard Spindel est visité par des Men in Black, très officiellement. Tout est saisi. Tout sera rendu, par décision de justice. Sauf les bandes Marilyn. Partout, un seul mot d'ordre : « Erase », effacez. Fred Otash perd sa licence de détective privé. On gomme. On brûle. On désinfecte. Brusquement, la love story entre Marilyn et JFK n'existe plus. Les témoins deviennent sourds, muets, aveugles. Et terriblement amnésiques.

JFK a les mains libres pour s'occuper des fusées soviétiques à Cuba. Ce qu'il fera avec brio, évitant d'un cheveu un désherbage mondial.

Le 1er novembre 1963, la CIA attend le président Diem, à la sortie de l'église, à Saigon. Celui-ci est invité assez brutalement à monter dans un camion, puis est poignardé et abattu. JFK, à Washington, secoué par ce meurtre politique qu'il a pourtant autorisé voire encouragé, se tourne le jour même vers la seule présence réconfortante : Mary Pinchot Meyer. Tandis que RFK joue avec la nouvelle invention des services secrets – un stylo empoisonné destiné à tuer Castro –, le Président ourdit d'autres complots. La morale n'a rien à faire avec la démocratie, n'est-ce pas ? Le Pentagone fignole le projet « Oplan 380 », qui prévoit l'invasion de Cuba, petite sortie militaire qui garantira la réélection de JFK. Que faire à propos de la République dominicaine, où Trujillo a été assassiné, comme Diem ? Kennedy demande conseil au plus improbable des spécialistes : Cord Meyer. Les deux hommes se rencontrent, se parlent, se défient l'un de l'autre. Ils se reniflent comme deux chiens méfiants.

Dans la perspective de s'assurer les votes du Texas, JFK tient à se rendre à Dallas. Le voyage a été décidé le 5 juin 1963, avec l'accord du vice-président Johnson et l'aval de John Connally, le gouverneur. Le 13 septembre, la visite a été officiellement confirmée. Le Texas viendra après l'Illinois et la Floride. Les préparatifs vont bon train. C'est dit : Jackie accompagnera le Président, mais ils dormiront dans des chambres séparées.

Le 2 novembre 1963, il est prévu qu'à Chicago, le cortège présidentiel partira de l'aéroport pour se diriger vers le stade Soldier Field, où JFK doit assister au match de football américain entre l'Army et la Navy. Au dernier moment, tout est annulé : un attentat se prépare. Une équipe de quatre tireurs, dont deux *Cubaños*, doit abattre JFK, avec un coupable désigné. Celui-ci, Thomas Arthur Vallee, est un ex-Marine perturbé. Il est censé être présent dans un virage sur Jackson Street, et se placer avec un fusil à lunette au dernier étage d'un entrepôt. Arrêté deux heures avant l'attentat, Thomas Vallee dit simplement : « Je suis le pigeon. » Lee Harvey Oswald aura les mêmes mots. Et le même profil.

Chicago est le territoire de Sam Giancana.

Le 18 novembre, un deuxième attentat est éventé. Il devait se produire à Tampa, sur le trajet entre la base aérienne McDill et le National Guard Armory, où Kennedy a prévu de prononcer un discours. Un exilé cubain, Gilberto Lopez, est arrêté. Il a un passé étrange : il a fait défection, s'est rendu en URSS comme Oswald, puis, de retour, a milité pour Cuba dans le même groupe de barbouzes, le Fair Play for Cuba Committee. Kennedy, prévenu, refuse d'annuler sa visite. Debout dans la voiture, le sourire figé, il salue la foule à Tampa. Il a conscience de défier le sort. Mais c'est un Kennedy, il le fait quand même. Santo Trafficante, sentant que la police se rapproche, contremande l'attentat. Ce n'est que partie remise.

Le 22 novembre, à Dallas, JFK est assassiné.

Jackie pleure et embrasse l'orteil de son mari. Des fleurs achèvent de se faner dans la limousine présidentielle. Une flaque de sang se fige peu à peu.

ÉPILOGUE

Washington, le 12 novembre 1964

Mary Pinchot Meyer se promène le long du Chesapeake & Ohio Canal. Il est midi, le ciel est bleu, et les deux ponts, sur Q et P Street, sont relativement déserts. Dans ce quartier de Georgetown, où les galeries d'art succèdent aux magasins de décoration, il traîne comme un parfum de la vieille cité de Washington : on s'y sent bien, et le calme qui règne incite à la rêverie, ou aux souvenirs. JFK est mort depuis un an, presque. Il y a là des pelouses soignées, des allées dallées, et le Potomac, non loin, piqueté de voiliers et d'embarcations qui dérivent vers l'océan, ajoute une grâce pittoresque au paysage. Quelques passants, rares à cette heure, croisent la promeneuse. Un employé du Pentagone fait son jogging, l'épouse d'un haut responsable de la CIA lui fait signe de sa voiture, et Mary Pinchot continue tranquillement, cherchant l'inspiration pour ses nouvelles toiles. La nuit précédente, elle a reçu Peter Brook, le metteur en scène de *Marat/Sade*, pièce de théâtre qui suscite de violentes controverses. Il a aussi été question de *My Fair Lady*, le nouveau film de George Cukor, magnifique.

Deux mécaniciens, au coin d'une rue, entendent une détonation. Ils se précipitent: trop tard. Un inconnu a tiré une balle dans la tête de Mary Pinchot Meyer, par derrière. Tandis qu'elle s'affaisse le long d'un arbre, l'agresseur tire une seconde balle en appliquant le canon de son arme contre l'omoplate. Le cœur de Mary Pinchot Meyer explose.

Deux heures plus tard, un suspect est arrêté. C'est un demi-clochard, Ray Crump, qui a le tort d'être noir. Alcoolique, parfois violent, il fait déplacé dans le paysage de Georgetown, quartier bourgeois et bien fréquenté. Crump a un casier judiciaire. Il a été condamné pour de menus larcins et quelques coups et blessures. Pour un peu, il serait jeté dans un cul de basse-fosse, cette fois-ci. Il dit: « Je suis le pigeon », refrain connu. Les flics ne le croient pas. Manque de chance pour la police, la justice l'innocentera.

Le lendemain de la mort de sa sœur, Tony Pinchot et son mari, Ben Bradlee, se rendent chez Mary pour voir ce qu'il faut trier, ranger, ou jeter. La petite maison sur 34th Street semble déserte. Ils ouvrent la porte et, à leur grande surprise, il y a là un homme, seul: James J. Angleton. Le numéro deux de la CIA a plusieurs milliers d'employés sous ses ordres: il a préféré se déplacer lui-même. Il a crocheté la porte et cherche le carnet de notes de Mary Pinchot Meyer. Il espère, dit-il, trouver un indice quant à la taupe russe qui, selon lui, s'est introduite dans les hautes sphères de l'État. À la mort de JFK, la CIA a placé Mary Pinchot Meyer sous surveillance constante. Ses appels ont été écoutés, son courrier ouvert, son domicile visité. Depuis la défection de son ami Philby, Angleton a sombré dans une paranoïa totale. Il lui arrive même d'enregistrer ses propres conversations au restaurant avec son âme damnée, Cord Meyer. Publié il y a quelques jours, le rapport de la commission Warren, qui conclut à la culpabilité de Lee Harvey Oswald, tireur solitaire, a été javellisé par Mother. Pour lui, la rumeur d'une éviction prochaine de Khrouchtchev n'est qu'un leurre. Le grand complot est ailleurs, dans la fausse guerre entre l'URSS et la Chine. Les communistes sont partout, partout, comme des bactéries malfaisantes. Quand il rentre chez lui, Angleton s'enferme dans sa serre, et s'occupe de sa collection d'orchidées et de plantes carnivores, sur lesquelles il peut disserter sans fin, en écoutant Elvis chanter *Heartbreak Hotel*.

L'Attrape-mouche de Vénus est une curieuse fleur. Une belle rosette de feuilles contient de l'anthocyanine, un poison violent sécrété dans une glu sucrée qui attire les insectes. Quand une mouche se pose, un courant électrique parcourt les poils tactiles de la plante, qui se referme en un dixième de seconde. Plus la mouche s'agite, plus le piège se renforce. Une fois les deux lobes rouges collés entre eux comme deux paumes, la plante se transforme en estomac. La mouche est digérée en une semaine. Quand les feuilles se rouvrent, il ne reste que l'exosquelette de l'insecte.

Mother est fasciné par l'Attrape-mouche de Vénus, une plante si… si… humaine.

L'air de la nuit le dégrise un peu. Angleton cite parfois Platon, Apulée. Il parle à ses fleurs. Il est sensible à la musique des sphères et, longtemps après s'être couché, il retourne encore les ombres de tous ces complots qui l'entourent. Il lui semble alors contempler les eaux profondes et noires qui ont englouti l'Amérique. Marilyn est morte, JFK aussi.

Peut-être se sont-ils aimés. Peut-être.

In memoriam

Robert Kennedy est mort lors de sa campagne présidentielle, le 6 juin 1968 à l'Ambassador Hotel, L. A., transpercé de plusieurs balles tirées par le Palestinien Sirhan Sirhan.

Jackie Kennedy, remariée avec Aristote Onassis, est morte le 19 mai 1994 à New York, d'un cancer du fumeur.

Sam Giancana est mort le 19 juin 1975 à Chicago, d'une balle dans la nuque et de six balles dans le visage.

Judy Campbell est morte le 25 septembre 1999, d'un cancer du fumeur.

Le cadavre de Johnny Rosselli a été retrouvé dans la baie de Miami le 9 août 1976. Bâillonné, étranglé, éventré, découpé à la tronçonneuse et placé dans un fût, il est probablement mort le 28 juillet 1976.

Dorothy Kilgallen est morte d'un arrêt cardiaque chez elle le 8 novembre 1965. Elle venait de terminer une série d'interviews avec Jack Ruby, sur lequel elle projetait d'écrire un livre.

Jack Ruby est mort le 3 janvier 1967, en prison, d'un cancer.

Joe Kennedy est mort le 18 novembre 1969, chez lui.

Gloria Swanson est morte le 4 avril 1983 à New York. Elle a simplement dit : « Si je devais revivre ma vie, je ne le ferais pas. »

Ralph Greenson est mort le 24 novembre 1979, détruit par la mort de Marilyn, dit-on.

J. Edgar Hoover est mort chez lui le 2 mai 1972, après quarante-huit années à la tête du FBI. Une loi a été votée, interdisant à un directeur du Federal Bureau of Investigation de rester en poste plus de dix ans.

James J. Angleton est mort le 12 mai 1987, d'un cancer du fumeur, après avoir été poussé à la démission en décembre 1975. Ses derniers mots, à sa femme : « J'ai fait tellement d'erreurs… » Le dossier Kennedy de la CIA sera ouvert en 2029.

In memoriam

Cord Meyer est mort le 13 mars 2001, à Washington.

James Hoffa a disparu en août 1975 au Red Fox Restaurant à Bloomfield, banlieue de Detroit. Il avait rendez-vous avec Anthony « Tony Jack » Giacalone et Anthony « Tony Pro » Provenzano, deux soldats de la Mafia. On n'a jamais retrouvé le corps.

Fred Otash est mort le 5 octobre 1992, à Los Angeles.

Bernie Spindel est mort le 2 février 1972, à New York.

Charlie Feldman est mort le 25 mai 1968, d'un cancer.

Inga Arvad est morte en 1973 à Nogales, Nouveau-Mexique, après avoir épousé Tim McCoy, acteur de westerns.

Joe DiMaggio est mort le 8 mars 1999 d'un cancer du fumeur. Ses derniers mots, selon son avocat : « Maintenant, je vais voir Marilyn. »

Jim Dougherty est mort le 15 août 2005, en Californie, après avoir été policier, puis juge.

Carlos Marcello est mort le 3 mars 1993, en Louisiane, de la maladie d'Alzheimer.

Santo Trafficante est mort à Houston, Texas, le 17 mars 1987, d'un arrêt cardiaque.

Arthur Miller est mort le 10 février 2005, à Roxbury, Connecticut.

Frank Sinatra est mort le 14 mai 1998, à Los Angeles. Son dernier mot : « Mother ! »

Peter Lawford est mort le 24 décembre 1984, drogué, déchu, oublié, même par ses enfants. Personne n'ayant payé la cérémonie funéraire, ses cendres ont été « expulsées » du Westwood Village Mortuary en 1988, et dispersées.

Bibliographie

Sur JFK

Beschloss, Michael R. : *The Crisis Years, Kennedy And Khrushchev, 1960-1963*, Harper Collins Publishers, 1991.

Bly, Nellie : *The Kennedy Men, Three Generations Of Sex, Scandal And Secrets*, AN (e-reads) BOOK, 1996.

Bradlee, Benjamin C. : *Conversations With Kennedy*, Konecky & Konecky, 1975.

Bugliosi, Vincent : *Reclaiming History, The Assassination Of President John F. Kennedy*, Norton & Co, 2007.

Cawthorne, Nigel : *Sex Lives Of The US Presidents*, Prion, 1996.

Donaldson, Gary A. : *The First Modern Campaign, Kennedy, Nixon And The Election Of 1960*, Rowman & Littlefield Publishers Inc, 2007.

Doyle, William : *Inside The Oval Office, The White House Tapes From FDR To Clinton*, Kodansha International, 1999.

Epstein, Edward Jay : *Legend, The Secret World Of Lee Harvey Oswald*, Mc-Graw Hill Book Co, 1978.

Fursenko, Aleksandr & Naftali, Timothy : *One Hell Of A Gamble, Khrushchev, Castro And Kennedy 1958-1964, The Secret History Of The Cuban Missile Crisis,* WW Norton & Co, 1997.

Gibson, Barbara, with Schwarz, Ted : *The Kennedys : The Third Generation,* Thunder's Mouth Press, 1993.

Giglio James N. : *The Presidency Of John F. Kennedy*, University Press of Kansas, 2006.

Hamilton, Nigel : *JFK, Reckless Youth*, Random House, 1992.

Jensen, J. Arthur : *The Kennedy Assassination, A Historical Novel*, XLibris, 2000.

Justice, Victor E. : *Misplaced Loyalties, The Assassinations of Marilyn Monroe & The Kennedy Brothers,* Trafford Publishing 2005.

Kroth, Jerry : *Conspiracy In Camelot, The Complete History Of The Assassination Of John Fitzgerald Kennedy,* Algora Publishing, 2003.

Mahony, Richard D. : *Sons & Brothers, The Days Of Jack And Bobby Kennedy*, Arcade Publishing, 1999.

Pitts, David : *Jack And Lem, John Kennedy And Lem Billings, The Untold Story Of An Extraordinary Friendship,* Carroll & Graf Publishers, 2007.

Reeves, Thomas C. : *A Question Of Character, A Life Of John F. Kennedy,* Crown Forum, 1997.

Smith, Matthew : *Conspiracy, The Plot To Stop The Kennedys,* Citadel Press Books, 2005.

Talbot, David : *Brothers, The Hidden Story Of The Kennedy Years,* Free Press, 2007.

Waldron, Lamar, with Hartmann, Thom : *Ultimate Sacrifice,*

John And Robert Kennedy, The Plan For A Coup In Cuba, And The Murder of JFK, Carroll & Graf Publishers, 2005.

Sur Marilyn Monroe

Barton, Blanche : *The Secret Life Of A Satanist, The Authorized Biography Of Anton LaVey,* Feral House, 1990.

Brown, Peter Harry & Barham, Patte B. : *Marilyn, The Last Take,* Dutton, 1992.

Churchwell, Sarah : *The Many Lives of Marilyn Monroe,* Metropolitan Books, 2004.

Clark, Colin : *The Prince, The ShowGirl And Me, Six Months On The Set with Marilyn And Olivier,* St Martin's Press, 1995.

Clark, Colin : *My Week With Marilyn*, HarperCollins, 2000.

DiMaggio, June, with Popp, Mary : *Marilyn, Joe & Me*, Pen-Marin Books, 2006.

Gilmore, John : *Inside Marilyn Monroe*, Ferine Books, 2007.

Goode, James : *The Making Of « The Misfits »*, Limelight Editions, 1963.

Leaming, Barbara : *Marilyn Monroe,* Crown Publishers, 1998.

Leigh, Wendy : *The Secret Letters Of Marilyn Monroe And Jacqueline Kennedy*, Thomas Dunne Books, St Martin's Press, 2003.

Marshall, David : *The DD Group, An Online Investigation Into The Death Of Marilyn Monroe*, iUniversal Inc, 2005.

Miller, Arthur, Toubiana, Serge, et Magnum : *The Misfits*, Phaidon, s.d.

Morgan, Michelle : *Marilyn Monroe : Private And Undisclosed*, Carroll & Graf Publishers, 2007.
Pepitone, Lena & Stadiem, William : *Marilyn Monroe Confidential*, Simon & Schuster, 1979.
Shevey, Sandra : *The Marilyn Scandal, The True Story*, Arrow, 1987.
Smith, Matthew : *Victim, The Secret Tapes Of Marilyn Monroe*, London, Century, 2003.
Strasberg, Susan : *Marilyn And Me, Sisters, Rivals, Friends*, Warner Books, 1992.
Summers, Anthony : *Goddess, The Secret Lives Of Marilyn Monroe*, MacMillan Publishing Co, 1985.
Victor, Adam : *The Marilyn Encyclopedia*, The Overlook Press, 1999.
Wayne, Jane Ellen : *Marilyn's Men*, St Martin's Press, 1992.
Wolfe, Donald H. : *The Last Days Of Marilyn Monroe*, William Morrow and Co, 1998.

Sur Camelot

Angelo, Bonnie : *First Families, The Impact Of The White House On Their Lives*, Harper, 2005.
Bedell Smith, Sally : *Grace and Power, The Private World Of The Kennedy White House*, Random House, 2004.
Hersh, Seymour : *The Dark Side Of Camelot*, Little, Brown & Co, 1997.
Heymann, David C. : *The Georgetown Ladies' Social Club*, Atria Books, 2003.

Bibliographie

Sur JFK et Jackie

Andersen, Christopher : *Jack and Jackie, Portrait Of An American Marriage*, William Morrow & Co, 1996.

Klein, Edward : *All Too Human, The Love Story of Jack And Jackie Kennedy*, Simon & Schuster, 1997.

Sur JFK et Marilyn

Franceschini, Paul-Jean : *John F. Kennedy-Marilyn Monroe, La liaison dangereuse*, Acropole, 1999.

Sur Jackie et les épouses Kennedy

Bradford, Sarah : *America's Queen, The Life Of Jacqueline Kennedy Onassis*, Penguin Books, 2000.

DuBois, Diana : *In Her Sister's Shadow, An Intimate Biography Of Lee Radziwill*, Little, Brown & Co, 1995.

Leaming, Barbara : *Mrs Kennedy, The Missing History Of The Kennedy Years*, The Free Press, 2001.

Oppenheimer, Jerry : *The Other Mrs Kennedy, Ethel Skakel Kennedy : An American Drama Of Power, Privilege And Politics*, St Martin's Press, 1994.

Taraborelli, J. Randy : *Jackie, Ethel, Joan, Women Of Camelot*, Warner Books, 2000.

Sur Robert Kennedy

Hersh, Burton : *Bobby And Edgar, The Historic Face-Off Between The Kennedys And J. Edgar Hoover That Transformed America,* Caroll & Graf, 2007.

Heymann, C. David : *R F K, A Candid Biography Of Robert F. Kennedy*, Dutton Book, 1998.

Steel, Ronald : *In Love With Night, The American Romance With Robert Kennedy*, Simon & Schuster, 2000.

Thomas, Evans : *Robert Kennedy, His Life*, Simon & Schuster, 2000.

Sur Joe Kennedy

Kessler, Ronald : *Sins Of The Father, Joseph Kennedy And the Dynasty He Founded,* Warner Book, 1996.

Madsen, Axel : *Gloria And Joe*, Arbour House, William Morrow, 1988.

Schwarz, Ted : *Joseph P. Kennedy, The Mogul, The Mob, The Statesman, And The Making Of An American Myth,* John Wiley & Sons Inc, 2003.

Sur Sinatra

Hamill, Pete : *Why Sinatra Matters*, Little, Brown and Co, 1999.

Jacobs, George & Stadiem, William : *Mr. S, My Life With Frank Sinatra*, Harper Collins, 2003.
Summers, Anthony & Swan, Robbyn : *Sinatra, The Life*, A. Knopf, 2005.
Zehme, Bill : *The Way You Wear Your Hat, Frank Sinatra And The Lost Art of Livin'*, Harper Collins Publishers, 1997.

Sur le Rat Pack et Las Vegas

Denton, Sally & Morris, Roger : *The Money And The Power, The Making Of Las Vegas An Its Hold On America*, Knopf, Random House, 2001.
Levy, Shawn : *Rat Pack Confidential*, DoubleDay, 1998.
Quirk, Lawrence J. & Schoell, William : *The Rat Pack, Neon Nights With The Kings of Cool*, Harper Collins Publishers, 1998.
Spada, James : *Peter Lawford, The Man Who Kept The Secrets*, Bantam Books, 1991.
Tosches, Nick : *Dino, Living High In The Dirty Business Of Dreams*, DoubleDay, 1998.

Sur Hollywood

Alleman, Richard : *Hollywood, The Movie Lover's Guide*, Broadway Books, 2005.
Biskind, Peter : *Gods And Monsters*, Nation Books, 2004.
Cassini, Igor, with Molli, Jeanne : *I'd Do It All Over Again*,

The Life And Times Of Igor Cassini, G. P. Putnam's Sons, 1971.

Cawthorne, Nigel : *Sex Lives Of The Hollywood Goddesses,* Prion Books, 1997.

Howard, Jean, photographs, & Watters, James, text : *Jean Howard's Hollywood, A Photo Memoir,* Abradale Press, s. d.

Kashner, Sam & MacNair, Jennifer : *The Bad And The Beautiful, Hollywood In The Fifties,* WW Norton Co, 2002.

Korda, Michael : *The Immortals, A Novel,* Poseidon Press, 1992.

Niklas, Kurt : *The Corner Table, From Cabbages to Caviar, Sixty Years In The Celebrity Restaurant Trade,* Larry Cortez Hamm, Tuxedo Press, 2000.

Schwarz, Ted : *Hollywood Confidential, How The Studios Beat The Mob At Their Own Game,* Taylor Trade Publishing, 2007.

Silverman, Stephen M. : *The Fox That Got Away, The Last Days Of The Zanuck Dynasty At Twentieth Century-Fox,* Lyle Stuart Inc, 1988.

Skolsky, Sidney : *Dont Get Me Wrong, I Love Hollywood,* G. P. Putnam's Sons, 1975.

Wilson, Earl : *Show Business Laid Bare,* G. P. Putnam's Sons, 1974.

Sur la Mafia

Exner, Judith, with Demaris, Ovid : *My Story,* Grove Press, 1978.

Giancana, Antoinette, with Hughes, John R. & Jobe, Thomas H. : *JFK And Sam, The Connection Between The Gian-*

cana And Kennedy Assassinations, Cumberland House, 2005.

Giancana, Sam & Chuck : *Double Cross*, Warner Books, 1992.

Raab, Selwyn : *Five Families, The Rise, Decline And Resurgence Of America's Most Powerful Mafia Empires,* Thomas Dunne Books-St Martin's Press, 2005.

Rappleye, Charles & Becker, Ed : *All-American Mafioso, The Johnny Rosselli Story,* DoubleDay, 1991.

Repetto, Thomas : *Bringing Down The Mob, The War Against The American Mafia,* John Macrae Books, 2006.

Russo, Gus : *The Outfit*, Bloomsbury, 2001.

Van Metter, Jonathan : *The Last Good Time*, Crown Publishers, 2003.

Sur Dorothy Kilgallen

Hill, Bonnie Hearn & Hill, Larry : *Johnnie Ray And Miss Kilgallen*, Durban House Publishing, 2002.

Israel, Lee : *Kilgallen, An Intimate Biography*, Dell Publishing, 1979.

Sur Hoffa

Brandt, Charles : *« I Heard You Paint Houses », Frank « The Irishman » Sheehan And Closing The Case On Jimmy Hoffa*, Steerforth Press, 2004.

Moldea, Dan E. : *The Hoffa Wars, The Rise And Fall Of Jimmy Hoffa*, Spi Books, 1978.

Sheridan, Walter : *The Fall And Rise Of Jimmy Hoffa*, Saturday Review Press, 1972.
Sloane, Arthur : *Hoffa*, The MIT Press, 1999.

Sur la CIA

Epstein, Edward Jay : *Deception, The Invisible War Between The KGB And The CIA*, Simon & Schuster, 1989.
Lee, Martin A. & Shlain, Bruce : *Acid Dreams, The Complete Social History Of LSD : The CIA, The Sixties, And Beyond*, Grove Press, 1985.
Mangold, Tom : *Cold Warrior, James Jesus Angleton : The CIA's Master Spy Hunter*, Touchstone Book, 1991.
Martin, David C. : *Wilderness Of Mirrors, Intrigue, Deception And The Secrets That Destroyed Two Of The Cold War's Most Important Agents*, The Lyons Press, 2003.
Meyer, Cord : *Facing Reality, From World Federalism To The CIA*, University Press of America, 1980.
Stonor Saunders, Frances : *Who Paid The Piper ? The CIA And The Cultural Cold War*, Granta Books, 1999.
Theoharis, Athan : *Chasing Spies*, Ivan R. Dee, 2002.
Wiener, Tim : *Legacy Of Ashes, The History Of The CIA*, DoubleDay, 2007.

Sur le Secret Service

Melanson, Philip H. : *The Secret Service, The Hidden History Of An Enigmatic Agency*, Carroll & Graf Publishers, 2002.

Sur Mary Pinchot Meyer

Burleigh, Nina : *A Very Private Woman, The Life And Unsolved Murder Of Presidential Mistress, Mary Meyer,* Bantam Books, 1998.

Sur J. Edgar Hoover et le FBI

Hack, Richard : *PuppetMaster, The Secret Life of J. Edgar Hoover*, New Millenium Press, 2004.

Kessler, Ronald : *The Bureau, The Secret History Of The FBI*, St Martin's Press, 2002.

Summers, Anthony : *Official And Confidential, The Secret Life Of J. Edgar Hoover,* G. P. Putnam's Sons, 1993.

Theoharis, Athan : *From The Secret Files Of J. Edgar Hoover*, Ivan R. Dee, 1991.

Sur Lee Strasberg

Adams, Cindy : *Lee Strasberg, The Imperfect Genius Of The Actor's Studio*, DoubleDay & Co, 1980.

Sur les écoutes et la presse

Bradlee, Ben : *A Good Life*, Touchstone, 1996.

Jacobson, Laurie : *Dishing Hollywood, The Real Scoop On Tin-*

seltown's Most Notorious Scandals, Cumberland House, 2003.
Otash, Fred : *Investigation Hollywood !*, Henry Regnery Co, 1976.
Spindel, Bernard : *The Ominous Ear*, Award Books, 1968.
Walls, Jeannette : *Dish, The Inside Story On The World Of Gossip*, Avon Books, 2000.

Et encore…

Cassini, Oleg : *In My Own Fashion, An Autobiography*, Simon & Schuster, 1987.
Ben Cramer, Richard : *Joe DiMaggio, The Hero's Life*, Simon & Schuster, 2000.
Bryant, Traphes & Leighton Spatz, Frances : *Dog Days At The White House, The Outrageous Memoirs Of The Presidential Kennel Keeper,* MacMillan Publishing, 1975.
Dodds, John : *The Several Lives Of Paul Fejos, A Hungarian-American Odyssey,* The Wenner-Gren Foundation, 1973.
McCarthy, Todd : *Howard Hawks, The Grey Fox Of Hollywood,* Grove Press, 1997.
Noguchi, Thomas T., MD, with DiMona, Joseph : *Coroner*, Simon & Schuster, 1953.
Silvester, Christopher, editor : *The Penguin Book Of Interviews,* Penguin Books, 1993.
Vanderbilt Field, Frederick : *From Right To Left, An Autobiography*, Lawrence Hill & Co, 1983.

Table

Avant-propos 7

PREMIÈRE PARTIE

L'ascension de Marilyn

Prélude. Dallas, le 22 novembre 1963 11
1. Gloria et Joe 25
2. Norma Jeane se marie 35
3. Jack et Inga Binga 45
4. La rencontre 57
5. La robe envolée 70
6. Hollywood Confidential 87
7. Poor Prince 101
8. Certains l'aiment show 115
9. La zone des dangers 132
10. Désaxée 144

DEUXIÈME PARTIE

L'ascension de JFK

11. Parfum de femme 159
12. Une folle différente 174
13. Tempête à Washington 194
14. Mother s'en mêle 211
15. Marilyn s'évade 232
16. Cadeau d'anniversaire 249
17. La grande lessive 269

Épilogue. Washington, le 12 novembre 1964 279

In memoriam 283

Bibliographie 287

DU MÊME AUTEUR

La Manducation, 1981.

Blue Moon, 1993.

101 Nanars. Une anthologie du cinéma affligeant (mais hilarant), 1996.

Le retour des 101 Nanars. Une nouvelle anthologie du cinéma navrant (mais désopilant), 1997.

Rue des Rats (prix du Salon du polar), 2005.

Howard Hughes. L'homme aux secrets, 2005.

Aristote Onassis. L'homme qui voulait tout, 2006.

Martin Luther King. Le visionnaire (avec Lilas Desquiron), 2008.

Composition : IGS
Impression : Bussière, mai 2008
Éditions Albin Michel
22, rue Huyghens, 75014 Paris
www.albin-michel.fr
ISBN : 978-2-226-18398-9
N° d'édition : 25759 – N° d'impression : 081766/4
Dépôt légal : mai 2008
Imprimé en France.